L'ESPRIT DU BOULEVARD

LA FARCE
POLITIQUE

PAR

AURÉLIEN SCHOLL

PARIS

VICTOR·HAVARD, ÉDITEUR

168, Boulevard Saint-Germain, 168

1887

Droits de traduction et de reproduction réservés.

*À G. De Labrugie
Cordialement
[signature]*

LA FARCE

POLITIQUE

DU MÊME AUTEUR

LA FARCE POLITIQUE

SATIRES ET POLÉMIQUES

I

RÉCEPTIONS OFFICIELLES, NOS DIPLOMATES; NOS AMBASSADEURS.

Plus on change et plus c'est la même chose. Le *journal officiel* a réglé, comme sous la monarchie, le réceptions du jour de l'an. Ce sont les mêmes personnages, les mêmes généraux, les mêmes prélats, les mêmes présidents, le même rabbin, les mêmes députations.

Les fonctionnaires civils seront en frac.

Il est fort heureux qu'on ne les oblige pas à venir en culotte courte,

.....Ayant à leurs côtés des sabres
Qu'au besoin ils avaleraient !

Je croyais de bonne foi que la République en finirait avec cet attirail de cérémonies et de réceptions. Qu'est-ce que cela signifie ? où est l'utilité de cet étalage ? M. Thiers sait bien que, si un nouveau coup d'État était possible, les mêmes personnages se rendraient auprès du nouveau souverain avec un zèle au moins égal à celui qu'ils vont déployer devant le Président de la République.

Quand donc aurons-nous un gouvernement simple et supprimant les formalités? Un gouvernement qui dédaignera de remplir ses antichambres?

Ce n'est qu'à cette condition que les fonctionnaires garderont quelque dignité. C'est une institution absolument monarchique que celle qui consiste à faire courber périodiquement les échines devant un monsieur.

Le monarque a une raison à donner, une excuse à présenter. Il daigne sourire à ceux qu'il a convoqués; il fait le gracieux pour conquérir des partisans.

Louis-Philippe II serrerait la main des fonctionnaires légitimistes, pensant tout bas : Ils vont me trouver plus gentil que Chambord !

Louis XIX saisirait l'occasion pour assurer aux maréchaux qu'on a retrouvé à Orléans une jeune fille entièrement pure qui, à la suite d'une apparition de saint Népomucène, s'est engagée à reprendre Strasbourg et Metz.

Mais le Président de la République?..

C'est donc pour faire *comme avant?*

Eh bien! non, assez! Il y a vingt ans qu'on nous leurre avec les réformes nécessaires, il est temps de les commencer. Voilà ce dont il faut s'occuper, au lieu de perdre les journées à organiser des défilés.

Sommes-nous un peuple d'enfants qu'on bercera éternellement avec les mêmes sornettes?

Laissez le cérémonial à ceux qui en ont besoin, et prouvez votre dignité par la simplicité de vos façons.

Chaque préfet aura évidemment ses réceptions officielles, puisque l'exemple part d'en haut; et plus d'un citoyen haussera les épaules en se demandant si nous n'en finirons pas bientôt avec tous ces appareils inutiles et humiliants.

Un homme qui a de la chance, c'est M. Feuillet de Conches. Les gouvernements ont beau changer, lui ne bronche pas. Il introduisait les ambassadeurs sous Napoléon; il les introduit sous M. Thiers; il les introduira sous Gésier XIV.

Ce fonctionnaire est évidemment un grand philosophe; peu lui importe ce qui se passe autour de lui — pourvu qu'il introduise des ambassadeurs.

Une seule fois, on l'a vu triste et rêveur.

— Qu'avez-vous? lui demanda-t-on.

— La saison s'annonce mal, répondit-il.

— Vous croyez que le blé manquera ?

— Non, ce n'est pas cela.

— Les vignes ne sont-elles pas florissantes ?

— Au contraire... mais je crains qu'il n'y ait pas d'ambassadeurs cette année.

Je comprends que les différents corps d'état se rendent chez M. Thiers dont le mérite et le talent valent bien une visite, mais je ne puis me faire à cette gravitation forcée vers le manche. Or, c'est comme « manche » que le Président de la République reçoit ces visiteurs en uniforme ou en frac.

Va donc pour une fois, mais *ne nous la faites plus*.

Les mobilisés de la Charente-Inférieure comprenaient autrement l'indépendance de l'homme.

Après la formation du camp de La Rochelle, le général Détroyat voulut passer une revue.

Il y avait près de trois mille hommes sur les glacis ; la revue fut passée tant bien que mal — plutôt bien.

Dès la porte de la ville, les mobilisés purent rompre les rangs, car la plupart étaient logés chez les habitants ; et voici la conversation qu'il me fut donné d'entendre :

— C'est assommant, une revue.

— Ne m'en parle pas... Dire que nous trimons depuis ce matin !

— Une autre fois, tout le monde devrait s'entendre *pour ne pas y aller !...*

A propos de M. Feuillet de Conches et de la sérénité qu'il apporte dans l'imperturbable exercice de ses fonctions, il est permis de constater que le public, si indulgent pour lui-même, est trop enclin à porter contre les hommes publics l'accusation d'avoir changé d'opinion.

Tout le monde, en France, peut changer d'opinion, excepté les orateurs et les journalistes.

— Voici, s'écrie le premier venu, ce que vous avez dit à telle époque, ce que vous avez écrit à telle autre !

— Je ne le nie pas ; où voulez-vous en venir ?

— Vous avez donc *changé d'opinion ?*

Mais le pays tout entier a changé d'opinion ! il a changé en 1830; il a chanté en 1848; il a changé en 1868; il a changé en 1871...

Et quand ces maréchaux, ces prélats, ces présidents, ce rabbin, tous ces fonctionnaires dont je parlais tout à l'heure, et qui se dirigeaient vers les Tuileries le 1er janvier 1870, se dirigent aujourd'hui avec le plus bel ensemble vers la préfecture de Versailles, vous voulez que, seuls, l'avocat-député ou le journaliste soient éternellement rivés à une opinion, juste et loyale au moment où ils l'ont émise, mais qui a peut-être cessé de l'être ?

Vous, commerçants, qui avez voté *oui* et qui, aujourd'hui, voteriez *non*, n'avez-vous pas la prétention d'être logiques ?

Suivre les événements et tâcher d'en faire sortir la

plus grande somme possible de bien pour la patrie,
là est l'honnêteté politique.

Tandis que les enfants soufflent dans les petites
trompettes, et font danser les polichinelles, une horrible nouvelle est venue jeter la consternation dans les
sacristies. Les bedauds maigrissent à vue d'œil, les
chantres se regardent d'un air éploré.

Il est donc vrai! M. de Bourgoing a donné sa
démission!

Qu'est-ce que cela, M. de Bourgoing?

C'est un de nos fameux diplomates, ambassadeur
auprès du Saint-Siège, par politesse du gouvernement
qui fait semblant d'ignorer que l'unité de l'Italie est
faite et que Victor Emmanuel s'est installé à Rome.

Donc, M. de Bourgoing, qui avait été bien sage,
jusqu'à présent, s'est fâché, tout blanc, avec M. Fournier. Les torts sont évidemment du côté des officiers
de l'*Orénoque*, mais M. de Bourgoing, qui trouvait le
Vatican un peu délaissé depuis quelque temps, s'est
brusquement démis de ses fonctions.

C'était pourtant gentil, cette place-là. Rien à faire;
des relations excellentes avec le clergé; la cour d'Italie
à deux pas. Il a fallu que M. Fournier s'imaginât d'envoyer les officiers de l'*Orénoque* souhaiter la bonne
année au roi d'Italie. Comme le figurant du Châtelet
qui, dans le ballet des dominos, était ennuyé de représenter le deux-blanc et qui menaçait de se retirer si
on ne lui accordait pas de l'avancement en lui faisant

jouer le double six, M. de Bourgoing s'est écrié : Que suis-je ici ? l'as-trois ou le deux-quatre ? Fournier est donc le double-cinq ou peut-être même le cinq-six ? Je donne ma démission !

C'était là une bonne occasion de supprimer cette sinécure ; malheureusement, il faut compter avec une partie de la Droite et on parle d'un successeur de M. de Bourgoing auprès du successeur de saint Pierre.

Le nouveau s'appellerait M. de Corcelles. C'est un joli nom ; mais il vaudrait mieux économiser quatre-vingt mille francs par an que d'entretenir un ambassadeur auprès du Saint-Père, à qui nous accordons tous nos respects comme chef de la religion de la majorité des Français, mais qui, en somme, a cessé d'être souverain temporel.

Le conflit du Vatican avec la Suisse est plus grave à tous égards que l'aventure de M. de Bourgoing. Mais que va devenir le cérémonial ordinaire ? On conservera les enfants de chœur, les bedeaux — mais il serait indécent de garder les *Suisses*.

Je sais qu'on les fabriquera aussi bien avec des Basques, des Flamands et des Gascons ; mais ils n'en seront pas moins *Suisses*.

—Où est le Suisse ? s'écriera le sacristain. Laissez-moi le Suisse ! C'est si beau un Suisse !

Je ne sais trop comment nos bons curés vont se tirer de là, à moins que M. Feuillet de Conches ne

consente à se charger de l'emploi, mais il ne peut pas
être partout à la fois.

Il est vrai que M. Fournier pourra le faire assister
par les officiers de l'*Orénoque*, mais il reste à savoir
si cette combinaison serait de leur goût.

Quoi qu'il en soit, un proverbe célèbre va se trouver
démenti. On aura de l'argent et pas de Suisses.

En ouvrant l'*Annuaire diplomatique*, on peut se
convaincre que nous ne vivons pas encore sous un
gouvernement démocratique ; on n'y trouve que
petits ducs, petits vicomtes, petits crevés.

C'est que, depuis cinquante ans, quand un jeune
homme avait dissipé son patrimoine dans les cabinets
dorés des restaurants à la mode et sur le tapis vert
des tripots aristocratiques, les grands parents réunis
se demandaient : — Qu'allons-nous faire ? Faut-il le
munir d'un conseil judiciaire ou le lancer dans la
diplomatie ?

Un oncle viveur prenait alors la parole :

Les secrétaires d'ambassade, disait cet homme
expérimenté, se marient assez bien, tandis que le
gentilhomme qui apporte un conseil judiciaire dans
la corbeille de noces, excite plus ou moins la défiance
du beau-père. Notre jeune parent n'a ni instruction,
ni intelligence, il serait donc très avantageux pour
lui d'aller représenter la France à l'étranger. Les
Français se sont fait une réputation d'élégance et
d'esprit qui rejaillira sur le crétin dont nous devons
prendre les intérêts. La famille manquerait à tous ses

devoirs, si elle n'arrachait pas au chef de l'État une
nomination due à nos parchemins.

Et c'est ainsi que se récoltait la graine d'ambassadeurs.

Il ne faut pas nous dissimuler que les malheurs du
second empire à l'extérieur tiennent tous à la mauvaise qualité de ses renseignements.

La faiblesse de notre diplomatie nous a été absolument funeste.

Les journaux dits d'*opposition* ont seuls été bien
renseignés sur les affaires du Mexique ; le Gouvernement s'entretenait d'illusions.

Sleswig. — Mauvaises informations. Ignorance
complète des forces de la Prusse et de l'Autriche.

Affaires du Luxembourg. — Illusion et précipita-
tion de M. Benedetti, qui se laisse rouler comme
un enfant. Choix déplorable d'un ambassadeur
d'origine corse qui, à Berlin, a dû hésiter plus
d'une fois entre les intérêts de la France et ceux de
l'Italie.

Dans les affaires d'Orient, la France n'a jamais
reçu que des liasses d'impostures dorées. On ne doit
pas oublier la fable du Tartare qui a valu à la *Patrie*
une prime d'encouragement pour l'acclimatation des
canards du Levant.

Quant à M. Mercier de Lostende, c'est à un retard
du courrier qu'il a dû de se trouver à Madrid pendant
la révolution, sans ce retard, notre ambassadeur, *qui
ne se doutait de rien*, se fût trouvé en congé au mo-

1.

ment où sa présence était le plus nécessaire dans la capitale de l'Espagne.

Longtemps avant M. Georges Guéroult, sous l'Empire même, nous avons déclaré qu'il fallait changer à tout prix les conditions de recrutement de notre personnel diplomatique. Les noms ronflants ne suffisent pas ; les toupies ronflent aussi, mais leur ficelle est bien vite usée et le clou ne pénètre pas...

II

TRAVAIL DES ENFANTS DANS LES MANUFACTURES

Je ne connais M. Balsan, ni de vue, ni de réputation, mais je me le ferai montrer. Je vais m'enquérir de ses origines, et — dussé-je faire le voyage en personne — j'achèterai sa photographie, qui doit être en vente chez le libraire de sa ville.

M. Balsan est le député qui a combattu l'amendement de M. Scheurer-Keistner, à propos du travail des enfants dans les manufactures.

Il s'agissait de décider que, de dix à treize ans, les enfants ne pourront travailler plus de six heures par jour.

Remarquez que si l'on ajoute deux heures pour l'instruction de l'enfant, lecture, écriture et arithmétique, et une heure pour le repas du soir, la journée du pauvre déshérité est bien remplie.

Tel n'est pas l'avis de M. Balsan, susnommé.

« Il ne faut pas, dit-il, que les enfants soient inoccupés et puissent être livrés à l'oisiveté et au vagabondage. »

Il faudrait l'organe et la solennité de Henri Monnier
pour donner à cette phrase une saveur complète. Non!
c'est aussi beau que le conseil au mendiant estropié :

— Tenez, mon ami, voilà un sou... ne mendiez
plus !

Le travail ! que ce mot est grand ! il contient l'éco-
nomie entière des sociétés. Pour se nourrir, se vêtir,
se mettre à l'abri de l'intempérie des saisons, l'homme
a reçu deux bras — et l'intelligence. Le travail n'est
pas seulement un instinct chez lui, c'est une destination. L'homme, s'il eût été pourvu de tout, aurait vécu
et serait mort idiot.

Longtemps les fruits du travail n'ont pas été répartis
en raison des services. La violence, la ruse, l'exaction
ont arraché au travailleur le fruit de ses peines. Que de
siècles il a fallu pour rendre l'homme à lui-même ! Il
n'est pas une des libertés dont nous jouissons avec
indifférence qui n'ait coûté le sang de plusieurs générations.

Le travail, dans l'ère moderne, a conquis à peu près
tous ses droits. Il est la substance de la vie comme il
en est la dignité.

L'État n'a plus que quelques élagations à faire pour
que nous arrivions à une bonne justice distributive ; il

ne faut pas que, dans les divers modes d'activité, il y
en ait qui prélèvent sur la richesse publique des tributs
détournés. Débarrasser la société des situations abu-
sives, de toute charge commune qui se convertit en
intérêts particuliers, de tout privilège sans compen-
sations équivalentes.

Alors le travail arrivera à tout l'éclat de sa puissance;
assez longtemps il a été opprimé par l'esclavage, le
servage et le monopole. Il s'est perpétué à travers les
plus sombres époques de l'histoire, laissant ici un
monument, là une statue, un tableau. L'aqueduc
romain, le soc de charrue enfoui et retrouvé, l'am-
phore arrachée aux cendres de Pompéï, la mosaïque
brisée, l'anneau de cuivre, la lampe latine, tout ce
que la bèche retira du sol dans le hasard de ses
recherches, nous montre l'homme s'ingéniant, travaillant, grandissant. Le travail a été l'obstacle à la
déchéance humaine, et l'opinion des peuples éclairés
lui a délivré enfin ses lettres de noblesse.

C'est là que commence un autre péril.

Nous avons à sauvegarder la vie humaine des
cupidités de l'industrie.

C'est assez qu'il y ait des métiers périlleux comme
celui de chauffeur ou de mécanicien : qu'il y en ait de
mortels comme celui des ouvriers qui touchent au mer-
cure, à l'arsenic ; les gouvernements doivent, au moins,
intervenir dans les questions générales qui intéressent
directement l'humanité.

Au premier rang de ces questions, se trouve celle du travail des enfants.

Depuis longtemps déjà, l'Angleterre, l'Allemagne, la Suisse avaient donné l'exemple et tracé la voie à la France — qui, décidément, fera bien de hâter le pas, si elle veut reprendre sa place *à la tête des nations*.

La discussion est enfin venue, et nous espérons qu'il en sortira quelque chose, malgré M. Balsan.

Plus que jamais nous avons besoin d'hommes.

Et quels hommes seraient-ce que des enfants privés d'air, fatigués dès l'âge le plus tendre, anémiques à vingt ans ?

Quelle armée nous donneront des femmes épuisées par le travail de nuit, entassées dans des salles chauffées au charbon de terre ?

L'industrie doit céder au salut du pays, et, dans aucun cas, l'humanité ne peut abdiquer ses droits au bénéfice des spéculateurs qui ne voient dans la vie de ceux qu'ils emploient, qu'une question de rabais sur leurs marchandises.

Non, certes, il ne faut pas que les enfants soient inoccupés et livrés à l'oisiveté et au vagabondage ! Mais si une mort prématurée est un moyen certain d'empêcher le vagabondage, je me permettrai de faire observer à M. Balsan qu'il amène aussi une oisiveté forcée.

Quand M. Balsan avait dix ans, combien d'heures employait-il chaque jour au travail ?

J'aurais voulu le voir, à cet âge, occupé dans une verrerie, ou dans une de ces manufactures où l'on carde les laines, exposé à la chaleur accablante des fourneaux, ou respirant cette poussière fine et aiguë qui pénètre dans les poumons et les dessèche.

Oh ! qu'après six heures de cette vie utile, il eût respiré avec bonheur, en courant sur les chemins, l'air des oiseaux et des moutons, l'air qui caresse le feuillage et qui sent l'herbe et la violette !

Et que ce M. Balsan ne se fut point trouvé alors livré à l'oisiveté et au vagabondage !

Je lui souhaite, pour toute punition, d'avoir sur les genoux un enfant à lui, souffreteux, maigre, la poitrine déchirée par la toux, et qui, entre deux flots de sang sur les lèvres, lui dise : Père, j'ai travaillé dix heures par jour !

III

LES CLASSES DIRIGEANTES

Une partie de la presse réactionnaire est revenue, cette semaine, sur le thème éternel et fastidieux des *classes dirigeantes*.

Il serait pourtant bien simple de s'entendre une bonne fois à ce sujet. Nous n'avons jamais prétendu qu'un peuple n'eût pas besoin de direction. Ce que nous ne voulons pas, c'est qu'on soit né *dirigeant*.

Emporté par son sujet, *Paris-Journal*, qui n'a ménagé aucune injure à la révolution de 89, s'est oublié au point d'en revendiquer le mérite pour sa clientèle.

« Qui donc, s'écrie le rédacteur secret de l'article de fond, qui donc a fait la révolution de 1789 ? Qui donc a remanié de fond en comble la société française, sinon ces classes dirigeantes auxquelles vous reprochez aujourd'hui leur prétendue immobilité ? »

Ce langage a lieu de nous surprendre. Si c'est vous qui avez fait la Révolution, vous vous êtes adressé des paroles bien dures dans ces derniers temps.

Admettons que vous ne soyez pas restés étrangers au remaniement de la société française, ce n'est pas une raison pour gâter votre ouvrage et pour nous reprendre une à une les libertés que nous avons conquises en commun.

Mais je doute que les classes dirigeantes, telles qu'on les conçoit dans votre parti, aient jamais mis la main à la besogne. Elles étaient à Coblentz et à Londres.

Le Directoire et l'Empire ayant installé de nouveaux dirigeants, les anciennes classes n'ont pu se remettre à l'œuvre qu'à la Restauration, et nous avons gardé un assez mauvais souvenir de leur retour aux affaires.

C'est à l'entêtement, à l'incapacité des classes qui se prétendent *dirigeantes* que sont dues les *inutiles* révolutions de 1830 et de 1848.

Inutiles, en ce qu'elles n'ont pas amené les résultats qu'on était en droit d'en attendre. Ces révolutions, cependant, ont servi à nous débarrasser momentanément des incapacités qui, en France, se succèdent comme des furoncles. Quand l'un a percé, il en pousse un autre.

Et quand on est à dix, on leur donne la croix !

Aujourd'hui, nous voyons arriver, du fond de leurs

capucinières, des gens qui disent : Nous sommes les classes dirigeantes.

Hommes noirs, d'où sortez-vous? Vous êtes les fils et les neveux de ceux qui ont contracté l'habitude de manger au budget.

Est-ce là un titre suffisant?

Quelques-uns d'entre vous, ayant appris que divers événements avaient traversé notre histoire, ont fait aux idées nouvelles cette énorme concession « de poser des conditions à votre *Roy*. »

Vous avez compris qu'un peuple ne se cède pas comme un troupeau de moutons, et vous vous étonnez que nous vous fassions des conditions à notre tour?

Rien cependant de plus juste, de plus logique.

Nous ne vous appartenons pas plus que la France n'appartient au comte de Chambord.

Naissez marquis et barons tant que vous voudrez; vous ne pouvez naître dirigeants ou académiciens.

Qui donc a parlé de vocation?

Les enfants tiennent de leurs pères, toujours et quand même.

Les fils d'officiers jouent au soldat ;

Les fils de magistrats s'amusent au casier judiciaire ;

Les enfants de commissaires de police s'arrêtent entre eux ;

Les fils de pharmaciens jouent à la pilule et s'administrent des lavements.

On m'assure que, dès leur plus bas âge, les petits de Broglie s'amusent à sauter sur les *fauteuils*.

Ils ont l'Académie dans le sang.

Non! nul n'a le droit de nous diriger sans notre consentement. Les classes dirigeantes ne peuvent et ne doivent être composées que des gens qui ont inspiré à leurs concitoyens une somme de confiance suffisante.

C'est à nous de les désigner.

S'ils se nomment eux-mêmes, ce sont des usurpateurs.

Les classes dirigeantes n'ont pas fait la Révolution, la Révolution a été faite contre elles.

Vous prétendez que la démocratie est puissante et victorieuse, alors que le corps entier des fonctionnaires est nommé par les ennemis de la démocratie — et pour la combattre.

Vous ajoutez qu'on vient de lui faire la dernière des concessions en lui donnant la République!

Vraiment, la lui a-t-on donnée?

Hier, vous disiez non.

C'est qu'on ne lui a point *donné* la République. La démocratie l'a couvée au milieu des pièges et des embûches; puis, tout doucement, avec autant de sagesse que de volonté, avec autant de prudence que d'énergie, elle vous a dit :

— Voici l'étiquette d'un gouvernement que personne ne renverse.

Il n'y avait pas autre chose, vous n'étiez pas en nombre, vous vous êtes tus.

Pas longtemps !

Vous êtes revenus avec la garde...

Ce n'était pas suffisant.

Vous êtes allés chercher le Roy...

On s'est mis à rire.

Alors, voyant que rien ne prenait, vous vous écriez : On vous a donné la République.

Vous nous l'avez donnée comme une gifle.

L'aventure du comte de Chambord est beaucoup plus simple qu'elle m'a paru l'être au premier abord.

Un négociateur de mariages va trouver un célibataire et lui dit :

— Je viens vous proposer une jeune fille charmante.

— Si elle est charmante, répond l'autre, elle me plaira.

— Elle a toutes les qualités.

— Mais pensez-vous qu'elle puisse m'aimer ?

— Elle vous connaît de réputation et vous adore déjà.

— C'est parfait. Arrangez-nous une entrevue.

D'autre part, le négociateur a dit à la jeune fille :

— J'ai à vous proposer un parti unique, le descendant d'une grande famille, bon, simple, pas poseur, doux comme un agneau. Il fera toutes vos volontés.

— Je demande à le voir, répond la demoiselle.

Alors, M. Chesnelong, c'est-à-dire le négociateur de mariages, va chercher le fiancé, qui dit :

— Me voici! je veux qu'on m'obéisse! je n'accepte aucune condition, et si vous m'embêtez, j'aurai recours à la force...

— Qu'est-ce que c'est que cela? s'écrie la France, mais j'ai refusé des partis qui valaient mieux. Laissez-moi; je préfère ne pas me marier.

— Ah! ça, gronde l'ex-fiancé, que m'aviez-vous donc dit — qu'elle m'adorait? Vous me faites venir, et elle ne veut pas de moi? Que le diable l'emporte! Je retire ma candidature.

Ce sont là de ces choses qui arrivent tous les jours.

Une union est projetée, et il suffit de la première entrevue pour brouiller les cartes.

— Mon gendre, tout est rompu!

Sans doute, le peuple est souverain, mais il ne peut exercer directement sa souveraineté.

Il n'y a pas d'État où tout le peuple à la fois gouverne sans avoir de représentants.

J.-J. Rousseau se trompe, quand il dit que le peuple n'est libre qu'au moment où il nomme ses magistrats et ses représentants, mais qu'il ne l'est plus dès qu'il les a nommés.

Le peuple n'est pas constamment en exercice de sa

souveraineté, mais il est libre quand il se donne des lois, et libre quand il les exécute.

Qu'est-ce que le *péril social?*

Une nouvelle répartition de l'impôt? Un nouveau mode administratif? Je ne sais quoi de pratique et de non effrayant?

La société ne peut être en péril.

Ce qu'on appelle les « droits du peuple » n'a rien de menaçant dans la réalisation.

On n'a de droits que dans la société.

« Qui donc prétend parquer telle ou telle classe de citoyens dans des cadres impitoyablement fermés? »

Ceux qui proclament des classes dirigeantes en dehors de la volonté de la nation.

Il y a tout un système à cet égard.

Je reviendrai sur ce sujet, à une autre heure où je me sentirai plus libre.

Je ne fais qu'un souhait aujourd'hui, c'est que les classes dirigeantes aient bientôt moins d'occasions de diriger... vers la Nouvelle-Calédonie.

IV

LES CONSERVATEURS

Les députés sont rentrés à Versailles sans en faire le siège; ils ont repris leurs places sur ces bancs déjà vermoulus que va réparer bientôt le paiement du dernier milliard.

> De la dépouille de nos lois
> L'automne avait jonché la terre.
> Belcastel était sans mystère,
> Et Lorgeril était sans voix.

Les traîneurs de sabre ont reparu à l'hôtel de la présidence; les traîneurs de plume se sont installés de nouveau dans la tribune qui leur est réservée...

Le commerce parisien a repris un nouvel élan en apprenant que la Chambre autorisait les poursuites contre M. Carré-Kérizouët, témoin dans un duel.

C'est là, en effet, une de ces mesures que commande quelquefois le salut d'un peuple; la discussion aurait pu être moins longue, mais tout est bien qui finit bien.

On s'attend à une forte hausse à la Bourse, si M. Carré-Kerizouët est condamné à quinze jours de prison.

En dehors de l'Assemblée, une décision bien cruelle a été prise. On assure que cet homme de tant d'esprit, Henri Rochefort, condamné à la déportation alors que Courbet en était quitte pour six mois de prison, serait expédié dans la Nouvelle-Calédonie. Nouvelle ou ancienne, eût-il dit dans son bon temps, la chose est à peu près indifférente...

Il n'y a qu'à s'incliner, quand on nous répond avec la loi; mais n'y a-t-il pas lieu d'adoucir des lois promulgées dans des époques d'exception et dont la rigueur n'est vraiment plus de notre temps?

Je fais appel à la majorité même de l'Assemblée; cette majorité, composée de légitimistes, d'orléanistes et de républicains conservateurs, n'a-t-elle rien à se reprocher vis-à-vis de l'auteur de la *Lanterne?*

N'est-ce pas elle qui a encouragé de ses applaudissements le pamphlétaire audacieux quand il attaquait l'Empire avec une férocité qui remplissait de joie les autres partis monarchiques?

Rochefort, Messieurs, a été un de vos instruments. Vous l'avez acheté, vous l'avez lu, vous étiez de ses clients.

Je sais comme vous que les crimes et délits commis par la voie de la presse sont assimilés aux crimes et délits ordinaires; mais l'écrivain qui a publié une nouvelle à la main un peu vive et qui est condamné à cent francs d'amende pour outrage à la morale, est-il coupable au même chef que le monsieur qui se fait arrêter le soir aux Champs-Élysées?

Dumas fils, qui a écrit : *Tue-la!* sera-t-il poursuivi comme complice de tous les maris qui la tueront?

Rochefort a été exalté, poussé en avant par tous les ennemis de l'empire; et vous en étiez, messieurs du droit divin, et vous aussi, messieurs de la colonne de Juillet.

Après vous c'est le peuple des rues qui a pris l'écrivain et lui a dit : « Tu ne t'arrêteras plus !

Mais c'est vous qui avez commencé.

Le Président de la République ne fera-t-il rien pour celui qui a toujours voulu la République ?

Rochefort va-t-il partir en songeant amèrement que Napoléon ne l'envoyait qu'à Bruxelles ?

Ah ! Messieurs, que ne sommes-nous restés singes !

Les personnes qui ne peuvent supporter le mouvement de la balançoire feront bien d'aller passer six mois en Suisse. Le gouvernement va de droite à gauche et de gauche à droite avec une persistance monotone qui fatiguerait les marins les plus éprouvés, tels que MM. Saisset et Chasseloup-Laubat. C'est à la

III.   2

fois le tangage, le roulis et l'escarpolette. On rendrait sa carte d'électeur, si on l'avait avalée.

Il faut savoir compter jusqu'à cent pour calculer le nombre de ceux qui, dans une seule journée, vous demandent d'un air inquiet : Que va-t-il arriver ?

Mais, braves gens, il ne va rien arriver du tout.

Les gouvernements sous lesquels il n'arrive rien, s'appellent des républiques.

Dans six mois, la libération du territoire, c'est-à-du territoire provisoire, de celui qui est censé devoir être la France des années prochaines. Une fois les Allemands retirés dans les hôtelleries qu'on appelle Metz, Strasbourg, Mulhouse et Colmar, il faudra bien que l'Assemblée se décide à retourner dans ses foyers.

A ce moment, nous promettons un regain de vogue à la vieille chanson française :

> Allez-vous-en, gens de la noce,
> Allez-vous-en, chacun chez vous,

Les députés, si tenaces qu'ils puissent être, hésiteront certainement à se proclamer députés à vie, décision qui amènerait bientôt la députation héréditaire.

Le plus grand nombre, nommé par des départements envahis qui n'aspiraient qu'à la paix, ou par des provinces menacées qui redoutaient l'invasion pour leur propre compte, le plus grand nombre rentrera dans la vie privée. Les poules et les lapins charmeront leurs longues journées, et ces messieurs pourront goûter les joies de la famille entre un taureau de la Gauche et une génisse de la Droite. Les élections nous donneront alors une Chambre qui représentera l'opinion de la France libre, revenue à elle-même, et non d'une France humiliée, affolée, qui jetait ses bulletins de vote à tous les prometteurs de paix *honorable*.

C'est à ce moment que commencera l'*essai loyal de la République*.

On m'écrit de plusieurs côtés : Faites-nous de la politique !

Quelle politique ? Il n'y en a pas à faire. Il faut attendre.

Presser M. Thiers de réaliser les réformes promises ?

M. Thiers répondra : Je ne puis rien. Tout ce que je proposerai à la Chambre actuelle sera certainement repoussé.

Attaquer le président qui paie la rançon, qui maintient l'équilibre entre les partis, qui rassure le commerce et la propriété ? ce serait un crime.

Les monarchistes indurés s'écrient avec chagrin : Voilà deux ans que nous sommes en République et nous vivons encore !

Les monarchistes de hasard, ceux qui espèrent une préfecture ou un débit de tabac, commencent à hocher la tête en disant : Ah çà! est-ce que c'est sérieux, cette fois ?

La force bonapartiste était une masse électorale qui a suivi le gouvernement impérial jusqu'à son dernier soupir. A quel parti va se rattacher cette masse électorale, composée de gens qui ne demandent qu'à travailler, à vivre tranquillement, et à laisser à leurs enfants la plus grande somme d'aisance possible?

Elle se rattachera au plus sage, parce que le plus sage sera le plus fort. Que les républicains exaltés n'oublient pas notre conseil; il faut prendre les monarchistes comme les séducteurs prennent les femmes.

Beaucoup de tendresse et de petits soins, des affectations d'estime et de respect. Pas de menaces, pas de violence; la femme crie — et ne se rend pas.

La masse électorale n'a de préférence pour personne; elle a sacrifié quelquefois aux faux dieux, mais je crois qu'on ne l'y prendra plus.

Ce qui s'est passé dans la réunion politique dite *Centre gauche* doit fixer l'opinion du lecteur sur les sentiments du pays tout entier.

M. Casimir Périer, homme mixte, duc de la bourgeoisie, a voulu ramener vers la droite ce groupe qui s'était donné charge de transaction, d'accommodements et de compromis. Le centre gauche a immédiatement déposé M. Casimir Périer et a élu M. Christophle pour président.

Cependant M. Périer avait déclaré qu'il acceptait franchement la République; mais ce n'est pas tout de le dire, il faut le faire. M. Ricard, chargé de présenter à la tribune l'opinion de ses amis, n'a pas trouvé un mot à dire. Etait-ce la faute de M. Ricard, avocat éloquent, politique accoutumé aux succès oratoires dans les réunions privées? Non, sans doute; mais, en face d'une Assemblée qui attendait des déclarations nettes et franches, M. Ricard s'est trouvé subitement n'avoir rien dans son sac, parce que ses amis n'y avaient rien mis.

Ce jour-là, le centre gauche a été disloqué.

M. Périer a cru qu'il serait possible de le ramener à la Droite et de constituer ainsi une majorité suffisante pour soutenir sa République conservatrice.

Son attente a été trompée. Les républicains du du centre gauche n'ont pas cru à l'efficacité de ce rapprochement, et ils se sont refusés à s'éloigner de leurs amis de l'Union républicaine, parce que c'est avec ceux-là qu'est le drapeau.

Ce que M. Thiers aura fait de plus étonnant pour l'histoire, ce sera d'avoir fondé la République avec une Assemblée monarchique ; mais il ne faudrait pas diviser ce système à l'infini, et le centre gauche a eu raison de ne pas suivre M. Casimir Périer dans la voie où il voulait l'entraîner.

Cette République conservatrice m'a toujours rendu rêveur.

Que veut-elle donc conserver ?

Nous avons les conservateurs des hypothèques, des médailles, des musées ; nous savons ce qu'ils conservent. Que conservera votre République ?

Les traditions du passé ? les bureaux ? les rapports et contre-rapports ? Savez-vous que vous m'effrayez avec votre manie de conserve ?

Je me représente malgré moi ces boîtes en fer-blanc

2.

qui renferment des légumes passés, des viandes com-
primées, à moitié pourries dans l'huile et des harengs
qui nagent dans des flots de vinaigre où les écueils
sont représentés par des ronds de carotte.

Certes, je suis loin de proposer une République
destructrice ; mais il faudrait s'expliquer sur le détail
des conservations projetées.

Vivrons-nous en France, comme aux Champs-
Élysées, au milieu des ombres des anciennes réalités ?

Depuis longtemps, nous sommes menés par les
capitalistes. Catastrophe universelle, fortune publique,
signifient toujours fortune des capitalistes, catastrophe
de capitalistes. C'est le langage de la Bourse de Paris.
Cependant la faveur que le gouvernement accorde aux
citoyens, doit toujours être en raison inverse de la
mobilité de leurs richesses. Ainsi, celui qu'on doit
favoriser le plus, c'est le laboureur, dont les richesses
sont immobiles comme le sol.

Après lui vient le commerçant, dont la richesse a
plus de mobilité, mais qui ne peut se passer du temps,
des chemins de fer, des fleuves et de la mer.

Au dernier rang vient l'homme d'argent, qui, d'un
coup de plume, peut transporter sa fortune au bout
du monde, et qui, n'agitant jamais que des signes
convenus, se dérobe également à la nature et à la
société.

Or, calculez ce que payent d'impôts les agriculteurs
et ce que payent les rentiers, ceux dont la fortune est
en papier.

L'homme inutile échappe presque complètement à l'impôt ; le producteur paye pour lui.

Est-ce là ce que M. Casimir Périer veut conserver ?

On s'est étonné souvent de voir avec quel acharnement on se dispute chez nous les plus petites places. Être employé du gouvernement à un degré quelconque semble être l'idéal du Français. Celui qui a une place de dix-huit cents francs dans une administration jouit d'une considération qui échappe à un commerçant généralement plus intelligent que l'employé.

Comment se fait-il que ce peuple léger, malin, audacieux, devienne tout à coup si positif et si étroit ?

C'est que l'initiative des particuliers semble disparaître de jour en jour. On a peur de tout. Le commerçant a gagné 20,000 fr. cette année, c'est vrai ; mais peut en perdre quarante l'année prochaine ; et un bon père de famille aime mieux condamner son fils aux dix-huit cents francs à perpétuité que de l'exposer à de pareils risques.

Où est l'audace américaine ? Quand verrons-nous ce mouvement, cette agitation, cette fièvre des affaires qui agitent et mènent tous les particuliers dans le nord du Nouveau-Monde ?

Il n'y a là-bas que fabricants et marchands, et le pays s'enrichit dans une admirable activité.

Ce manque d'audace tient aux complications de nos codes et à la mauvaise application de la répression.

La répression, en France, est terrible ; elle ne frappe guère sans déshonorer celui qu'elle atteint.

Il ne faut pas que M. Casimir-Périer conserve l'appareil des mitrailleuses légales. Tout est à refaire dans cet ordre d'idées. Et pour arriver à la *simplification* du gouvernement, il s'agit de conserver la République et non de fonder une République qui conservera.

Le meilleur gouvernement est celui qui est le moins visible; en France, on ne voit que cela. On est gouverné depuis le sous-sol jusqu'à la girouette.

Le gouvernement compte les grappes de raisin dans le pressoir et les haricots dans le sac de toile.

L'homme, sortant de l'état naturel pour arriver à l'état social, perd de son indépendance pour acquérir plus de sûreté; la liberté est l'effet d'un contrat entre la sûreté et l'indépendance; mais quel est celui de nous qui eût consenti à aliéner ses mouvements et ses gestes dans l'intérêt de sa sécurité? L'indépendance, avec ses dangers, vaut encore mieux que cette camisole de force qu'on nous a passée tout doucement — et sans nous consulter.

V

L'AMBASSADEUR ERRANT

Il n'y a pas à dire, la position de directeur de l'Odéon est devenue préférable à celle d'ambassadeur. Certes, l'Odéon n'est pas près de Paris, mais le directeur peut s'y installer commodément et faire ses affaires dans son cabinet ; tandis que les diplomates, à peine arrivés à Londres, à Berne ou à la Haye, sont obligés de prendre le train à chaque instant, afin de venir déclarer que le gouvernement qui les a nommés leur convient à tous égards.

Cela s'appelle le vote de confiance.

Franchement, si M. de Bisaccia refusait sa confiance au gouvernement qui lui donne 360,000 francs par an, ce serait un acte d'ingratitude révoltante.

La même observation s'applique à MM. de Chaudordy, Target et consorts — en abaissant les appointements de deux ou trois degrés.

Le Juif-Errant, en ce moment à Marseille, s'est beaucoup diverti de l'aventure de M. de Bisaccia et aussi de celle de M. de Chaudordy.

— Je ne serai donc plus une exception dans ce monde ! a-t-il murmuré en humant une prise de tabac.

Et désormais, quand les bourgeois de Bruxelles en Brabant donneront sur son passage quelques marques d'étonnement, Isaac Laquedem répondra :

— Ambassadeur français, voyageant pour vote de confiance !

Mais toute médaille a son revers, et je ne serais pas surpris qu'on retournât la complainte et qu'on la mît sur le compte de M. de La Rochefoucauld ?

L'AMBASSADEUR ERRANT

Air connu.

Est-il rien sur la terre,
Pour briser le tibia,
Que d'être en Angleterre
Monsieur de Bisaccia ?
Que son sort malheureux
Paraît triste et fâcheux !

On lui dit : Bonjour, maître,
De grâce accordez-nous
La satisfaction d'être
Un moment avec vous.

Ne nous refusez pas
Tardez un peu vos pas.

— Messieurs, je vous proteste
Que j'ai bien du malheur ;
Jamais je ne m'arrête,
Ni ici, ni ailleurs,
Par bon ou mauvais temps
Je marche incessamment,

— N'êtes-vous point cet homme
De qui l'on parle tant,
Que l'Écriture nomme
Isaac, Juif Errant?
De grâce, dites-nous
Si c'est sûrement vous!

— Foucault de Bisaccia
Pour nom on me donna.
Loin de Jérusalem
Se trouve mon harem.
A Londres, plein d'ardeur,
Je suis ambassadeur.

Juste ciel! que ma ronde
Est pénible pour moi!
Je fais le tour du monde
Pour la cinquième fois.
La nuit comme le jour,
Il faut voter toujours!

— Vous étiez donc coupable
De quelque grand péché,
Pour que Broglie l'aimable
Vous ait tant affligé?
Dites-nous l'occasion
De cette punition.

— Je hais la République...
Tous en sont avertis.
Mais les fonctions publiques
Sont à tous mes amis.
Il faut qu'à chaque fois
Je leur porte ma voix.

Messieurs, Buffet me presse..∴
On attend Chaudordy.
De votre politesse
Je me sens enhardi.
Mais je suis tourmenté
Quand je n'ai pas voté!

Et il reprend sa course...

VI

RIONS QUAND MÊME

La gaieté fut de tout temps en faveur chez les Français. Aujourd'hui même, malgré tant d'efforts renouvelés sans cesse, pour changer notre caractère, pour le rendre sombre et nébuleux, le naturel revient toujours, le rire n'a rien perdu de ses privilèges : la France est encore son sol classique.

Nous mériterons longtemps le reproche adressé par madame de Staël aux anciens, qu'elle accusait de *n'avoir point atteint l'âge de la mélancolie.*

Les homélies germaniques nous fatiguent ; les vers larmoyants, les discours sombres nous excèdent ; mais que l'on nous offre quelque page où respire une franche gaieté, quelque mot piquant, quelque tableau grotesque, aussitôt l'esprit français va reprendre ses droits. Nous ne disputerons point avec le plaisir ; nous serons prodigués d'indulgence, et nous répéterons cette maxime toute française : *J'ai ri, me voilà désarmé.*

On ne change pas plus le caractère d'une nation que celui d'un individu.

C'est une des conditions de notre nature; il faut vivre et mourir avec les goûts, les penchants, les opinions qu'elle nous a donnés. La prédilection des Français pour le rire tient à leur organisation même. Que le rire soit chez nous, si l'on veut, une passion désordonnée, que ce soit même une maladie, je conviendrai de tout ce qu'on voudra; mais cette maladie est nationale en France, comme le spleen en Angleterre. Chacun a ses préjugés.

Ce n'est pas qu'on ne rie quelquefois chez nos voisins d'*Old England;* ils ont quelques romans récréatifs; ils comptent mêmes quelques bonnes comédies. Mais le rire chez eux prend la teinte du caractère général de la nation. Il a je ne sais quoi de forcé, de convulsif, c'est l'accès d'un malade en démence.

Avant de pousser le *hurrah* traditionnel, ils sont obligés de s'y prendre à trois fois : Hip! hip! hip! — et enfin, *hurrah!*

C'est ainsi que, avant de sauter un fossé, nous essayons notre élan : *Une! deux! trois!* et nous sautons.

En France, le rire est le libre épanchement de la joie; il nous récrée, il nous fait du bien; il épanouit notre cœur. Nous nous portons mieux, quand nous avons ri; les Anglais, au contraire, quand ils ont ri, semblent plus malades qu'auparavant. La cause de ce contraste est simple : en riant, ils sortent de leur caractère et nous restons dans le nôtre.

Ce penchant décidé des Français pour la gaieté, assure la vogue à tous ceux qui le flattent; il a fait de Molière le poète national; et aujourd'hui que mille entraves rendent la bonne comédie impossible, aujourd'hui qu'à l'abri de certaines opinions, les ridicules sont devenus inviolables, et les vices sacrés, le public va chercher ses consolations sur les petits théâtres où l'on peut rire encore.

Ces observations ont une portée qui n'échappera pas au lecteur. Je les trouve sur des notes prises récemment dans un court voyage en province. J'y ai vu des gens de tous les partis, et il est prouvé pour moi que l'opinion politique de la bourgeoisie moyenne se fait absolument par des journaux qui sont *à peine politiques*.

Les erreurs, les préjugés, les partis pris paralysent la puissance des esprits généreux qui se consacrent au progrès démocratique. Or, on ne les connaît que par une multitude de farces et de calembours qui dégénèrent en diffamation et en calomnies. On les juge d'après des *nouvelles à la main* et des *échos de Paris*.

Le lecteur n'ignore pas que M. de Guerle, surnommé

le *préfet errant*, a eu l'honneur de donner des leçons de littérature aux enfants de M. le duc de Broglie. M. de Guerle appartient à la religion protestante, et il se voit en butte à l'opposition du parti catholique de toutes les villes où *il tente* d'entrer en fonctions.

Quel parti n'eussent pas tiré de cette situation les joyeux satiristes qui ont inventé la livrée de Spuller et le numérotage de Jules Simon !

Au lieu de saisir cette aubaine, c'est à peine si les journaux républicains ont indiqué le fait. Eh bien! c'est un tort. Il faut être plaisant. Les gens sérieux d'un parti n'ont pas besoin d'être convaincus. Il faut viser la masse flottante, indécise, souvent indifférente, celle qu'on peut convaincre avec un mot.

Il y a beaucoup de *Calinos* dans les rangs des réactionnaires. Sachons nous sacrifier ; attachons des grelots aux barbes de notre plume. Le ridicule est une arme qui tue ; nos adversaires n'en ont pas le secret. Ridiculisons leurs hommes ; la besogne est facile, ou plutôt, elle est toute faite. Il n'y a donc qu'à nous résigner pour faire l'appoint qui nous manque, avec les imbéciles que les malins de la réaction ont accaparés pour grossir leurs rangs.

Savez-vous à quelle épreuve la France est soumise en ce moment? Je vais vous le dire.

Les royalistes sont occupés à la *chloroformiser*, et ils attendent qu'elle soit endormie pour lui faire subir l'opération.

Vous voilà prévenus ; ne vous laissez pas aller. Si vous fermez l'œil une minute, le tour est fait.

- Le moyen de pénétrer dans les couches de lecteurs que nos idées effrayent — bien à tort assurément — c'est d'être gais et spirituels autant que possible.

Un grand nombre de républicains lisent le *Ventriloque*, ce journal réactionnaire si parisien, si piquant, rempli de nouvelles vraies ou fausses. Aucun royaliste ne lisait la *Revue politique*, dans laquelle il s'est dépensé, en six mois, plus de talent réel qu'on n'en trouverait dans la collection entière dudit *Ventriloque*.

Les foules veulent être amusées ; et, en France, la foule commence en haut.

Anacharsis Clootz appelait Paris le *chef-lieu du globe* ; et, comme toute expression heureuse et vivante a sa parodie qui la consacre, Edmond Texier disait plus tard de la Belgique : *C'est l'Odéon de l'Europe.*

Le vocable gigantesque de l'orateur révolutionnaire peignait assez bien une immense cité, qui, devenue alors l'asile et le foyer des troubles politiques, offrait à l'univers le plus imposant spectacle. Mais les commencements des plus illustres nations, comme ceux des villes les plus riches, ont toujours été faibles et sans gloire. Il y a loin de Paris, centre des lumières et de la propagande humanitaire, fameux par les institutions qui s'y sont succédé, superbe par les monuments qui le décorent, à ce bourg informe et presque inaperçu des Gaules, qui servit jadis de refuge à l'inculte peuplade des *Parisii.*

Il est indispensable au salut du pays qu'une transformation aussi complète s'accomplisse dans les mœurs. La grandeur de la France, l'avenir de nos enfants, l'intérêt même de la religion l'exigent.

Que chacun fasse le fou, comme Junius Brutus. Rions, Messieurs, rions au nez de nos magnétiseurs, et leurs passades n'auront aucun résultat.

La masse des lecteurs français repousse les écrivains timides, dont l'impassible froideur affaiblit les faits les plus concluants. L'ironie est une des formes de l'indignation, la seule qui nous soit laissée; et la muse de l'histoire, c'est l'indignation.

C'est surtout en écrivant l'histoire de la monarchie française qu'il est difficile de se dérober à ce sentiment. Comment demeurer froid en exposant cette lutte, prolongée pendant tant de siècles, du sens commun contre les institutions, du droit contre le fait; en racontant cette série non interrompue d'actes toujours oppressifs, souvent atroces et révoltants, créée au profit d'une double tyrannie, celle qui frappe et celle qui trompe; chaos d'erreurs et de crimes dont l'horreur est à peine tempérée par quelques vertus isolées et presque toujours punies?

Eh bien! c'est au nom de ce passé qu'on nous

prêche. Les uns le prennent de haut; ils ont la tribune et la chaire. Les autres se répandent en tirailleurs; ils jettent la farine au visage des hommes graves pour faire rire les autres. Le système leur réussit.

C'est surtout en politique qu'il est bon d'avoir les rieurs de son côté.

Si désolés que nous puissions être, rions! rions! je vous en prie.

Répondons aux faux nez avec des pratiques.

A polichinelle, polichinelle et demi.

Les faux nez ont fait cinq cents articles pour dire que Gambetta est borgne; nous n'en avons pas fait un seul pour dire que le comte de Chambord est boiteux.

Ils se tordent de rire en parlant de la bosse du député Naquet et nous évitons niaisement de numéroter les infirmités des énergumènes de l'autre côté de la Chambre.

Assez de ce jeu. Comptons les verrues, mesurons les oreilles. Gare aux infirmes!

Et rira bien qui rira le dernier.

VII

PROPAGANDE ROYALISTE

C'est un bonheur de lire les journaux qui ont accepté la tâche de faire mousser la Droite. Il ne se sentent pas de joie. Ce sont, chaque matin, des dithyrambes à la lune et des *Hosannah* au brouillard. Subitement, tout a changé de face. Nos ports sont encombrés, les manufacturiers n'ont pas le temps d'inscrire toutes les commandes qu'ils reçoivent, les boutiquiers refusent du monde et les ouvriers sont sur les dents...

Le lecteur est tenté de chanter, comme à l'Opéra-Comique :

> Mon Dieu ! si c'est un songe,
> Ne me réveillez pas !

Eh bien ! sans effort, sans arrière-pensée, je veux

faire, cette fois, le jeu des conservateurs les plus
arriérés.

Peu m'importe l'opinion des gens qui poussent à la
reprise des affaires.

Je m'attelle avec eux au gouvernement sans conditions suspensives.

Les affaires reprennent, disent-ils ! Je veux le
croire, je le crois.

Ce n'est qu'en le répétant sur tous les tons que
nous arriverons à nous persuader.

Le devoir de tous les Français est de dépenser
cet hiver le plus qu'ils pourront et surtout de faire
l'aumône jusqu'à extinction de leur tirelire.

Les habits fanés, le vieux linge, les couvertures
remisées, donnons toujours, donnons encore.

Du reste, pourquoi les affaires n'iraient-elles pas ?

Que faut-il au commerce ? Le calme dans la rue,
un avenir de tranquillité. Or, nous sommes à cet
égard dans une situation inattaquable.

Le côté matériel est absolument assuré : reste le
côté moral qui importe à la dignité de la nation. C'est
l'affaire de l'Assemblée. Si elle nous donne de bonnes
lois, si elle n'abuse pas de sa force, nous ne serons
point à plaindre et nous ne nous plaindrons pas.

M. du Sentier de la Planisphère, membre inconnu
de la Droite, orateur muet, est absolument de mon
avis. Aussi cet excellent citoyen a-t-il commencé, dès

3.

le premier jour, à donner l'exemple de la confiance.
Il a commandé six gilets de flanelle et deux paires
de bottines. Il s'est fendu d'un chapeau neuf, et, au
lieu de prendre l'omnibus, il a fait la dépense d'un
fiacre.

Fixant un regard humide sur la photographie de
M. le duc de Broglie, du Sentier s'est écrié : Albert !
vous serez content de moi !

Il a convoqué tous ses amis, et, après une heure de
la conversation la plus cordiale, chacun jurait de se
dévouer, dans la mesure de ses moyens, à la prospérité publique...

Des domestiques portant sous chaque bras un sac
de pièces de cinq francs se mirent à circuler dans
Paris. De temps en temps, une secousse préméditée,
un cahot étudié apprenaient aux passants que c'était
vraiment de l'argent qui circulait ainsi. Quelques-uns
n'en pouvaient croire leurs oreilles.

Le soir, chaque conservateur faisait éclairer sa
salle à manger, et au moyen d'un petit canon de bois
fermé par un bouchon, il imitait, devant la fenêtre
ouverte, la détonation du champagne.

— Les affaires reprennent, pensait-on dans les rues.

Les demoiselles conservatrices jouaient du piano,
tandis que le père et la mère frottant les pieds sur le
parquet, représentaient une foule de danseurs.

— Que de bals il y avait hier soir ! s'écriait aussitôt le *Frou-frou*, gazette du *High-life*.

Le vicomte de Créneau-Piteux, qui aspire à la place de préfet de police, ayant rencontré sur le boulevard une fille vêtue d'une toilette extravagante, mais un peu fanée, s'étonna de la pâleur de son visage.

— Pourquoi êtes-vous si pâle, mon enfant ? lui demanda-t-il.

— *C'est pas malin*, répondit la demoiselle, on a tout juste de quoi manger et on y regarde avant d'acheter un pot de rouge de trois francs.

— Le rouge est bien mal porté, fit le vicomte.

— Pas sur la figure, dit la jeune fille.

Le vicomte réfléchit un instant.

— Pensez-vous, reprit-il, que le maquillage attire les étrangers ?

— C'était ainsi sous l'Empire !

— Eh bien ! il ne sera pas dit que je n'ai pas fait tous mes efforts pour la prospérité publique. Voici trois francs... allez acheter du rouge !

La demoiselle prit les trois francs, en disant : — Paies-tu un bock ?

Le vicomte se retira aussitôt, légèrement choqué de cette familiarité.

Deux députés de la Droite entrent dans un magasin.

— Je voudrais un foulard, dit l'un d'eux, pour mettre autour du col.

— Voilà, Monsieur, fait le marchand, foulard de

Chine, foulard écossais, foulard brodé... tout ce qui se fait de mieux.

— Combien celui-ci ?

— Sept francs cinquante.

— C'est un peu cher.

L'autre député tirant son collègue par la manche :

— Marchander dans ce moment ! Y pensez-vous ?

— Mais, dit l'autre, si je puis l'avoir à meilleur marché ?

— Allons donc ! ce serait une lésinerie indigne... Ce foulard vaut dix francs... Donnez dix francs !

Le bonnetier stupéfait :

— Ce n'est que sept cinquante...

— Il y a quelques jours, c'était possible, reprit le droitier, mais, maintenant, la marchandise va manquer ! Voilà un foulard qui vaudra quarante francs dans huit jours, si les fabricants ne se dépêchent pas... Les affaires reprennent, Monsieur !...

Et les deux collègues sortirent, bras dessus, bras dessous.

Un autre prorogateur — mais je donne le fait sous toutes réserves — s'est déguisé en pauvre, et assis sous une porte cochère, il s'est mis à manger un faisan truffé.

— Vous n'avez pas de honte, lui dit un brave bourgeois, de demander la charité en faisant un pareil repas ?

— Que voulez-vous ? répondit le faux mendiant,

tout va si bien maintenant que je veux me nourrir
comme tout le monde !

M. Pointilleux-Lapucière, membre du conseil
général, et député de la Bièvre-Inférieure, s'est pro-
mené pendant trois jours avec des paquets à la main.
Il sortait le matin chargé de deux ou trois paquets de
vieux chiffons qu'il rapportait soigneusement le soir.

Après quoi il s'est empressé d'écrire à ses lecteurs :

« Paris a repris sa physionomie des anciens jours.
Le mouvement est complètement revenu. On ne rencontre que des gens qui viennent de faire des achats.

« Le papier s'escompte à sept et huit mois sans difficulté. Il est probable que, dans six ans et demi, les
impôts seront diminués de moitié.

« On cite un marchand de pommes de terre frites
qui a fait deux mille francs de recette dans une seule
journée. Il est vrai que sa poêle est *au coin du quai,*
mais vous pouvez avoir par là une idée de l'ivresse
générale.

« Le camelot est dans la joie. La peau de lapin se
vend quinze centimes ; l'os de gigot (bonne qualité)
cinq sols le kilo. Confiance donc, Messieurs !

« C'est une grande victoire morale que nous avons
remportée, les autres n'étant plus dans nos moyens.

« Salut et inégalité ! »

En attendant on nous annonce une loi sur la presse.
C'est toujours avec un nouveau plaisir, comme

disait Louis-Philippe, que je prend connaissance
d'une loi sur la presse.

En a-t-on fait de ces lois sur la presse ! Et elles
n'ont jamais gêné que ceux qui les votaient.

Quant à la loi sur le duel, elle est heureusement
renvoyée sous remise.

Il y a eu cinq ou six rencontres ce mois-ci ; les
maîtres d'armes ne chôment pas ; l'escrime est à la
mode. Jacob, Robert et Vigeant se frottent les mains
en murmurant avec satisfaction : Les affaires reprennent !...

VIII

A TROMPEUR, TROMPEUR ET DEMI

Les journaux de toutes les opinions ont été obligés de reconnaître que, dans la séance du 3 juillet, M. Jules Simon a obtenu un véritable succès de mépris. Ce qu'on ne sait pas, c'est que ce succès a failli avoir des conséquences funestes.

Le maréchal de Mac-Mahon était rentré fort triste chez lui. Il ne desserra les dents que pour manger, et c'est à peine s'il prit quelque nourriture.

Madame de Mac-Mahon, inquiète de ce changement, ne perdit pas de vue un seul instant celui dont elle porte le nom. Après le dîner, le maréchal s'était retiré dans son cabinet. En regardant par le trou de la serrure, on le vit prendre une plume et tracer fiévreusement quelques lignes.

Le fait paru si extraordinaire que la maréchale envoya aussitôt chercher d'Harcourt (celui qui sait tout).

D'Harcourt, surnommé le sorcier du 16 mai, arriva au galop. Il était temps, car le maréchal avait ouvert sa boîte à pistolets et, après avoir recommandé à Dieu l'âme de M. de Fourtou, il s'apprêtait à se faire sauter la cervelle.

Courir sus au maréchal, lui arracher le pistolet des mains, fut pour d'Harcourt l'affaire d'un instant.

— Je veux mourir, murmura le maréchal, laissez-moi mourir !

— Quelle est cette lubie ? demanda d'Harcourt.

— Ah ! mon ami, je ne me pardonnerai jamais d'avoir pu méconnaître cet homme...

— Quel homme ?

— Le modèle des conservateurs !

— Quel modèle ?

— Le type du jésuite !

— Quel type ?

— L'honneur de la calotte !

— Quelle calotte ?

— Mais lui, lui Son Eminence Monseigneur Jules Simon, l'unique et véritable évêque d'Angers...

D'Harcourt ne put retenir deux larmes.

— Qui pouvait deviner, murmura-t-il, les ressources infinies de cet esprit ondoyant et divers ? Pourquoi lui-même ne s'est-il pas expliqué franchement avec nous ?

— Conduit par Simon, le 16 Mai eût réussi... Il nous eût amenés par une pente douce au résultat dé-

siré. Je l'ai brusquement congédié... et j'ai gardé Decazes ! Ce sont là, d'Harcourt deux fautes impardonna-
bles... Tantôt, pendant que le martyr Simon faisait
passer chez tous les membres du Sénat son absence
de conviction, j'ai compris toute l'étendue de mon
erreur. Quelle onction ! quelle admirable hypocrisie !... D'Harcourt, laisse-moi mourir !

— Non, maréchal, reprit sévèrement celui qui fut
le Pic de la Mirandole de l'Elysée, M. de Broglie peut
avoir encore besoin de vous. Comme chrétien et
comme soldat, votre devoir est de ne pas déserter le
poste.

Le maréchal se laissa tomber dans un fauteuil, et
d'Harcourt remit les pistolets à la bonne, qui les em-
porta dans sa chambre.

A l'hôtel de Broglie, l'émotion n'était pas moins vive.
Le duc faisait les cent pas dans son cabinet.

Il s'arrêta subitement, prit dans sa bibliothèque un
volume intitulé : *Almanach de Gotha*, et se mit à le
feuilleter.

— Simon n'y est pas! murmura-t-il. Bourbon,
Habsbourg, Savoie, Romanoff, Lubomirski s'étalent
sur ce livre d'or... et pas un mot pour Simon ! Il faut
que cet homme entre dans ma famille ; je trouverai
bien quelque nièce dans mes branches cadettes... et je
la lui donnerai. Il prendra le nom d'une de mes terres
et je l'imposerai au noble faubourg. Rien de plus
facile, du reste, que de lui fabriquer une généalogie...

Nous le ferons remonter à Simon le magicien, surnommé la *Vertu de Dieu*... Par ce moyen, nous l'atta-
cherons définitivement à notre cause... jusqu'à ce
qu'il en meure !

Dans le monde clérical, la galanterie ne perd jamais
ses droits. On ne s'entretenait chez la marquise de
Trouston-Sully que de la séance du Sénat. Il y avait
eu dîner intime ; la comtesse de Sainte-Cantharide, la
baronne des Garennes, la vicomtesse de Lamotte-
Rare, trois ou quatre cocodettes de haut vol et deux
révérends pères jésuites récemment expulsés.

On sait que les révérends pères ont trouvé bon
accueil et bon gîte dans toutes les maisons légitimistes. Ils logent *chez l'habitant*, comme les troupes
de passage. A eux les sourires de la maîtresse de la
maison ; à eux les prévenances des femmes de
chambre ; à eux les premières rougeurs des demoiselles qui, surprises dans une occupation matinale,
sont obligées de murmurer doucement : Il y a quelqu'un.

Le révérend père sourit et répond : *Ad majorem Dei
gloriam*, après vous !

— Amen, soupire la demoiselle.

Et tout se passe en famille.

La marquise de Trouston-Sully est enchantée des
deux hôtes que vient de lui amener la persécution.
Les révérends pères passent leur journée à écrire. Ils

ont, à chaque instant, des lettres à faire porter en ville. On a remarqué que, depuis qu'ils sont à l'hôtel, le groom ne peut plus s'asseoir.

Donc, on causait des incidents de la journée.

— Si M. Simon n'était pas sur son retour d'âge, dit madame de Sainte-Cantharide, je lui prouverais notre reconnaissance.

— Ah! s'écria la baronne des Garennes, cet homme est un rude lapin!

— Et quelle langue! soupira Madame de Lamotte.

— Oui, c'est un véritable orateur, affirma le père Narcisse.

— Il faudra pourtant, interrompit la marquise, que l'une de nous se sacrifie. Un homme n'est vraiment attaché à un parti que lorsqu'il y est retenu par la main d'une femme. N'est-ce pas, mon père?

Le père Fructueux, interpellé, répondit en levant les yeux au ciel : « *Quum finis est licitus, etiam media sunt licita.* »

— Sanchez, Navarre et autres théologiens nous apprennent, ajouta le père Narcisse, que la prostitution est permise quand l'intention est bonne.

— Mes intentions sont toujours bonnes, s'écria madame de Val-Fessé, qui entrait à ce moment.

Le lendemain, en prenant son chocolat, M. Jules Simon reçut une vingtaine de plis armoriés et exhalant une forte odeur de patchouli.

C'étaient autant de déclarations émanant des nobles dames qui descendent des contes de Brantôme.

Celle qui attira particulièrement l'attention de Son Eminence était conçue en ces termes :

« Jules, ô mon damoiseau !

« Servir la cause du Seigneur, c'est embrasser la cause des dames. Voulez-vous embrasser la mienne ?

» Je vous offre la récompense de vos travaux. Vous m'appellerez Omphale, et je désire que les circonstances me permettent de vous donner le doux nom d'Hercule.

» Vous entrerez par le jardin ; la porte sera entrebâillée, et ma fidèle camériste vous conduira vers le boudoir, où je vous attendrai en proie à une émotion que je vous promets de ne pas contenir.

» Rappelez-vous les paroles du poète :

En vain la jeunesse
Veut faire sa cour.
C'est à la vieillesse
Qu'appartient l'amour !

» Je vous prouverai, gentil damoiseau, que les gens qui parlent de liberté ne connaissent pas les chaînes de fleurs. Je vous montrerai mes quartiers de noblesse et vous pourrez les compter.

» Ci-joint ma photographie. Vingt-cinq ans, un marbre.

» Autorisée par mon confesseur, je vous attendrai en peignoir bleu.

» Toute à vous,

> » Odette de Prémontré, née de
Très Bonnechose. »

— Je serai au rendez-vous, s'écria Simon. Sorti du peuple, je ferai mon trou dans la noblesse... C'est le propre des révolutions de mettre dessus ce qui était dessous !

Chez M. Bocher, les sentiments étaient partagés. L'amnistie pleine et entière comptait quelques partisans.

— Le duc d'Aumale l'eût accordée, dit un orléaniste, s'il était arrivé à la présidence.

— Sans doute, répondit feu Target, mais il n'est pas permis à tout le monde de faire ce qu'aurait fait le duc d'Aumale.

M. Bocher s'adressa alors à M. Paul de Rémusat.

— Entre nous, demanda-t-il, que pensez-vous de tout cela ?

— Qu'entendez-vous par tout cela ?

— L'amendement Labiche et le discours Simon ?

— Je pense, répondit M. de Rémusat, que... *Labiche ne fait pas le moine !*

IX

AMÉNITÉS CLÉRICALES

Le procès qui vient de se juger à Dijon me semble singulièrement instructif. Un sieur Bour, économe de l'orphelinat catholique, et une demoiselle Marie-Françoise Pommier, en religion sœur Saint-Pierre, sont assis sur le banc des prévenus.

Au dire de l'accusation, les corrections manuelles sont administrées dans l'établissement avec une telle prodigalité que les voisins ont pu croire qu'il s'y faisait des expériences de vivisection.

Les malheureux petits êtres livrés aux bêtes du cléricalisme sont des enfants en bas âge — et l'économe Bour avait la prétention de les empêcher de faire pipi dans leurs draps en les fustigeant d'importance. C'est ce qu'on appelle « prendre les enfants par la douleur. »

Les témoins déclarent avoir vu les enfants trem-

blants comme des animaux battus. L'un avait plusieurs
phalanges de la main droite écorchées, un autre l'o-
reille entamée, un tout petit saignait à la figure.

Une dame Midant a vu de pauvres petits condamnés
qu'on menait chez Bour et qui ne voulaient pas monter
l'escalier, sachant bien ce qui les attendait.

Pauvres petits, que l'on menait *aux coups* comme
des agneaux à l'abattoir! Je les vois, se regardant au
pied de l'escalier de cet usurpateur de Dahomey, le
nommé Bour — un nom qui est la moitié de bourreau!

Ce rival de Calcraft et d'Hendreich frappait les enfants avec des bâtons attachés avec des cordes, nouvelle espèce de martinet à laquelle il pourra laisser
son nom et qu'on appellera la *Bourodine.*

Quant à la sœur Saint-Pierre, on lui reproche *seulement* d'avoir mis dehors, vêtu d'une simple chemise,
le petit François, âgé de quatre ans, par un froid de
douze degrés au-dessous de zéro. Charmante, la sœur
Saint-Pierre. Plus charmant encore le docteur Gautrelet, dont voici la déposition, un chef-d'œuvre :

« Si l'on a mis des enfants dehors par la neige, dit
ce paternel médecin, il n'en est rien résulté de
fâcheux, et *il ne pouvait rien en résulter de fâcheux* ».

(TOUPET est donc un mot qu'il faut rayer du dictionnaire? Voyons, docteur, il ne pouvait rien en résulter
de fâcheux, dites-vous? Pas même une fluxion de
poitrine, pas même un rhume?)

Gautrelet, — dont je vais demander la photogra-

phie pour le salon d'exposition de l'*Événement*, —
Gautrelet continue en ces termes :

« Tous les jours, on sort d'un appartement chauffé
à vingt degrés pour aller à un froid de douze ou
quinze degrés... »

(Jamais en chemise, Gautrelet, jamais !)

« Ce qui fait, poursuit le docteur, avec une logique
qu'on n'était pas en droit d'attendre de lui, ce qui
fait trente-deux à trente-cinq degrés de différence,
sans inconvénient. Voyez ce qui se passe quand on
prend des douches, et les douches ne font pas mal. »

Non seulement les douches ne font pas mal, mais
je crois fermement qu'elles feraient le plus grand bien
au susdit Gautrelet.

Je ne sais si j'habiterai jamais Dijon, dont j'estime
la moutarde, mais ce que je sais bien, c'est que
M. Gautrelet n'aura pas ma pratique.

La sœur Saint-Pierre, qui a répondu avec franchise
aux questions du président, a été acquittée, et le
fameux Bour, bénéficiant des circonstances atténuantes qui lui ont été accordées, n'a été condamné
qu'à seize francs d'amende.

Voyons donc quelles peuvent être ces circonstances
atténuantes — et quel est le personnage auquel des
juges bien indulgents les ont accordées.

A l'appel de son nom, Bour se lève. Il fait une
distinction entre ses prénoms« civils » et ses prénoms
« religieux ». Face blafarde, exsangue, cheveux

blanc filasse, gardant encore une teinte de ce blond terne des petits flamands élevés au biberon de bière.

M. le substitut Party s'est montré à la fois ferme et modéré. Il a parlé comme doit parler la justice. Il réclame une condamnation et fait connaître les antécédents de cet économe religieux.

Voilà où commence l'épouvante, voilà où est l'horreur : cet homme qu'on a placé dans un établissement catholique, cet individu qu'on a entouré de petits enfants, a été condamné à trois mois de prison, en 1857, par le tribunal de la Seine, pour *outrage public à la pudeur !*

Il me semble que c'est plus grave que de pisser au lit. Qu'en dites-vous ?

Et, pour que le tribunal ait prononcé trois mois de prison, en 1857, contre un individu revêtu du caractère religieux (qu'il déboutonnait cependant quelquefois) ; pour que, sous l'âge de fer de l'empire, cinq ans après le coup d'État, les juges d'alors en aient usé avec cette sévérité relative, il fallait que le fait fût... typique.

Depuis cette époque, il est vrai, Bour n'a pas été pincé. Est-il resté pur ? Je veux le croire. Mais, d'un certificat du commissaire de police de Poissy, lu à l'audience, il semble résulter que si, depuis sa condamnation, Bour n'a commis aucun délit du même genre, il a toujours été soupçonné d'un goût *contre nature.*

Tout s'explique. « Laissez venir à moi les petits

III   4

enfants, » a dit le *divin Sauveur*. Et voilà comment le digne économe de l'orphelinat catholique de Dijon a interprété les textes sacrés. Il se mortifiait sur la chair des autres.

Il est possible que la condamnation qu'il avait subie ait suffi à conserver à M. Bour la réputation d'avoir *ces goûts contre nature* dont parle le commissaire de police de Poissy. En tout cas, il les a eus une fois, et ce n'est pas sur une telle recommandation qu'on eût dû placer cet amant malheureux dans un établissement destiné à recevoir des enfants.

Pourquoi n'en pas confier aussi la direction à M. de Germiny et la surveillance au doux Chouard? C'eût été complet. Mais, au fait, ils sont peut-être placés ailleurs. On ne met pas toutes ses figues dans le même panier.

X

LE FLÉAU DES TITRES

On ne peut nier que le titre de noblesse ait une valeur réelle, puisqu'il se trouve tous les jours des gens pour en acheter.

La chose se passe simplement ; le titre se met en vente à la quatrième page de certains journaux, voire dans les *Petites-Affiches.*

Vous avez lu comme moi :

A VENDRE un titre de prince (100,000 francs) et un titre de comte (40,000 francs). En Italie. S'adresser à M. X..., au Grand-Hôtel.

Hier encore, on lisait dans l'*Indépendant des Basses-Pyrénées :*

Une famille, propriétaire d'un titre de noblesse remontant à plus de quatre cents ans, désire céder ce titre, que le cessionnaire fera valoir comme il lui plaira.

S'adresser au bureau du journal.

Le titre est donc devenu une marchandise comme une autre, et je ne serais pas surpris de voir s'établir une banque d'émission de titres de noblesse, ajoutant sur ses prospectus que la *cote sera demandée à la Bourse de Paris.*

C'est ce moment que M. Lepère a choisi pour réchauffer une circulaire du fameux duc de Broglie, à propos des usurpations de titres. Encore le duc gardait-il ses derrières, ce que tous n'ont pas fait dans le gouvernement du 16 Mai:

Les *Broglio*, dont le nom traduit en français signifie *Dumoulin*, se sont souvent refaits par des mariages avantageux. Un des aïeux de M. de Broglie a épousé la fille d'un marchand de morues de Dunkerque, qui apportait de fortes sommes dans la famille.

Un fils du duc actuel a donné son nom à la fille d'un riche raffineur qui est devenue princesse.

L'homme astucieux du 16 Mai a pensé avec raison que si le titre se vulgarisait, il deviendrait moins facile d'en tirer un parti avantageux, et il a adressé une circulaire à tous les agents et officiers ministériels pour leur recommander une surveillance attentive et ombrageuse à cet égard.

Souvent, écrivait-il, des prétentions basées sur de simples allégations ou sur une possession plus ou moins contestable, s'élèvent devant l'officier de l'état civil.

. . . .

Aucune partie ne doit recevoir d'autre titre que ceux qui lui sont attribués à elle, personnellement, par des actes réguliers, tels que lettres patentes, etc...

L'usage, les traditions de famille, la possession même, ne sauraient suppléer à la production d'actes réguliers s'appliquant à la personne même qui figure dans l'acte de l'état civil soit comme partie, soit comme déclarant, soit comme témoin. »

Pour M. le garde des sceaux :

Le sous-secrétaire d'État,

Numa BARAGNON.

M. Lepère a cru devoir à son tour mettre un terme aux envahissements des amateurs de titres et de particules.

A mon avis, c'est tout le contraire qu'il eût fallu faire. Si j'étais l'inspirateur d'un ministre, je lui conseillerais de présenter à la signature du Président de la République un décret ainsi conçu :

Article 1er. — Tous les Français sont gentilshommes devant la loi.

Art. 2. — Chaque citoyen portera le titre que ses parents auront choisi pour lui en faisant la déclaration de sa naissance.

Art. 3. — Tous les enfants trouvés seront ducs.

A partir de la promulgation de ce décret, une usurpation de titres dans les actes de l'état civil serait un acte de pure démence.

Ce qu'il y a de certain aujourd'hui, c'est que le faubourg Saint-Germain n'existe plus. Il s'est perdu dans les alliances comme le Rhin se perd dans les sables.

M. Lévy-Crémieu, financier bien connu, est allié

par sa nièce, mademoiselle Valentine Bénédite, à la noblesse la plus huppée. Les marquis et les comtes se disputent les demoiselles de la Judengasse. Un spirituel hébreu de mes amis me disait en riant : — Nous remontons bien au delà des croisades... puisque nous sommes juifs !

Il est certain que, dans ce cas, l'antiquité de l'origine est incontestable.

Mais alors, qu'on ne nous parle plus des croisades, mais seulement des *croisements*.

Le salon le plus pur, le dernier boulevard de la royauté légitime, est présidé par la fille d'un agent de change nommé Gibert. C'est une noblesse de la rue Villedo.

Comte Cahen d'Anvers, comte de Camondo, baron de Hirsch, l'almanach de Gotha vous salue et d'Hozier vous baise les mains !

Dix mille individus ont changé de nom depuis trente ans. Vont-ils faire souche d'aristocrates ? Il est curieux de voir au *Bulletin des lois* le nombre de gens nommés : Durand, Martin, Cochon, Brière, Cocu, Bichet, qui n'étant pas satisfaits de ces appellations de famille, ont demandé et obtenu l'autorisation de prendre des noms plus ou moins ronflants, tels que d'Aubigny, de Valfleuri, de Montjoyeux et de Fortcastel.

Les fils de ces gens-là s'engageront dans l'ordre

moral de l'avenir, et feront arrêter les marchands de journaux au nom de la conservation sociale.

Nous rencontrons chaque jour des individus qui se font appeler du nom d'une famille notoirement éteinte. Comment ce miracle s'est-il accompli ? C'est ce qui deviendra de plus en plus obscur.

Et cependant, le mérite personnel, la valeur intrinsèque de chaque personne est si bien la seule chose à considérer, que la France oublie les titres des grands hommes pour ne conserver que leur nom.

Le baron de Montesquieu, le vicomte de Turenne le marquis de Mirabeau, le vicomte de Châteaubriand, ne s'appellent plus aujourd'hui que Châteaubriand, Mirabeau, Turenne et Montesquieu. Il semble qu'on les trouve tellement supérieurs à leurs titres qu'on les en dépouille pour ne pas toucher à leur gloire.

Grands hommes, ils redeviennent peuple.

Paris fait une effroyable consommation de princes russes. Tout russe qui a passé la frontière devient prince de droit. Les Polonais ne sont que comtes ou barons.

A part quelques familles qui ont participé avec Pierre le Grand à la fondation de l'empire russe, les autres princes sont de formation bien récente, quand ils ne sont pas de formation personnelle.

Au fond, *prince*, en Russie, est une dignité à peu près équivalente à celle de *garde-champêtre* en France.

Mais le bijoutier, le tailleur, le chemisier, le maître d'hôtel, coupent encore dans le pont.

Cela est si vrai qu'on n'a jamais vu un chevalier d'industrie prendre, pour se faire ouvrir un crédit quelque part, le nom d'un bon et honnête bourgeois.

« Marquis de Pontlevoy,

» Prince d'Australie.

» Nombril-pacha,

» Baron de Maupas,

» Prince de Scanderberg... »

A la bonne heure, voilà des noms qui appellent le crédit !

Si jamais un ministre de l'intérieur arrive à promulguer le décret que j'ai soumis plus haut à la sagesse du gouvernement, l'escroquerie cosmopolite y perdra sa plus grande force.

Je profite de l'occasion pour appeler l'attention du ministre sur une circulaire autographiée qui m'est parvenue par erreur. La voici dans toute naïveté :

Paris, 22 *septembre* 1879.

Monsieur,

Vos sentiments monarchiques bien connus et les services que, chaque jour, vous rendez à la cause du trône et de l'autel, m'autorisent à vous recommander une ingénieuse pensée qui, nous n'en doutons pas, sera suivie des plus heureux résultats.

Sous ce titre :

OEUVRE DES FEMMES DU ROI

SOUSCRIPTION

DE LA NOBLESSE DE FRANCE

Pour aider Mgr le comte de Chambord à remonter sur le trône de ses pères,

nous lançons une machine de guerre à double effet. D'une part, nous secondons la virilité de notre prince; de l'autre, nous précipitons la chute de cette gueuse de République qui a du plomb dans le bonnet phrygien, mais qui a la vie dure.

ORGANISATION

Directeur général de l'œuvre :

Le R. P. du But, de la Compagnie de Jésus, confesseur du roi.

Président honoraire :

S. A. R. le duc de Limours, grand-maître de la fusion :

COMITÉ D'ACTION

Princesse Iseult des Craas, *présidente;*
Duchesse Oriane de Montavoir, *vice-présidente;*
Duchesse Herminie de Noirétable, *deuxième vice-présidente.*

CONSEILLÈRES

Marquise Bathilde de Beauflanc,
Marquise Scipione de Cognevif,
Marquise Inès de Chasseprofit,
Comtesse Ellissandre de Sainte-Béate,
Comtesse Martine de Vaupinard,
Comtesse Chrétienne de Robefoin,
Vicomtesse Bernadette de Folminet,
Vicomtesse Eléonore des Creverats,
Baronne Huberte du Fourré de Gratteloup de l'Épinette,
Baronne Suzanne de Maquepoix,
Baronne Cyprienne de Morvolant.

SECRÉTAIRES :

Chanoinesse Pulchérie de Sainte-Vrille,
Chanoinesse Odile de Fessanvilliers de Genbaisenil.

ARCHIVISTES :

Mademoiselle Luce de Lamotte-Taillée,
Mademoiselle Marthe de Prépotin de Culêtre,
Mademoiselle Étiennette Le Chauve de Mouillefort.

A ce comité ont été adjoints :

M. l'abbé Bouquenville, oblat de Marie, secrétaire pour la correspondance :

Le R. P. Putois, de l'ordre des comptables du Seigneur, secrétaire pour la comptabilité.

Le caractère de haute aristocratie de l'*Œuvre des Femmes du Roi* ne vous échappera point et réjouira votre cœur royaliste et religieux. J'aurai, d'ailleurs, le plaisir de vous tenir au courant des progrès de notre entreprise sur laquelle la bénédiction du Saint-Père vient d'être appelée par le télégraphe.

Agréez, Monsieur, l'assurance empressée de ma considération la plus distinguée.

Par ordre du comité d'action,
Abbé BOUQUENVILLE.

Godefroy de Bouillon, Tancrède, Dunois, Xaintrailles, sortez de vos tombeaux de pierre ! Venez, je vous en prie, faire avec moi le tour du faubourg Saint-Germain... et nous aurons quelques instants d'un bon rire. Si le Tout-Puissant vous donne un congé, profitez-en pour faire cette petite excursion. Je vous attends chez Bignon.

XI

MORIMBEAU, DIT DES HOUX

Le houx est un arbre toujours vert dont les feuilles sont luisantes et armées de piquants. Henri des Houx est un journaliste toujours blême dont les feuilles sont ternes et armées d'orties.

Le houx pousse un peu partout; Henri des Houx ne pousse que dans les petites colonnes de la *Défense*.

Les racines du houx passent pour diurétiques; les articles d'Henri des Houx produisent des résultats analogues.

Cet homme, dont la prose est si utile à ceux qui souffrent de la goutte et de la gravelle, s'est plaint avec amertume qu'on n'eût pas exposé une messe ou deux au palais du Champ de Mars.

Le fait est qu'on n'y a pas pensé. Je n'y aurais vu, pour ma part, aucun inconvénient. Les cérémonies du culte valent bien les autres cérémonies, et puisque la cour d'appel était représentée à l'inauguration par des conseillers en costume d'apparat, il n'eût pas été mal que la justice des hommes se rencontrât une fois avec ceux qui promettent la justice de Dieu.

Ce qui m'amuse — dans cette réclamation — c'est la manie persistante des catholiques modernes, plus arriérés que les anciens, de faire intervenir directement le bon Dieu dans les affaires les plus matérielles de ce monde.

Ils ont fait de l'Être suprême une espèce de gendarme qu'on va chercher, en certains cas, comme on irait chercher la garde. Il y a cependant une différence entre ces deux pouvoirs : la garde vient quelquefois sur réquisition, le bon Dieu de Veuillot et d'Henri des Houx ne vient jamais.

S'il s'abaissait à intervenir, y aurait-il eu des erreurs judiciaires? Un innocent eût-il jamais été condamné?

Où était ce bon Dieu de poche, facile à prier en secret, et même en voyage, où était-il quand on livrait les chrétiens aux bêtes?

Où était-il quand on martyrisait ses croyants?

Et si la royauté est de droit divin, où était-il quand on guillotinait Louis XVI?

Où était-il encore quand les troupes de Victor-Emmanuel prenaient possession de Rome? Où était-il enfin quand les soldats de la fille aînée de l'Église étaient battus et rançonnés par les soldats de la religion de Luther ?

Laissez donc le bon Dieu dans le ciel. C'est là qu'il jugera un jour les rédacteurs de la *Défense* et les rédacteurs de l'*Événement*.

C'est là que nous saurons lequel des deux a mérité le mieux, de des Houx qui aime et défend les riches et les puissants, ou de moi-même qui aime et qui défends les pauvres et les faibles.

XII

MÉNAGERIE PARLEMENTAIRE

Dans le compte rendu de la fameuse séance où Gambetta a jeté aux quatre coins du monde l'un des plus beaux discours qui aient été prononcés à la tribune française, certains électeurs ont dû être particulièrement fiers de leurs députés.

Tous les moyens ont paru bons pour arrêter l'orateur, ou, du moins, pour l'empêcher d'être entendu.

Les membres de la Chambre des lords ont dû lire avec stupeur cette indication bizarre :

« PLUSIEURS DÉPUTÉS DE LA DROITE IMITENT DES CRIS D'ANIMAUX. »

Je serais vexé, je l'avoue, d'avoir voté pour un député qui n'aurait trouvé rien de mieux, dans une journée solennelle, que d'imiter le cri d'un animal quelconque ; mais tout le monde ne pense pas comme moi. Il y a des départements où l'on s'est dit :

— Quel homme que M. Rageapoil, notre député !
Au milieu du discours de Gambetta, il s'est mis à
aboyer ! N'est-ce pas que c'est une bonne farce ?

— Charmante !

Un tiers survient :

— Cependant je préfère M. Piquebois, qui a *bêlé*
avec une rare éloquence.

— La prochaine fois, s'écrie un autre électeur, il
faudra choisir dans la vieille noblesse du pays un
homme sérieux qui sache braire de façon à étonner
la tribune du corps diplomatique !

Quand ceux des députés qui ont *imité des cris
d'animaux* vont retourner dans leur pays, il sera
curieux d'assister à leur conversation avec les braves
gens qui les ont nommés.

— Messieurs, dira l'un, je crois vous avoir digne-
ment représentés à l'Assemblée de Versailles. Dans le
chœur qui s'est élevé contre l'infâme Gambetta, c'est
moi qui ai fait *l'ours*. Vous n'ignorez pas que les
hommes d'ordre avaient organisé un orphéon dans
lequel les cris de la basse-cour se confondaient avec
les hurlements de la forêt et du désert. J'ai dû à ma
voix de basse-taille d'être désigné pour l'emploi d'*ours
des Pyrénées*, et je me suis acquitté de ma tâche avec
un zèle que vous trouverez toujours chez moi.
(*Applaudissements prolongés.*)

— Messieurs, s'écriera un autre représentant de l'ordre, je puis dire, sans rien enlever du mérite de mon honorable collègue, que s'il n'y avait eu que des ours dans la Droite, la protestation eût été un peu sourde. Demandez à tous les assistants si le chant du coq n'a pas dominé toutes les clameurs. Le coq était le ténor, et le coq, c'était moi !... (*Bravos frénétiques.*)

On s'est déjà préoccupé, dans quelques départements, des futures élections.

Les imitations qui ont eu tant de succès dans la séance du 16 n'ont pas laissé le public indifférent.

Il est à peu près convenu que nul ne sera admis comme candidat s'il ne sait imiter le cri d'un ou de plusieurs animaux.

Dans la salle du conseil municipal de Saint-Clapier, on a affiché, par ordre supérieur, les emblèmes de quelques-uns de nos frères à poil et à plumes.

CONSEILS AUX DÉPUTÉS

Ane symbolise l'obstination et l'ignorance ;
Anguille, la misanthropie ;
Chat, la trahison ;
Chèvre, l'adresse ;
Chien, fidélité et odorat ;
Cigogne, piété filiale, reconnaissance ;

Cochon, malpropreté, égoïsme, indocilité ;

Coq d'Inde, orgueil, sottise, arrogance ;

Crocodile, perfidie ;

Éléphant, religion et tempérance ;

Grenouille, curiosité ;

Hibou, reconnaissance ;

Hippopotame, dommage, dévastation ;

Hirondelle, félicité passagère ;

Léopard, férocité ;

Lion, force, courage ;

Lion rugissant, fureur ;

Lion percé d'une flèche, vengeance ;

Lion sous le joug, raison ;

Mouche, impudence ;

Mulet, entêtement ;

Oie, bêtise ;

Perroquet, docilité ;

Poule, fécondité ;

Renard, ruse, fourberie ;

Sanglier, impétuosité ;

Singe, imitation, finesse ;

Taureau, tempérance ;

Tourterelle, foi conjugale ;

Vipère, médisance.

Le marquis de la Bénitière corrige les épreuves d'une brochure intitulée :

GUIDE DES CANDIDATS

. Cet homme si estimé de tous ceux qui l'approchent a voulu faciliter leur tâche aux députés de l'ordre: il a dressé le formulaire des cris d'animaux.

Le coq chante,
Le lion rugit,
Le corbeau croasse,
Le renard glapit,
Le merle siffle,
Le mouton bêle,
La mouche bourdonne,
Le chien aboie,
Le chat miaule,
Le cochon grogne,
Le loup hurle,
Le bœuf mugit,
L'âne brait,
La poule glousse,
L'oiseau piaille,
Le taureau beugle,
Le perroquet crie,
Le hibou gémit,
M. de Mun aussi.

Les réunions électorales du mois de septembre prochain offriront un amusant spectacle au monde civilisé.

Il est facile de s'en rendre compte dès à présent.

Le bureau est constitué; les assesseurs à leur poste.

La salle est pleine. Plusieurs candidats sont en présence.

Le président déclare la séance ouverte.

MM. les candidats sont priés de faire connaître leurs sentiments aux électeurs.

PREMIER CANDIDAT. — Cocorico! co, co, co, corico! (*Très bien! très bien! au centre.*)

DEUXIÈME CANDIDAT. — Hi! han! hi! han!.. han! han!

Cette première épreuve est déclarée douteuse.

LE DEUXIÈME CANDIDAT. — Ouah! ouah! ouah! (*Marques de satisfaction au fond de la salle.*)

Un troisième candidat se précipite à la tribune.

— Messieurs, s'écrie-t-il, vous n'avez entendu que des animaux vulgaires! Je suis un homme d'ordre, mais je suis en même temps un ami du progrès. Adonné à de fortes études, je suis arrivé à la perfection dans l'imitation du cri des animaux les plus rares! J'imite non seulement le castor, la fourmi, l'anguille de Melun, le tapir, mais encore la sauterelle de Lybie, l'antilope amoureuse, le guanaco de Patagonie, le lézard du Sénégal, l'éléphant en colère et le ver de vase! Si jamais, à la suite de fouilles bien conduites, on retrouve le cri du mastodonte, je vous promets de me tenir à la hauteur de la situation... En vingt-quatre heures, je prends l'engagement formel d'imiter le mastodonte avec une perfection qui terrifiera les Gauches!

(*Trépignements dans l'auditoire.*)

L'ORATEUR, *s'animant*, — Et maintenant, Messieurs, jugez vous-mêmes !

Beueuh !! beueuh !

(*Le plafond tremble; trois vitres volent en éclats.*)

L'ORATEUR, continuant :

Pihihi ! pihihi !

Couac ! couac ! couac !

Bêê ! bêh ! bêêh !

Coucou ! coucou ! coucou !

Pêuh ! pêueuh ! pêueuh !

(*Tonnerre d'applaudissements.*)

UN RÉPUBLICAIN, prenant la parole :

— Messieurs, je rends justice aux merveilleuses facultés des candidats que nous venons d'entendre. Comme vous j'ai apprécié la justesse de leurs sons et la netteté de leur prononciation. Tous trois sont dignes de siéger à la droite de l'Assemblée que nous allons bientôt élire... Il y a cependant un animal qu'aucun d'entre eux ne sait imiter... (*Protestations dans l'auditoire. « Allons donc! allons donc! »*)

... L'animal qu'ils n'imiteront jamais s'appelle un *orateur!*

XIII

OUTRAGES A LA MAGISTRATURE

Le docteur Nélaton fut, un jour, appelé à Caprera
pour extraire la balle qui s'était logée dans le talon de
Garibaldi.

Pouvait-on dire : Le docteur Nélaton a *attaqué* Garibaldi ?

Le docteur Labbé a été demandé hier, dans une
maison particulière, pour faire l'ablation du sein à
une dame attaquée d'un cancer. Peut-on dire que le
docteur Labbé a *attaqué* cette dame ?

Quand les chirurgiens entrent dans une ambulance
pour y pratiquer des amputations reconnues nécessaires, serait-il juste de dire que ces chirurgiens sont
allés *attaquer* des blessés ?

Non, n'est-ce pas ?

Alors, pourquoi dit-on que les journaux républicains

5.

attaquent la magistrature, quand ils ne visent jamais que la partie cancéreuse ou le membre gangrené?

Le scandale de la semaine est la dépêche d'un procureur général sous le ministère Broglio.

« Je ne vois pas de délit, » lui télégraphie un procureur de première instance.

Le procureur général répond :

« Poursuivez tout de même; je suis SÛR DU TRIBUNAL. »

Qu'étaient-ce donc que ces juges qui se mettaient si simplement aux ordres du 16 Mai comme ils s'étaient mis aux ordres de l'Empire?

Sommes-nous vraiment tenus de *les respecter*? Je ne le crois pas.

Cambyse fit écorcher vif un juge prévaricateur pour faire recouvrir de sa peau le siège du magistrat appelé à rendre la justice au lieu et place du défunt.

Ce nouveau juge a dû réfléchir plus d'une fois avant de prononcer son jugement du haut de la peau de son prédécesseur.

L'Empire avait besoin de tribunaux dont il pût *être sûr*. Il tria ses juges sur le volet. Les sévérités de la loi venaient s'échouer aux pieds des amis du gouvernement comme les vagues au pied des falaises.

Ces magistrats de dévoûment sont sortis inamovibles de la cuisse de Jupiter.

Il y avait aux Tuileries et au ministère une fabrique

de magistrats incassables, comme les nouvelles pou-
pées. Au lieu de dire *papa* et *maman*, ils disaient
attendu et *considérant ;* ils savaient fermer les yeux, ne
pleuraient jamais et ne coûtaient même pas 500 francs.

Thémis avait pris l'habitude de soulever son ban-
deau pour regarder si on lui offrait une bonne place ;
et ce n'est qu'après avoir pesé les avantages qui lui
étaient faits qu'elle reprenait sa gravité et son arrogance.

J'ai vu des hommes qui, après avoir fait beaucoup
de mal, ont été punis par un avancement scandaleux ;
— et, plus d'une fois, l'idée m'est venue de prendre le
deuil de Cambyse !

On n'a pas oublié la lettre d'un avocat général à
M. Conti :

« Monsieur le conseiller d'Etat, j'ai l'espoir d'être
présenté aujourd'hui ou demain à l'empereur *pour
une présidence de chambre à Paris.* Vous m'avez vu à
l'œuvre *dans les commissions militaires*, et vous connaissez mon dévoûment...

» Un petit mot favorable, s'il vous plaît, à celui
duquel DÉPENDENT NOS DESTINÉES. »

L'homme eut *sa petite présidence* de chambre à
Paris ; un cousin germain à lui en eut une autre. Un
président qui avait participé au coup d'État casa ainsi
toute sa famille, qui compte dans ses rangs un ou deux
crétins du plus bel orient.

Voilà des tribunaux dont on pouvait ÊTRE SÛR !

Nous n'avons jamais attaqué la magistrature, la vraie. Nos critiques, nos réclamations n'ont visé que ceux qui faisaient tache sur l'hermine.

Le caractère du magistrat doit rester tellement pur qu'un homme d'une grande valeur et qui était certainement une des lumières de ce corps d'état, M. Devienne, a payé cher devant l'opinion publique la condescendance qu'il a eue de s'occuper d'une affaire intime et tout à fait en dehors de ses hautes fonctions.

Dans une note datée de « Cerçay, le 15 octobre 1867 », M. Rouher dit :

« M. Devienne est doué d'une *certaine* austérité de caractère... »

Faut de l'austérité, pas trop n'en faut !

Puis, une certaine austérité n'est pas une austérité certaine.

M. Rouher dit dans la même note :

« Le premier président de la cour des comptes, M. de Royer, est *entièrement dévoué...* »

Là encore, c'est le dévoûment qu'on pèse — et qui prime tout.

Quelle n'a pas dû être la confusion de M. Devienne, homme d'une *certaine* austérité, quand il a vu publiées les lettres de Marguerite Bellanger !

Monsieur, lui écrivait cette femme légère, vous m'avez demandé compte de mes relations avec l'empereur, et, quoi qu'il m'en coûte, je veux vous dire toute la vérité.

(*Quoi qu'il m'en coûte*, est charmant.)

Il est terrible d'avouer que je l'ai trompé...

. (*Ah ! la malheureuse !*)

... Moi qui lui dois tout.

(Voilà ce que c'est que d'être gentil avec ces dames!)

Mais il a tant fait pour moi que je veux tout vous dire : je ne suis pas accouchée à sept mois, mais bien à neuf. Dites-lui que je lui en demande bien pardon.

(Il n'y a pas de quoi !)

J'ai, Monsieur, votre parole d'honneur que vous garderez cette lettre.

MARGUERITE BELLANGER.

Cette personne — qui avait un fédéré dans la case-mate — écrit en même temps à celui à qui elle devait tout :

Cher Seigneur,

Je ne vous ai pas écrit depuis mon départ, craignant de vous contrarier ; mais, après la visite de M. Devienne, je crois devoir le faire, d'abord pour vous prier de ne pas me mépriser, car sans votre estime je ne sais ce que je deviendrais...

Cependant, on ne peut pas tout avoir !

J'ai été coupable, c'est vrai, mais je vous assure que j'étais dans le doute.

Celle-là est assez bonne... Ne pas bien se rendre compte si son petit est un Bonaparte ou un acteur de l'Ambigu ?... Recommandé aux faiseurs de *questions*. Cherchez le chat !

Je vous en supplie, répondez-moi quelques lignes pour me
dire que vous me pardonnez...

MARGUERITE.

Et tout à côté, sous la même enveloppe :

COUR IMPÉRIALE

de Paris.

CABINET DU PREMIER PRÉSIDENT

« Monsieur le conseiller d'État (lisez Conti),

» Je vous serai très reconnaissant si vous voulez
bien remettre ma lettre ci-jointe à Sa Majesté.

» Veuillez agréer, avec mes excuses, l'expression de
mes sentiments de haute considération.

» Le premier président,
» DEVIENNE. »

L'honorable M. Devienne s'était laissé entraîner à
une démarche peu en rapport avec la haute dignité
de ses fonctions. Il avait cru bien faire en s'occupant
des *intérêts de la dynastie.* Un peu plus, il eût visité
Marguerite. Ce ne fut pas sa faute, mais bien celle du
régime qui avait placé des fauteuils de sénateur en
haut du mât de cocagne.

Il fallait être *entièrement dévoués* ou renoncer à l'avancement, aux faveurs. Le gouvernement voulait être
sûr de ses tribunaux. Il eut sa grande armée judiciaire.

Le 16 mai, les vieux braves se sont comptés. Ils

étaient encore en nombre, et ils n'ont pas reculé devant
la besogne.

> Il faut qu'un bon savetier
> Save, save, save,
> Il faut qu'un bon savetier
> Save, save,
> Son métier!

Une nouvelle tentative retrouverait tous les dévoués
à leur poste, comme un nouveau traité de commerce
avec l'Italie retrouverait des rédacteurs nommés
Ozenne et Amé.ᵉ Au nom des droits acquis, les anciens
sous-préfets de l'empire sont pourvus de recettes particulières. Au nom des droits acquis, la réaction vit
de la République et la République reste clouée sur ce
lit de douleurs, la figure dévorée par les moustiques,
les pieds rongés par les rats.

Je dis tout cela tristement, mais avec une douceur
pleine de convenance.

Il faut se défier de la franchise dans les pays où l'on
est *sûr du tribunal*.

XIV

LE CUIRASSIER MYSTIQUE. DUCROT EMBÊTÉ PAR BRÉBANT.

Depuis le voyage que fit en Italie, il y a deux ans, M. Paul Brébant, successeur de Vachette, le général Ducrot était sombre..

Brébant n'est pas le premier venu. Il a été l'ami de toutes les illustrations de l'époque, et les directeurs de théâtre lui font le service des premières comme à Francisque Sarcey.

Brébant est charitable. Les pauvres trouvent la soupe du matin à l'ouverture de sa maison, et d'autres pauvres, en habit noir, ont eu à se louer de sa générosité. Il y a trois hommes en lui : le restaurateur, l'artiste et le chrétien.

A la fin de l'année 1874, les journaux apprirent au monde civilisé que Brébant se disposait à partir pour l'Italie avec Siraudin.

Ce voyage donna lieu à bien des commentaires.

Était-ce une simple tournée artistique ou un pèlerinage à Rome qu'entreprenait l'illustre restaurateur?

Pourquoi Rome plutôt que Lourdes ou Paray-le-Monial? Évidemment, Brébant avait son idée. C'est ce que pensa le général Ducrot.

Déjà le capitaine de Mun était allé visiter le bonnet de saint Anchieta, à Orense; le foie de saint Forget, à Astorga; le toupet de saint Gonzalès, à Colmenar; le bout du nez de saint Mariano, à Badajoz; l'échine de saint Santarel, à Lorca; les ongles de saint Suarèz, à Pennaflor; la rate de saint Gonthieri, à Monda; l'épiglotte de saint Varade, à Valence; les sourcils de saint Morao, à Bénévent; le gosier de saint Boddens, à Ostie; l'index de saint Campian, à Toul, et la rotule de saint Gérard, à Verdun.

Et le général Ducrot en avait ressenti une jalousie intérieure.

Tout à coup, on apprit par une lettre de Siraudin que Brébant avait, avec plusieurs autres chrétiens, obtenu une audience du pape — et reçu la bénédiction du Saint-Père.

Siraudin peignait, avec une grâce étudiée, la douce émotion de son ami Brébant; deux larmes, semblables à des perles, avaient sillonné ses joues repentantes. La lettre de Siraudin fut publiée dans le *Times*, à Londres; dans le *Journal des Débats*, à Paris; dans l'*Akhbar*, à Alger ; dans le *Golos*, à Pétersbourg ; dans le *New-York Herald*, aux États-Unis ; dans l'*Indépendance*, à Bruxelles ; dans le *Grossmeinherrzeitungpost*, à Berlin ; dans le *Ko-li-ka*, à Pékin ; dans la *Presse annamite*, à Shanghaï et dans le *Journal de l'Indre*, à Châteauroux.

Il y eut même quelques conversions à la suite de la publication de cette lettre, dont les jésuites s'empressèrent de tirer parti.

A dater de ce jour, le général Ducrot devint encore plus sombre.

On l'entendait murmurer : Quel veinard que ce Brébant !

Il écrivit même à l'un de ses amis une lettre qui ne lui est jamais parvenue, mais qu'il débutait ainsi :

« Il y a de l'eau bénite,

» Il y a du pain bénit,

» Il y a des rameaux bénits,

» Pourquoi n'y aurait-il pas de général bénit ? »

Celui que les lauriers de Brébant empêchaient de dormir faisait fiévreusement les cent pas dans sa chambre, quand il entendit chanter sous ses fenêtres :

AIR *connu*.

I

Il était un bel homme,
Nommé monsieur de Mun,
Un beau brun !
Qui maudissait la pomme

L'ancien fruit défendu
         Et perdu !
    En plein Pontivy
    Il était ravi
Devant un bénitier...
         Ah! le beau cui,
        .Ah! le beau cui,
    Ah! le beau cuirassier !

— Qu'entends-je ? s'écria le général, ce n'était pas
assez de Brébant ? Il faut que de Mun s'en mêle ?

La voix continua :

II

    Il quitta sa cuirasse
    Et prit le goupillon
         Sans façon.
    Il faisait la grimace
    A tout libre-penseur...
         Et ta sœur ?
    Le v'là député,
    Vraiment enchanté
    De n'êtr' plus officier...
         Ah! le beau cui,
         Ah! le beau cui,
    Ah! le beau cuirassier !

— On le chansonne maintenant, s'écria le général ;
rien ne manque à sa gloire...

Si Déjazet n'était pas morte, on lui ferait jouer le rôle
du comte de Mun dans quelque vaudeville intitulé
Gentil-prédicateur !... On verrait de Mun avec une
robe de capucin et un casque... un scapulaire pour

cuirasse... et il chanterait aussi par les lèvres fraîches
de la piquante soubrette :

> Au régiment,
> Soldat galant,
> Tambour battant,
> Rataplan, rataplan.
> Marche en avant !
> Si tu veux plaire
> En militaire,
> Deviens vicaire,
> Si tu veux plaire,
> Combats toujours et sois carré,
> Soit en soldat, soit en curé !
> Tambour battant,
> Rataplan !
> Ferme à ton rang,
> Marche en avant !
> Rataplan !
> Mène gaîment,
> Rataplan,
> La soutane et le sentiment !
> Tambour battant,
> Ran, plan, plan !

— Lequel est le plus heureux, reprit le général, de
Mun ou Brébant?

L'ordonnance, qui faisait reluire les bottes du général, chantait aussi dans la cour :

> Tiens, voilà ma pipe,
> Serre mon briquet,
> Et si Latulipe
> Fait le noir trajet,
> Va, crois-moi, dissipe
> Des regrets fâcheux,

Mon briquet, ma pipe,
T'rappelleront mes feux !

Alors les souvenirs les plus étranges se pressèrent
en foule dans le cerveau du général. Il vit, comme
dans un songe, Déjazet pleine de verve et d'entrain
dans le rôle du joli cuirassier et gentil prédicateur ; il
vit Brébant mort ou victorieux ; il vit Jean Bart
fumant sa pipe sur un baril de poudre, Siraudin en
costume de grand inquisiteur...

Il ferma un instant les yeux, puis il écrivit à Rome,
demandant une bénédiction pour son corps d'armée.

Je respecte l'opinion des particuliers en général, et
l'opinion des généraux en particulier. La bénédiction
a son mérite, et, dans tous les cas, si elle ne fait pas
de bien, elle ne peut pas faire de mal. Seulement, dans
le corps d'armée du respectable général Ducrot, il doit
se trouver quelques protestants et quelques israélites
sur qui la bénédiction est tombée comme un flocon de
neige sur un boisseau de charbon ; et je me demande
si le général serait content d'apprendre qu'un de ses
officiers, appartenant à la religion païenne, a demandé
pour tout son corps d'armée la protection du dieu
Mars ?

Dans son voyage à Rome, Brébant s'est occupé de
lui et n'a rien demandé pour ses garçons. Le sommelier, l'écaillère sont restés libres de faire ce qui leur a

plu. La maison est restée ce qu'elle était auparavant, un restaurant ouvert à toutes les opinions, à tous les partis, à tous les sexes. Le clergé n'a point envahi les cabinets; aucun aumônier n'a été attaché à l'hôtel Saint-Phar.

On n'a pas le droit d'engager les autres. Le jour où M. Got se fera baptiser, il ne forcera pas tous les sociétaires de la Comédie-Française à recevoir en même temps que lui l'eau du baptême.

Chacun pour tous et Dieu pour soi !

Le vénérable pontife a envoyé sa bénédiction, et, en l'envoyant, le saint homme a dû faire d'amères réflexions.

Il ne l'avait point envoyée aux armées allemandes, qui nous ont pris deux provinces !

Il ne se l'était sans doute point donnée à lui-même le jour où les troupes de Victor-Emmanuel ont fait de Rome la capitale de l'Italie unifiée !

La bénédiction est comme le quinquina ; c'est bon quand cela réussit.

Dans le cas contraire, la religion peut être compromise, et c'est ce qu'il faut éviter.

En résumé, l'exemple de Brébant n'a pas réussi au général Ducrot.

Et si jamais le chef de l'Église voulait reconquérir le pouvoir temporel, je lui conseillerais, moi chétif et respectueux, de ne bénir ses troupes qu'à leur retour.

Si elles étaient victorieuses, elles auraient des titres

à toutes les bénédictions ; mais si, par hasard, après avoir été bénis, les soldats romains prenaient leurs jambes à leur cou, on dirait :

Il n'y a que la foi *qui se sauve.*

XV

SINGULIER REMÈDE

Un médecin militaire, M. le docteur Cros, vient
de publier un travail sur la dépopulation en France
Je ne puis résister au désir d'en présenter quelques
passages à nos lecteurs.

○ Il y a dépopulation :

1º Parce qu'on ne se marie pas ;

2º Parce que beaucoup de mariages sont naturellement
improductifs ;

3º Parce qu'un grand nombre de gens ne veulent pas avoir
plus de un ou deux enfants;

4º Parce que d'autres ne veulent pas en avoir du tout.

Jusqu'ici, c'est clair et net ; mais où le docteur
Cros se révèle, c'est dans les moyens qu'il indique
pour remédier au mal. Je lui laisse la parole.

La race est devenue trop intelligente, trop nerveuse, au détriment du développement physique. Revenir un peu *au culte de la beauté et de la force* par des jeux, de la gymnastique, les excursions de toute nature pratiquées partout.

(Moyen d'une pratique difficile.)

Guerre aux cercles, aux cafés, aux débits de vin.

(Je demande une préfecture pour le docteur Cros.)

S'opposer aux mariages tardifs, qui sont peu féconds, et qui indiquent un célibat antérieur inutile pour la race.

(Oui, mais de quel droit s'y opposerait-on ?)

Retenir les populations rurales dans les campagnes.

(Et si elles veulent voyager ?)

Protéger, efficacement les familles nombreuses les encourager les épargner, les récompenser.

(Oh ! cela, très bien !)

Faire une situation à la femme, à l'ouvrière; son travail est insuffisant pour lui permettre de vivre honnêtement.

(Encore mieux !)
Mais ici la partie comique commence.

Déshériter la femme! Alors les belles filles se marieront toujours, et les disgraciées au moins ne se reproduiront plus. Ce serait l'arrêt presque fatal de la prostitution et du luxe.

Deshériter la femme est le vœu d'un grand moraliste, mais il serait celui d'un mauvais père.

Moins de théâtres...

(Gare à Sardou !)

Moins de bals...

(Gare à Markowski !)

... Mais plus de soirées intimes...

(Fauvel, tes vœux sont comblés.)

... Moins de musiques militaires même, qui sont un motif d'exhibitions de toilettes, une cause de luxe et par conséquent de prostitution.

(On ne pourrait bientôt plus sortir, en allant de ce train-là !)

Éviter les disettes, les guerres, les grandes calamités publiques...

(Et, quand on est couvreur, de tomber d'un cinquième étage.)

Impôt considérable sur les journaux illustrés !!!

Cela est énorme. Voyez-vous la figure de la vicomtesse de Renneville, d'Élise de Marcols et autres poètes de la soie et de la dentelle ?

Frémissez, *Gazette rose*, *Mode de Paris*, *Mode illustrée*, *Journal des Demoiselles* !

Votre temps est fini. La bure va remplacer la soie. La Maison-d'Or et le café Foy ne serviront plus que le brouet noir des Spartiates...

Ce qui m'inquiète, c'est la figure que fera un prince russe quelconque quand un Parisien lui dira :

— Prince, allons-nous prendre un brouet chez Bignon ?

XVI

LE SECRET DES LETTRES

Après la circulaire qui a mis tant de puces à l'oreille des employés de chemins de fer, le nouveau directeur des postes aurait cru manquer à tous ses devoirs et à ceux de ses amis s'il n'avait lancé aussi ses petites instructions.

Quoique modéré dans la forme, M. Riant n'a pas l'air de vouloir rire.

Après avoir rappelé aux agents les articles 8, 9, 23, 699 à 703 de l'instruction générale à propos des réquisitions et des *saisies de correspondances* de toute nature, M. Riant semble accorder aux préfets une latitude singulièrement exagérée.

L'article 10 du Code d'instruction criminelle vise les *crimes* et les *délits*, et non les tendances politiques

Le voici dans toute sa teneur :

Art. 10. — Les préfets des départements et le préfet
de police à Paris, pourront faire personnellement, ou
requérir les officiers de police judiciaire, chacun
en ce qui les concerne, de faire tous actes nécessaires à l'effet de constater les crimes, délits et contraventions, et d'en livrer les auteurs aux tribunaux
chargés de les punir.

Il faut donc qu'un crime ou un délit *ait été* commis
pour que ce pouvoir puisse être appliqué.

Quant aux contraventions, elles ne sont pas nombreuses :

Billets de banque ou valeurs enfermées dans une
lettre non-chargée ;

Application sur l'enveloppe d'un timbre ayant
déjà servi...

Je n'en vois pas d'autres.

Qu'on saisisse une lettre présumée être adressée par
Gaudry à la veuve Gras pour opérer une révolution
sur la figure d'un jeune homme, ou une lettre adressée
par don Carlos au Général Pillardo de Monédas, pour
opérer une révolution sur la face de l'Espagne, cela se
conçoit ; mais de là à livrer toutes les correspondances aux attouchements préfectoraux, il y a un
abîme et même plusieurs abîmes.

Il y a des gens qui s'amusent aux bagatelles de la
porte ; M. Riant est plus sérieux et il ne s'arrête pas
aux bagatelles *de la peste.*

6.

S'il y a au monde une chose sacrée, c'est certainement le secret des lettres. Le secret des lettres est
pour le directeur des postes une question de point
d'honneur, comme le secret de la confession pour un
prêtre, le secret professionnel pour un médecin.

La poste est une des formules les plus complètes
de la civilisation. Le gouvernement dit à tous les
citoyens : « Je me charge de transporter d'un bout
du pays à l'autre, et même dans le monde entier, vos
pensées, vos confidences, vos fortunes. Cette forme
de l'impôt est en même temps un bienfait pour la
société. Ce que vous ne confieriez pas à un particulier,
vous pouvez en toute sûreté le livrer à une administration, à une mécanique. La poste ne connaît pas les
signataires ; elle reçoit un dépôt et le remet à l'adresse
indiquée, voilà tout. »

On frémit à l'idée de la contrainte générale qui ne
manquerait pas de s'établir le jour où il faudrait se
défier de la poste. Un domestique infidèle ouvre mes
correspondances, je le chasse ; mais que puis-je contre
des employés qui ne font qu'obéir aux ordres supérieurs ? que peuvent-ils eux-mêmes ?

Se rend-on compte de l'effet que produirait une
circulaire de l'archevêque de Paris aux curés et
vicaires de son diocèse leur rappelant que, d'après
les articles 71 et 80 du Code d'instruction criminelle,
ils doivent se tenir à la disposition des juges d'instruction et des préfets ?

Art. 80. — Toute personne citée pour être entendue

en témoignage sera tenue de comparaître et de satisfaire à la citation ; sinon elle pourra y être contrainte
par le juge d'instruction. »

C'est clair. Toute personne... il n'y a pas d'exception !

Et le témoin récalcitrant pourra être contraint *par
corps* à venir donner son témoignage.

Les confessionnaux, qui ne voient déjà plus grand
monde, seraient aussitôt absolument déserts.

Mais il est facile de ne pas se confesser, et difficile
de se passer de correspondance.

Cependant les intéressés sauront bien tourner la
difficulté.

On fera comme au temps où l'affranchissement était
une véritable dépense : on attendra des *occasions*.

Tout voyageur sera facteur, il serait peu pratique
de fouiller les voyageurs au départ de tous les trains.

Je ne crois pas manquer à la discrétion en donnant
quelques extraits des correspondances échangées
entre des particuliers, à la suite de la circulaire du
nouveau directeur des postes :

*A MM. Fréminet et C*ie*, négociants en toiles et linge-
ries, rue de la Jussienne, Paris.*

Saint-Cristal-sur-Yvette, 22 *juillet* 1877.

Monsieur,

Je crois devoir vous informer que j'ai pris la
liberté de prévenir les amis et connaissances que je

possède dans la capitale de la France qu'ils auront désormais à remettre dans votre maison les correspondances qu'ils m'ont jusqu'ici expédiées par la poste.

Le nouveau préfet de mon département ne peut pas me sentir, et son épouse à la mienne en horreur.

Il importe qu'il ignore le nombre des lettres qui me sont adressées, ainsi que leur provenance.

Je compte sur votre obligeance bien connue pour me faire parvenir chaque semaine ces missives et correspondances, en même temps que le ballot que je tire de votre maison.

La rigueur des temps me force seule d'user de ce moyen et de vous mettre ainsi à contribution.

Veuillez agréer, Messieurs, etc.,

POTURON jeune,
(de la maison Poturon frères,
de Saint-Cristal-sur-Yvette).

POST-SCRIPTUM. — On nous annonce l'arrivée parmi nous de trois inquisiteurs. Je vous donne ce bruit sous toutes réserves.

CORRESPONDANCE Nº 2

Ma chère petite Eva,

Comment tromper désormais la surveillance de ton odieux jaloux ? Il faudra inventer des signaux, un télégraphe privé ! Je viens de lire dans un journal que e préfet peut fouiller la boîte aux lettres. Or, ce préfet est l'odieux rival auquel tu m'as préféré. Qui sait si, pour se faire bien venir de ton mari, il n'usera pas contre nous de ses droits infernaux.

Quand je cueillais sur tes lèvres les baisers que l'amour y a semés, je ne prévoyais pas le coup fatal qui devait nous frapper.

Doucement bercés dans les bras l'un de l'autre, nous ne songions pas aux articles 8, 9, 23 et 699 ! Eh bien ! le 699 était suspendu au-dessus de nos têtes !

Chère bien-aimée, je t'envoie par un commissionnaire cette lettre, un bouquet de roses et les Codes français par Royer-Collard.

Lis les articles rappelés par le gêneur Riant, ce destructeur de lapins, cet ennemi des jeux et des grâces.

Passe ensuite au paragraphe III : *de l'audition des témoins ;* alors seulement tu pourras te rendre compte des dangers qui nous menacent.

En nous aimant, nous commettons un délit. Il y a même des moments où ce délit est flagrant. Les lettres sont des preuves ; le préfet peut mettre la main sur tes pattes de mouche et nous livrer au bras séculier...

Prudence et mystère, mon Eva. Désormais, quand tu pourras me recevoir, tu tiendras à la main la circulaire Fourtou ; ce sera le signal. Quant à l'heure, tu me l'indiqueras par le nombre de morceaux de sucre que tu mettras dans ta tasse de thé. Nous déjouerons ainsi la surveillance administrative.

Adieu, mon Éva ! les entraves ne font qu'augmenter mon amour...

Je t'aime ! je t'aime !

VICOMTE ERNEST DE FRANCHEGUITARE.

D'autre part, l'industrie cherche à tirer parti de la situation.

Je reçois ce matin un imprimé assez intéressant..

INVENTION NOUVELLE

ENVELOPPES-FICHET.

indécrochetables.

« Ces enveloppes, destinées à contrecarrer les effets de la circulaire du nouveau directeur des postes, sont garnies de coins en fer. Le cachet, à l'abri du rossignol et du monseigneur, ne peut-être ouvert que par la personne qui connaît le *mot.*

Des expériences ont été faites en présence de plusieurs ingénieurs ; trois préfets à poigne ont vu échouer leurs efforts devant cette admirable invention.

L'un deux a requis le garde champêtre et les pompiers du chef-lieu, mais toutes les tentatives ont été inutiles. Un autre a même attrapé une hernie.

L'article 10 restera l'article 10, mais il est confiné désormais dans l'esprit du code et ne pourra profiter des extensions prodigieuses qu'on voudrait lui donner en faveur des préfets.

Les enveloppes indécrochetables ne coûtent que vingt francs le cent.

Cinquante francs le mille pour la période électorale »

M. Riant a voulu rire. Rions.

Il y a des noms heureux. M. Malausséna, avocat distingué de Nice, riche propriétaire, n'a jamais pu se faire nommer sénateur par l'empire, uniquement parce qu'il s'appelle « mal au Sénat ».

M. Riant doit à son nom autant qu'à ses mérites la belle situation qu'il occupera quelque temps encore.

On ne l'eût pas nommé, s'il s'était appelé :

M. Pleurant,

M. Entr'ouvrant,

M. Décachetant,

M. Déchiffrant,

M. Cabinet-Noir.

Ah! la chance! la chance !

Cependant, la caque sent toujours le hareng. Le Gascon gasconne et ne cessera jamais de gasconner.

Le duc Decazes, qui est Bordelais ou à peu près, nous en raconte de bonnes. Le duc de Broglie, qui est normand, se montre processif. M. de Fortou, natif du Périgord, travaille la truffe et le foie du canard.

M. Riant possède une magnifique propriété dans l'Allier, près d'un endroit nommé *Cosnes-sur-l'Oil*... L'*Oil* est une petite rivière de ce pays-là. Ce détail n'a l'air de rien ; eh bien! même à Paris, le directeur des postes est sur l'Oil.

XVII

UN SOUS-PAMPHLÉTAIRE

Après avoir fait de mauvaises spéculations, M. Ordinaire a fait un mauvais pamphlet, enseveli dès
le premier jour sous une épaisse couche d'indifférence. En se targuant des quelques relations plus ou
moins suivies que la politique lui avait procurées,
l'ex-député du Rhône a usé d'un moyen courant de se
faire valoir. Tous les aventuriers de la réaction qu'on
rencontre sur le boulevard vous disent l'un après
l'autre : « J'ai causé hier avec Decazes... » ou : « de
Broglie m'a fait part de ses appréhensions. » Au fond,
le plus grand nombre a causé avec quelqu'un qui
avait vu un chef de bureau.

Tout monteur d'affaire se prétend soutenu par
Rothschild, ou, faute de mieux, par M. Pereire ; et,
parmi les changeurs qui lèvent le pied, il en est peu

qui ne se soient prévalu, pour inspirer quelque confiance, de leurs relations avec la Société générale ou le Comptoir d'escompte.

M. Ordinaire n'a rien dit, rien révélé, parce qu'il n'y avait aucun secret à trahir, aucune révélation à faire. Au lieu de se replier en bon ordre, il a montré le poing à la maison, comme un employé congédié, en disant : Quelle baraque !

Tout cela ne serait donc rien si la mauvaise humeur de M. Ordinaire n'avait servi de prétexte à un débordement d'injures, de diffamations et de calomnies contre un homme qui va droit son chemin, et qui n'a, pour le défendre, ni l'administration ni le ministère public.

« Ce qui rend le monde désagréable, a dit Chamfort, ce sont les fripons, et puis les honnêtes gens. »

Chamfort est mort et le monde n'a pas changé.

Le plus curieux de l'aventure, c'est que, du jour au lendemain, M. Ordinaire est subitement devenu digne de foi aux yeux de certains individus qui n'auraient pas voulu le croire avec des pincettes, tant qu'il n'essayait pas ses défaillances contre Gambetta.

Il faut entendre la meute ! Tayau, Rustaud et Médor donnent de la voix à s'en faire éclater le gosier.

Tomber sur Gambetta, c'est si commode, si facile ; le succès est tout cueilli. Il y a des gens qui rient dès qu'on leur rappelle que Gambetta est de Cahors, d'autres qui se tordent quand on imprime qu'il a franchi les lignes prussiennes en ballon. Il n'y a même pas besoin d'esprit. C'est le mirliton de la réaction, on n'a qu'à tourner, les distiques se suivent.

Je ne trouve qu'une chose touchante dans la confession de M. Ordinaire, confession qui n'est qu'un réquisitoire à l'envers : c'est que l'ex-député du Rhône est entré riche dans la carrière politique et qu'il en sort pauvre.

Mais la politique a-t-elle bien tout pris? La fraternité seule l'a-t-elle mis à sec? Dans cette ruine, si fâcheuse par ses résultats, ne faut-il pas faire la part des fantaisies d'une tendresse imprudente pour l'as de pique? A Dieu ne plaise que je vienne ajouter aux regrets de M. Ordinaire. Je crois de sa part à beaucoup de jeunesse et de légèreté, voilà tout; mais pourquoi, se sentant compromis, essaye-t-il d'entraîner avec lui ceux-là mêmes dont il se recommandait la veille?

Il était riche, il est pauvre. Eh bien! c'est là une situation dont un homme énergique doit se tirer. Le procès de Lyon est un coup dur sans doute, mais M. Ordinaire est jeune; il avait des amis, il lui en reste sans doute encore. Si quelques-uns manquent à l'appel, c'est sa faute; et il a trente ans devant lui pour prouver qu'une erreur se répare, et que le joyeux correspondant de M. Giraud avait en lui l'étoffe d'un honnête homme.

Quant aux adversaires nés et impitoyables de

M. Gambetta, aux bachibouzouks qui le cernent de toutes parts, ils constituent une mêlée absòlument stupéfiante. Une mêlée est du reste tout ce qu'ils peuvent constituer.

La haine contre ce grand citoyen est faite d'envie, de crainte et de remords.

L'envie, — parce qu'on a vu surgir et s'élever un homme vraiment politique qui n'est pas sorti de la fabrique traditionnelle. Fils d'un modeste marchand de Cahors, il a dérouté les vieilles classes dirigeantes. Les pairs et les sénateurs des anciens régimes tremblent que leurs enfants soient supplantés.

La crainte, — parce que si la politique républicaine amène, comme cela n'est pas douteux, les progrès qu'on a toujours reculés, il y aura déplacement d'influences, et l'oligarchie routinière sera rendue à ses foyers.

Le remords, — parce que ceux-là mêmes qui tentent d'enrayer la société, de refouler l'opinion, sentent bien que la vérité n'est pas avec eux, et que beaucoup regrettent d'avoir pris la route où ils sont trop engagés aujourd'hui pour tenter de reculer.

Soulevez les masques. Des appétits contrariés, des ambitions déçues, des vanités hystériques se partagent l'orchestration.

Des animaux de toute espèce confondent leurs cris dans ce mugissement de la réaction. L'âne brait son premier-Paris de toutes ses forces; le renard affûte des échos sur la défense nationale; le dindon glousse des correspondances menaçantes pour la République; le loup rédige un bulletin financier dans lequel il déclare qu'un roi ou un empereur pourra seul faire remonter au pair les emprunts ottomans et celui du Honduras; — et les oies s'abonnent.

La monotonie du sujet ne parvient pas à lasser les réactionnaires. C'est toujours le même texte d'accusation; toujours la même réclamation de comptes dix fois rendus. Il n'y a qu'une nuance légère à constater. Ceux qui n'ont pas eu recours à la générosité de M. Laurier disent :

— Et l'emprunt Morgan?

Ceux, au contraire, que M. Laurier a obligés, s'abstiennent sur ce sujet.

Il est vrai qu'on les renverrait au compte rendu de la commission d'enquête, qui a félicité les auteurs de l'emprunt Morgan.

Une douce manie des aliénés à 500 francs par mois qui rédigent les journaux de police, c'est de reprocher le plus sérieusement du monde à M. Gambetta d'avoir absorbé quelques bocks au quartier latin. Autant lui reprocher d'avoir fait son droit. Quel est l'étudiant qui n'a pas pris de bock ? Et pourquoi M. Gambetta, seul, eût-il préféré l'eau de seltz ?

Léon Gambetta est né à Cahors, le 30 octobre 1838; sa famille est d'origine génoise, comme la famille de

Broglie est d'origine italienne et la famille Mac-Mahon d'origine irlandaise. Il obtint de réels succès à la conférence des avocats stagiaires et se consacra, dès le début de sa carrière, aux causes politiques.

Le palais ne vit jamais avocat plus désintéressé. Il plaidait pour les amis et même pour les indifférents, car il n'a jamais su refuser un service. Il n'y avait qu'à lui dire : « Je n'ai pas les moyens de payer un avocat, » pour qu'il endossât la robe et se mît à plaider.

Nommé député dans trois circonscriptions, Gambetta prit place à l'Assemblée législative en 1869.

A cette époque, un des puissants de l'Empire s'écriait : Cet homme est redoutable, il sait vivre avec 300 francs par mois !

Lorsque la catastrophe de Sedan amena la chute de la dynastie et des institutions impériales, Gambetta fut nommé ministre de l'intérieur.

TROIS JOURS APRÈS, il publiait avec ses collègues le manifeste qui convoquait les collèges électoraux pour le 18 octobre, afin de nommer une Assemblée constituante. Le 16 septembre, un nouveau décret avançait les élections et les fixait au 2 octobre. La rapidité de l'investissement de Paris détermina le gouvernement à ajourner les élections, à raison des obstacles matériels et moraux qu'elles devaient rencontrer.

Et c'est après cela qu'on a osé reprocher à Gambetta la dissolution des conseils généraux de l'Empire !

Les institutions impériales avaient cessé d'exister en droit et en fait; il n'y avait plus de conseils généraux ; Sedan les avait licenciés.

En 1871, Gambetta fut élu dans dix départements, notamment dans ceux que la France était menacée de perdre et qu'il avait voulu défendre JUSQU'AU BOUT !

Gambetta obtint 56,621 voix dans le Bas-Rhin ;

52,917 dans le Haut-Rhin ;

57,047 dans la Moselle ;

47,211 dans la Meurthe ;

18, 530 dans Seine-et-Oise ;

62, 739 dans les Bouches-du-Rhône ;

12, 423 à Alger ;

6, 142 à Oran.

Il opta pour le Bas-Rhin, quoique la perte de ce département dût amener sa sortie de l'Assemblée nationale.

Il y fut renvoyé, aux élections du 2 juillet, par trois départements, la Seine, le Var et les Bouches-du-Rhône.

Ce serait abaisser l'ex-membre de la Défense nationale, le républicain convaincu, le rêveur de victoires, l'illusionné de 1870, que d'essayer de le défendre contre certaines imputations.

Le fond de son caractère est le désintéressement le plus absolu. Si Gambetta a gagné quelque argent, c'est que son journal a trouvé de nombreux lecteurs ;

il gagne de l'argent avec la *République française*, comme M. Hébrard avec le *Temps*, comme M. Edmond Magnier avec l'*Événement*.

On reconnaît facilement aujourd'hui les amateurs de coup d'État à l'inquiétude de leurs tailleurs et à l'effarement de leurs logeurs à la nuit.

Ils craignent d'enrichir leur blason de quelques protêts et tentent de se soustraire à des faillites généalogiques.

Ce qui ne m'empêche pas de reconnaître, car je suis plus juste ou plus généreux que mes contradicteurs, qu'il peut y avoir des honnêtes gens dans tous les partis !

Le baron de Breteuil, après son départ du ministère en 1788, blâmait la conduite de l'archevêque de Sens. Il le qualifiait de despote, et disait : « Moi, je veux que la puissance royale ne dégénère point en despotisme, et j'entends qu'elle se renferme dans les limites OU ELLE ÉTAIT RESSERRÉE SOUS LOUIS XIV. »

C'était un honnête homme, ce baron de Breteuil, mais il n'en faut plus comme cela !

XVIII

CHANGÉE EN NOURRICE

J'ai trouvé les préfets et sous-préfets d'un gouvernement qui voudra se fonder enfin sur l'équité. Il devra, sans hésiter, expédier dans les départements les ouvriers typographes de Paris.

Aucun d'eux ne voudra se démentir dans ses nouvelles fonctions, et ces messieurs donnent aux mandataires du ministre de l'intérieur un exemple excellent à suivre.

Les typographes, en leur qualité d'ouvriers instruits, on pourrait dire *lettrés*, sont généralement républicains, ce qui ne les empêche pas de composer les journaux de toute opinion et de toute nuance.

L'*Union*, l'*Univers*, la *Gazette*, la *Patrie*, le *Pays*, l'*Ordre*, la *Liberté* sont imprimés par des républicains.

Les typographes pensent que toute opinion a droit

à son organe, et tel qui lit de préférence l'*Événement*, le *Temps*, le *Rappel*, entrera aussi bien dans la *brigade* du *Gaulois* ou de *Paris-Journal*.

Si un architecte et un maçon républicains refusaient de construire pour les légitimistes, si un menuisier démocrate s'obstinait à ne pas livrer de portes et fenêtres à un bonapartiste, la minorité serait sans domicile, ce qui serait le dernier mot du désordre.

Les colporteurs et marchands de journaux faisaient preuve de bon sens et d'impartialité, comme les typographes. Ils vendaient les journaux de toutes les opinions. Chacun en prenait à sa convenance.

Et voilà que tout à coup, alors que la mer était calme et le ciel bleu, une tempête administrative se déchaîne sur ces pauvres diables. Copin tonne et Tracy mugit. Les kiosques sont déracinés, les feuilles volent dans tous les sens. Aquilon-Doncieux les chasse au loin dans la plaine ; Borée-d'Huart les roule et les retourne, tandis qu'Oscar de Poli lance quelques éclairs pour ajouter à l'horreur du tableau.

On appelle cela *préparer les élections*.

Et un journal réactionnaire s'écrie : « Si les journaux républicains vous gênent, suprimez-les ! »

Ce n'est pas une opinion, cela ; c'est un commerce.

Je me demande jusqu'à quel point on peut en rester là.

Dire aux colporteurs : Vous vendrez des journaux

7.

de ces deux couleurs-ci, pas d'autres ; c'est un commencement.

Mais pourquoi s'arrêter et ne pas dire aux fleuristes : Vous ne vendrez désormais que des lis et des violettes. Les roses sont défendues et les œillets punis de deux mois de prison !

Pourquoi, enfin, ne pas adresser aux épiciers une bonne circulaire qui, autorisant la vente des haricots blancs, leur interdira, sous les peines les plus sévères, de vendre des haricots rouges ?

Un peu de vigueur, que diable !

Quelle singulière République que celle sous laquelle il est interdit de vendre les journaux républicains !

C'est à croire que si Napoléon III revenait, il ne souffrirait sur la voie publique d'autre journal que la *Marseillaise*, et encore à la condition expresse que tous les premiers-Paris seraient d'Henri Rochefort.

Cela paraît peu probable ; et cependant, en agissant ainsi, Napoléon III ne ferait que continuer la logique de la brillante époque que nous traversons.

Quand on confie un nouveau-né à une nourrice, c'est pour qu'elle vous le rende grandi, bien portant et ayant fait ses premières dents.

Si elle vous rend l'enfant chétif et malade ; si elle s'est appliquée à lui arracher ses dents à mesure qu'elles poussaient, on est en droit de lui représenter que ce n'est pas cela qu'on attendait d'elle.

Mais si on lui a confié un beau petit garçon, blanc
et blond, et qu'elle vous rende un affreux petit nègre
couvert de plaies, on peut dire sans hésiter que ce
n'est pas là le dépôt qu'elle a reçu.

Eh bien! sans hésiter davantage, nous avons le
droit de constater que la République a été changée en
nourrice.

Nous ne voulons pas de cet enfant-là, rendez-nous
notre nourrisson !

Les Collet-Meygret, les Treilhard, qui étaient chargés, dans les commencements de l'Empire, de la *surveillance* de la presse, seraient bien heureux de voir
de nouveau fermer les kiosques et pendre les colporteurs.

Ces fantoches retrouveraient l'atmosphère de leurs
beaux jours, et peut-être revivraient-ils, comme la
méduse desséchée qu'on remet dans l'eau de mer.

Quel régime de presse !

Je faisais alors un journal bi-hebdomadaire, dont
les nouvelles à la main sont restées célèbres et repa-
raissent encore tous les jours, par ci par là. Les sar-
dines se conservent dans l'huile, les olives dans la
saumure, et les nouvelles à la main dans les échos de
Paris.

Quand le journal était composé, il fallait en tirer
deux épreuves, l'une pour le ministère, l'autre pour
la préfecture de police.

On renvoyait au bureau du journal l'épreuve *revue*

et corrigée. Ces messieurs de la censure marquaient au crayon rouge les passages qu'il fallait supprimer. Il n'y avait pas à lutter, c'était comme cela. Si un des passages indiqués était maintenu, les agents saisissaient le journal dans les kiosques, dans les gares, et la permission de vente sur la voie publique était retirée.

Or, ces redoutables éplucheurs étaient tous des fruits secs du journalisme et de la littérature ; il avait fallu bien des échecs, bien des refus pour les décider à entrer dans cette autre police où chacun d'eux recevait de 150 à 200 francs par mois! Ils se vengeaient sur ceux qui avaient la chance d'être imprimés. L'un d'eux enlevait régulièrement certains bons mots et certaines anecdotes qui ne touchaient en rien à la politique, ni à l'opéra, ni aux gens en place. Ce n'est qu'après six mois que j'appris qu'il les gardait pour son usage personnel : cet honnête employé faisait une correspondance en province et passait pour un homme d'infiniment d'esprit — grâce à ses habiles soutirages.

Ce qu'on aura peine à croire, c'est que cette censure préventive n'était pas même une garantie contre les poursuites du parquet.

On arrivait devant la fameuse 6ᵉ chambre avec un numéro qui portait d'un côté :

« Vu au ministère de l'intérieur; »

De l'autre :

« Vu à la préfecture de police. »

Le substitut se levait, et, désireux de s'asseoir, il parlait de péril social, de presse à scandales, et terminait gravement son discours par ces mots :

« Vous n'hésiterez pas, Messieurs, à faire un exemple. Je demande une condamnation sévère. »

Vainement, le journaliste s'écriait :

— Mais je suis garanti par l'administration ; voici le *visa* du ministère ! si la censure avait biffé ou souligné le passage incriminé, je n'aurais pas hésité à le supprimer, puisqu'il n'y a pas moyen de faire autrement. Si vous me condamnez, condamnez aussi mes complices du ministère de l'intérieur.

Les trois juges faisaient semblant de ne pas entendre et, par des considérants qui eussent paru sévères pour Lacenaire, ils condamnaient le gazetier à une amende qui variait de 100 à 500 francs.

On passait ensuite à une affaire de vol, et tout était dit.

Je me rappelle qu'un jour, ce Treilhard, qui s'était affublé du sobriquet de baron, me fit demander en toute hâte au ministère.

En entrant dans son cabinet, je le trouvai méditant sur les épreuves de mon journal.

— Monsieur, me dit-il, vous choisissez singulièrement vos collaborateurs ! Qu'est-ce que c'est que ce M. Tony Revillon ?

— C'est un homme aimable, lettré et souvent spirituel.

— Vous avez lu son article ?

— Sans doute.

— Et voilà ce qu'il dit de Napoléon Iᵉʳ: « L'empereur déclinait visiblement ; son embonpoint était excessif, il avait les joues pendantes... » Les joues pendantes ! l'empereur ! Pourquoi ne pas dire tout de suite que c'était un poussah ?

— Pas tout de suite, Monsieur, mais, un de ces jours, nous risquerons l'appréciation.

— En attendant, je supprime l'article.

— On pourrait y apporter quelques modifications et dire, par exemple: « Napoléon, quoique plus âgé, paraissait plus jeune. Il était d'une maigreur pleine de promesses, et toutes les femmes lui faisaient de l'œil ?... »

Le baron Treilhard me foudroya du regard, et l'article de Tony Revillon resta sur le carreau.

La façon dont la presse indépendante est traitée par les sous-préfets actuels nous rappelle naturellement « les abus de l'ancien régime ». Les sous-préfets actuels manquent d'actualité, c'est là leur moindre défaut.

Ces messieurs répètent à l'envi qu'ils sont nommés pour trois ans et resteront à leur poste jusqu'en 1880.

Ce serait doux pour eux et dur pour nous.

— Vous comprenez, disait l'un d'eux, si les élections sont réactionnaires, nous resterons ; et si elles sont républicaines, raison de plus pour qu'on nous garde... On aura plus que jamais besoin de gens à poigne...

Je connais un notaire de Malines qui a horreur des suppositions. Il prétend que les suppositions conduisent toujours à l'absurde.

Quand un de ses clients lui dit : « Si j'avais acheté cette usine, je serais riche aujourd'hui... » le notaire de Malines répond :

— *Si* ma tante avait des roues, ça serait un cabriolet !

Un jour qu'on parlait politique au café Suisse, à Bruxelles, un *orangiste* regrettait la séparation de la Belgique et de la Hollande.

— *Si* l'on n'avait pas fait la révolution de 1830, s'écria-t-il, l'industrie des Flandres serait en pleine prospérité...

— Oui, murmura le notaire, *si* ma tante avait des roues, ça serait un cabriolet...

Hier, dans un restaurant doré, un indulgent disait : Vous attaquez l'empire, messieurs, avec une violence que j'approuve. Cependant, *si* on enlève le coup d'État, les commissions mixtes, les déportations, les abus qui ont suivi ; *si* on supprime l'expédition du

Mexique, la guerre de 70, l'empire a bien son mérite...

— Eh bien! oui, si ma tante avait des roues, ça
serait un cabriolet.

XIX

LES DÉVORANTS

L'Exposition n'est pas terminée, les Chambres ne sont pas rentrées que déjà l'on se préoccupe des élections sénatoriales. C'est peut-être la première fois qu'en France on montre tant de prévoyance.

Ce renouvellement du Sénat est comme une épée de Damoclès suspendue sur la tête des conservateurs, avec cette différence dans l'aventure qu'on sait le jour où sera coupé le fil.

En présence de ce péril, les anciens partis qui s'accablaient de reproches et d'injures ont tenté un de ces rapprochements toujours édifiants pour ceux qui viennent d'assister à leurs querelles.

Ce rapprochement ne s'opère pas avec l'entrain désirable. Il est clair, à la façon dont en parlent les intéressés, qu'il y a du tirage dans les affaires de la coalition.

Un journal qui aurait été conduit à la fourrière, si on l'avait rencontré sans collier, s'évertue à jouer de la grosse caisse pour provoquer une sainte alliance entre les partis que des intérêts dynastiques, leurs prétentions et leurs appétits rendent hostiles à la République.

— Pourquoi ne nous unirions-nous pas ? s'écrie-t-il d'une plume de rogomme. Nous ne sommes d'accord sur aucune question, nous poursuivons des buts très différents, mais faut-il s'arrêter à ces bagatelles ? Unissons-nous, comme Desquiens et la veuve Crémieux, comme de France et Hodister !

Un autre, aussi peu sérieux, mais peut-être plus propre, abonde dans le même sens.

— Voyez, dit-il, les républicains. Ne sont-ils pas aussi divisés que nous ? Ils doivent même l'être davantage puisqu'il est agréable à nos lecteurs de se repaître de cette idée fausse. N'en sont-ils pas moins amis ? Imitons leur exemple. Ils sont unis contre la monarchie ; soyons unis contre la République. Sachons nous entendre pour l'égorger ; nous nous dévorerons plus tard.

Cette façon d'encourager les gens à une entreprise ne manque pas d'originalité.

D'ordinaire, ceux qui cherchent des partisans, des

alliés ou des complices, leur promettent que, une fois l'opération faite, ils seront récompensés par une large participation aux bénéfices et au butin.

Mais les bonapartistes, avec une sincérité qu'on ne peut méconnaître, promettent à ceux qu'ils veulent entraîner dans leurs rangs de les mettre ensuite en capilotade.

C'est mal connaître le cœur humain que de s'imaginer qu'une promesse de ce genre soit de nature à provoquer une aveugle confiance et un dévoûment sans bornes.

Si Barré, au lieu de faire entendre à Lebiez que, après l'assassinat de la laitière, il lui abandonnerait une part des valeurs soustraites, s'était contenté de lui déclarer qu'il n'hésiterait pas à l'assommer pour bénéficier seul du crime, il est probable que Lebiez eût laissé l'homme d'affaires consommer seul sa sinistre besogne.

Avec un langage aussi peu dénué d'artifice, les bonapartistes risquent fort d'être seuls à tenter de couper la République en morceaux.

Il faudrait véritablement que les conservateurs, qui n'ont pas les mêmes espérances que MM. Rouher et Amigues, et qui n'ont pas les mêmes raisons de les avoir, fussent d'une simplicité inimaginable pour se laisser toucher par des exhortations si menaçantes.

Les vieux partis ne sont point aussi innocents que

le petit Chaperon rouge. Ratapoil aura beau mettre
le bonnet de la mère-grand, on voit les dents du loup
qui percent sous la couverture.

Et quelle singulière façon de gagner aux projets
de la coalition les sympathies de gens simples et
d'humeur prudente que de leur annoncer que, après
avoir bouleversé le pays pour saper la République,
on le bouleversera encore pour arriver au triomphe
et à la curée finale.

S'il était une promesse qui pût tromper un pays si
souvent agité, c'est la promesse d'un avenir de concorde, de paix, de tranquillité.

Mais la promesse d'une guerre civile, en cas de
succès, nous paraît devoir réunir peu de partisans.

Si cet aveu a le mérite de la franchise, il faut reconnaître qu'il n'a que celui-là.

Les Dévorants sont passés de mode, et le parti qui
a capitulé à Sedan n'a pas de revanche à prendre ; il
ne doit désirer que l'oubli.

XX

UN COLONEL MÉLOPHOBE

Les préfets de M. de Fourtou ont d'autant plus de
mérite à être conservateurs qu'ils ne sortent certaine-
pas du Conservatoire. Copin avait défendu la danse,
voici M. de l'Angle-Beaumanoir qui interdit la musique. Déjà un préfet de je ne sais où, — comment
retenir le nom de ces éphémères ? — le préfet X...
avait pris un arrêté disant :

« Considérant que la fanfare de... est devenue *un
centre d'agitation politique...*

» Arrête :

» La fanfare est dissoute. »

Pauvre fanfare ! L'ophicléide était centre gauche,
le cor anglais républicain et le trombone anticlérical!

Le solo sera seul autorisé désormais ; les morceaux
d'ensemble, les chœurs, les symphonies sont condam-

nés à la déportation dans une enceinte fortifiée.

Le hautbois pourra faire entendre des lamentations solitaires; l'accompagnement est sévèrement interdit. On ne pourra plus être accompagné que par des gendarmes.

Des deux derniers Beaumanoir, l'un est colonel, l'autre est préfet; le préfet, fils du colonel. Le colonel aime la musique, et, à force d'études, il est arrivé à jouer de la trompe comme un éléphant. Le préfet enrage de voir son père faire de la musique à l'œil.

Le soir venu, le bon colonel met sa trompe sous son bras, s'éloigne des endroits habités, et, s'arrêtant quand un site lui plaît, il fait retentir les échos comme au bon vieux temps de la chevalerie.

Les gars de Saint-Brieuc s'attachent à ses pas ; ils suivent le vaillant sonneur sur les bords de la Gouette et ils l'écoutent religieusement. C'est leur Alcazar, à ces gens-là. Mais Beaumanoir, le préfet, ne veut pas que Beaumanoir, le colonel, charme chaque soir les oreilles des manants; il déclare que son père est devenu *un centre d'agitation*, et il prend un arrêté vexatoire contre l'auteur de ses jours. Cette fois, on peut le dire : Beaumanoir a bu son sang !

J'attends avec impatience le jour où l'on ne pourra plus jouer d'un instrument sans avoir déposé préalablement une déclaration à la préfecture. Parmi les inventions récentes, nous avons eu les *libraires fictifs*.

La France va se divisant de plus en plus en catégories:
l'heure des *musiciens fictifs* est arrivée. Les tribunaux
décideront. On parle déjà d'un amateur d'accordéon
qui demande cinq cents francs de dommages-intérêts
à son sous-préfet. Le sous-préfet déclare qu'il restera
sous-préfet jusqu'en 1880 et que, d'ici là, l'accordéon
est absolument interdit sur le territoire dont M. de
Fourtou lui a confié l'administration. Devant cette
affirmation peut-être risquée, la résistance légale s'organise. Deux fifres et un triangle, suivant l'exemple de
l'accordéon, viennent d'envoyer du papier timbré à
leur *sous-poignant*.

C'est une justice à rendre aux fonctionnaires du
16 mai et jours suivants qu'ils trouvent toujours du
nouveau. Ah! ils en font d'excellentes ; leur imagination ne tarit pas.

L'un fait fermer les salles de danse :

L'autre fait fermer les cafés et cabarets ;

Celui-ci fait fermer les loges maçonniques :

Celui-là fait fermer les cercles...

— Que diable ferai-je donc fermer ? se demandent
chaque matin ces hommes prodigieux.

On croit qu'il n'y a plus rien à fermer; eh bien ! ils
trouvent encore.

L'un fait fermer les pianos.

L'autre fait fermer son père ! ! !

L'ouverture de la chasse les contrarie vivement.

Ouvrir ? A quoi bon ? Et ce ne serait encore rien s'il ne fallait pas aussi ouvrir la période électorale... Une cruelle ouverture, celle-là. Parce que, après tout, si on ouvre la chasse, on a aussi le plaisir de la fermer ; tandis que la période électorale est suivie de l'ouverture du Parlement. Deux ouvertures coup sur coup, c'est trop pour les estomacs du 16 mai.

L'entr'acte politique auquel on a donné le nom de Septennat aura vu un singulier défilé d'hommes et d'opinions.

Sous le même régime, deux ou trois ministres de la justice flétrissent les commissions mixtes ; deux ou trois autres ministres de la même justice les décorent.

Un ministre de l'intérieur établit une administration; son successeur fait table rase. En somme, nous avons trois ou quatre personnels qui, tour à tour, auront administré, jugé, émargé à des titres différents, avec des opinions opposées, sous le même Président d'une République diverse.

S'il n'y avait pas indiscrétion, je demanderais au valet de chambre d'un des secrétaires de M. le Maréchal de Mac Mahon ce que le Président entend par « maintenir les institutions républicaines » jusqu'en 1880.

Interdire les journaux républicains, est-ce maintenir les institutions républicaines ?

Nommer des bonapartistes et des royalistes à tous

les emplois, est-ce maintenir les institutions républicaines ?

Choisir pour candidat officiel M. de Carayon-Latour,
le conspirateur de Frohsdorf, est-ce maintenir les institutions républicaines ?

La République paye, entretient ceux qui ont juré sa
perte.

Il n'est pas jusqu'à nos lettres que nous ne soyons
forcés de remettre aux mains d'un royaliste clérical.

Ah ! les temps sont durs. Le Septennat a vécu quatre
ans, et dans ces quatre années nous aurons vu l'âge de
fer, l'âge de plomb, l'âge de zinc, l'âge de fer-blanc...
Nous voici arrivés à l'âge de caoutchouc, celui où les
consciences sont élastiques.

Un dénoûment, de grâce, un dénoûment !
N'avions-nous pas assez de nos défaites : et faut-il que
l'histoire ajoute au récit de nos malheurs : « Cette
catastrophe fut terminée par une pantomime dans
laquelle Deburau obtint un grand succès de fermeture ! »

Vainement, M. de Fourtou nous promet un gouver-
ment cousu au prix du cloué ; vainement les circulaires préfectorales recommandent aux agents du
pouvoir d'apporter à l'exercice de leurs fonctions tous
les égards compatibles avec la violence ; nous avions
rêvé mieux. Notre idéal a été admirablement défini
par M. le duc de Broglie. Nous ne demandons qu'une
chose à Alexandre, c'est de « s'ôter de notre soleil. »

Nous voulons lire les journaux que les colporteurs n'ont pas le droit de vendre.

Nous voulons danser.

Nous voulons faire de la musique.

Nos réclamations sont fondées ; elles toucheraient le cœur le plus dur.

Nous demandons la liberté pour nous — et pour le colonel Beaumanoir !

XXI

MENÉES CLÉRICALES.

A voir ce qui se passe autour de nous, on pourrait croire que les opinions politiques sont devenues autant de professions.

Cela n'engage à rien d'être clérical. On n'a besoin, pour entrer dans le parti, ni de conviction, ni d'austérité, ni de vertu. On est clérical comme on serait notaire ; on fait de la conservation comme on ferait de l'usure.

Être clérical, cela ne veut pas dire qu'on ait de la religion ; j'ai connu des cléricaux qui était parfaitement sceptiques, et deux ou trois qui étaient athées.

Cela ne veut pas dire davantage qu'on renonce aux plaisirs et aux vanités de ce monde. Les cléricaux sont les plus âpres à la curée quand ils disposent du pou-

voir, les plus avides de titres et de distinctions honori-
fiques.

Cela veut dire encore moins qu'on soit un homme
de bonnes mœurs ; de nombreux exemples en font foi.

Non le cléricalisme est un moyen, une profession.
On s'y plonge comme Rominagrobis dans la huche
ouverte :

C'est à nous de prendre garde :

Ce bloc tout charbonné ne me dit rien qui vaille;
Et, quand tu serais sac, je n'approcherais pas.

Les cléricaux ont la vie dure, et, comme le démon
évoqué par Faust, ils savent prendre toutes les formes.
Quand on les a terrassés sous un aspect, il reparais-
sent sous un autre.

Étourdis un instant le 13 décembre, ils apportent
déjà les échelles pour remonter à l'assaut. Quelques-
uns sont restés dans la place, les autres attendent
qu'on les hisse.

Et nous sommes obligés d'user de ménagements !

Si rude a été l'atteinte portée à la France par le
coup de main de MM. de Broglie et de Fourtou que le
sol est encore jonché de débris et que nos matériaux
n'y trouvent pas de place.

Les dix-huit années de corruption ont peut-être fait
moins de mal au pays que les sept mois de désordre
moral.

Le 16 Mai a tout bouleversé : la religion, par les
prières ordonnées et qui n'ont pas été entendues;

l'administration, par une pression passionnée et féroce; la magistrature, en la mettant dans une sorte d'obligation de juger dans un certain sens; l'armée, en cherchant à la disposer à un coup de force dans un pays absolument calme...

Puis les hommes de violence et d'arbitraire ont disparu, laissant après eux une forte odeur de soufre.

Tout est désagrégé, tout est à refaire. C'est un travail de patience fort pénible pour un peuple, qui n'est rien moins que patient; mais c'est de ce travail que dépend l'avenir.

Aussi voit-on les républicains les plus indignés prêcher la modération et les plus éprouvés faire de la conciliation. Les aventuriers de l'ordre moral profitent de cette mansuétude, et nous assistons à ce répugnant spectacle de voir certains hommes appelés à d'importantes fonctions pour avoir *desservi leur pays.*

Chateaubriand avait prévu une semblable situation quand il écrivait : « Tout change, tout se détruit, tout passe; on doit, pour bien servir sa patrie, se soumettre aux révolutions que les siècles amènent; et pour être l'homme de son pays, il faut être l'homme de son temps. Eh! qu'est-ce qu'un homme de son temps? C'est un homme qui, mettant à l'écart ses propres opinions, préfère à tout le bonheur de sa patrie; un homme qui n'adopte aucun système, n'écoute aucun préjugé, ne cherche point l'impossible

8.

et tâche de tirer le meilleur parti des éléments qu'il trouve sous sa main ; un homme qui, sans s'irriter contre l'espèce humaine, pense qu'il faut donner beaucoup aux circonstances et que, dans la société, il y a encore plus de faiblesse que de crimes ; enfin, c'est un homme éminemment raisonnable, éclairé par l'esprit, modéré par le caractère, qui croit, comme Solon, que dans les temps de corruption et de lumière, il ne faut pas vouloir plier les mœurs au gouvernement, mais former le gouvernement *pour les mœurs.* »

Voilà qui semble écrit d'hier ; on doit ajouter qu'il est également nécessaire de former l'administration et surtout la magistrature pour les mœurs. Le *Journal des Débats* l'a dit avec une honnête sévérité : « Chacun s'est dit, en France, que les jugements seraient rendus dans tel ou tel sens, selon l'opinion politique du justiciable, selon la nuance du journal auquel il était abonné. »

Ce qui a été pour l'astucieux *Français* une occasion de déclarer avec un profond soupir que les républicains attaquaient la magistrature. Nous l'attaquons comme les maçons attaquent une maison, pour la réparer.

M. de la Brière, quand il était sous-préfet de Gaillac, accusait aussi les républicains d'insulter le Maréchal ; et, dès qu'il a cessé d'être sous-préfet, il a dépassé par l'injuste violence de son injure tout ce que le pochard le plus affligé aurait pu trouver d'incisif et de mordant.

Loin d'attaquer la magistrature, je prétends que
flétrir les mauvais magistrats c'est honorer les bons ;
et j'en connais qui sont de mon avis.

Aujourd'hui les fortunes sont à gauche et les appétits sont à droite.

A la Gauche républicaine siège un député dont la
fortune dépasse dix millions.

Le préfet de l'ordre moral combattait vivement sa
candidature.

— Il est du parti des partageux! disait-il aux
paysans.

— Eh bien! répondit un villageois malin, qu'il partage!.. nous ne demandons pas mieux.

Mais ce n'est pas tout de fonder la République;
encore faut-il que cette victoire serve à quelque chose.
La France a des besoins d'austérité, de vertu. Elle
veut mettre le travail à l'abri de l'agiotage, l'épargne
à l'abri de la loterie. La moralisation part d'en bas,
d'un seul jet et de tous les cœurs.

Nous sommes las de voir les filles séduites, abandonnées, mourir de faim avec leur enfant, ou l'étouffer
à sa naissance, ou l'abandonner au coin d'une rue,
tandis que le séducteur, le lâche, reste impuni, ajoutant avec orgueil un nom de plus à la liste de ses
bonnes fortunes.

Nous sommes las d'entendre les tribunaux prononcer des séparations sans que l'homme puisse redevenir
époux, sans que la femme ait le droit de redevenir
mère.

Nous sommes las de voir la répression frapper toujours du même côté.

Nous sommes saturés d'injustices, dégoûtés d'excès et de passe-droits, écœurés d'ignominies.

Cette fois le champ est ouvert au progrès, sans secousse, sans convulsion d'aucune sorte. Il n'y a pas de révolution à faire, il suffit de marcher en avant.

La guerre d'Orient retarde seule l'essor de la civilisation nouvelle.

Il doit s'opérer dans la vie générale des nations un double phénomène alternatif assez semblable à celui que les physiologistes ont constaté chez l'homme et qu'ils appellent vie de nutrition et vie de relation. Un peuple se concentre et s'étend ; il produit et il échange ; il agit en dedans ou en dehors ; et si l'harmonie ne se maintient pas entre ces deux ordres de fonctions, il y a malaise, langueur et atonie.

Par un phénomène social extraordinaire, notre pays souffre à la fois d'une exubérance de capitaux et de population.

Si nous pouvons encore nous mouvoir librement sur le sol de la patrie, nous y éprouvons déjà des difficultés pour y acquérir l'aisance qui partout doit être le fruit du travail.

Toutes les classes de la société exercent l'une sur l'autre un froissement fâcheux.

Dans le commerce, des chefs d'atelier et des fabricants se livrent une guerre acharnée pour se disputer de mesquins bénéfices. Le manufacturier cherche vainement un débouché qui ne soit pas obstrué par les produits de ses compétiteurs.

Le détaillant voit son bénéfice diminué d'année en année, parce qu'à côté de lui un gros capitaliste a fondé d'immenses magasins où l'on trouve réunis les articles de trente fabrications différentes et que l'universalité de son commerce lui permet de se contenter de plus petits bénéfices sur chaque objet.

Nos universités regorgent d'étudiants; il n'y aura jamais assez de malades pour tant de médecins, assez de plaideurs pour tant d'avocats.

La colonisation sur de larges bases nous offre les moyens de remédier à cet encombrement. Cherchons ailleurs le terrain qui nous manque en Europe; au lieu de restreindre nos richesses aux proportions de notre sol, élargissons notre sol en proportion de nos richesses.

Que de choses à étudier, que de progrès à réaliser par la République!

En attendant cette aurore espérée, accompagnons d'un sourire M. le duc de Broglie, qui, fatigué du 16 Mai, est allé chercher la liberté en Suisse.

On sait que le noble duc a vendu son hôtel à son fils; il a démissionné comme propriétaire, de façon que si, par hasard, on avait à lui réclamer quelque somme imprudemment avancée aux candidatures officielles, son interrogatoire se formulerait ainsi :

— Votre nom ?

— Duc de Broglie.

— Votre profession ?

— Indigent !

XXII

CHANTONS LA MARSEILLAISE

J'attendrai le résultat de l'enquête pour parler longuement de l'affaire du théâtre de Nantes. En tout
cas, je puis dire dès à présent que cet éclat était nécessaire. Un certain nombre d'officiers supérieurs, braves
gens, bons soldats, respectables sous tous les rapports,
ne peuvent pas se faire à l'idée que la hiérarchie s'arrête au ministre de la guerre. Il leur faut un monarque,
Napoléon III, Louis-Philippe, ou tout autre figurant ;
l'idée de République leur est aussi étrangère qu'à ce
prince de Dahomey qui, ayant appris, en 1795, que
les Français n'avaient pas de roi, trouva la chose si
comique qu'il fut pris d'un fou rire et en mourut.

Il y a une fâcheuse tendance des grands corps de

l'État à s'isoler du reste de la nation, à faire bande à part.

On rencontre plus d'un vieil officier, de ceux qu'on appelle *culottes de peau*, qui vous dira en roulant de gros yeux :

— Je ne suis pas républicain, moi, mille millions de tonnerres !

— C'est votre droit comme particulier, mais comme capitaine, commandant ou colonel, vous êtes au service de la République ; il faut donc accepter et respecter le gouvernement reconnu ou donner votre démission.

Je n'ai pas l'honneur de connaître M. Hervé ; mais l'uniforme qu'il porte, le grade qu'il a acquis lui assurent mon respect le plus sincère.

L'armée est une pépinière d'honnêtes gens, et le jour viendra où l'armée tout entière comprendra qu'elle est le cœur de la nation et fera cause commune avec le peuple, dont elle émane et dans les rangs duquel elle ne tarde pas à rentrer.

En attendant, je me représente l'effarement du public nantais devant les rigueurs de M. Hervé.

On joue *Marceau*, pièce qui a eu trois cents représentations à Paris, six cents en province, cinquante à Bruxelles.

Le public s'exalte ; il se met à l'unisson des personnages qui sont en scène.

Un officier aperçoit l'un des chefs de musique de la

garnison qui conduit la *Marseillaise*, et qui plus est, horreur des horreurs! le même officier reconnaît, parmi les soldats de la première République, ses propres lignards à lui !

Nom d'un petit bonhomme! quinze jours d'arrêt au chef de musique... Quant aux troupiers, ils ne mettront plus les pieds au théâtre.

Mais, mon colonel, je souhaite à vos soldats les mêmes aventures qu'à ceux de Marceau, et, véritablement, vous me paraissez bien dégoûté.

Si Marceau en personne eût paru au théâtre de Nantes, vous l'auriez peut-être fait mettre à la salle de police?

Qu'est-ce donc qui a pu vous blesser? On chante la République; mais c'est le gouvernement que vous servez et qui vous fera passer, un de ces jours, général de brigade ! Vous avez donc tout oublié, Strasbourg, Metz, Sedan?

Sérieusement, il y a des gens qui croient qu'on *trahit l'empire* quand on sert la France !

Ah! mon colonel, lisez, relisez l'histoire ; et, croyez-en un journaliste *chauvin :* ne cherchez pas à tuer l'enthousiasme. C'est avec l'enthousiasme qu'on remporte des victoires. C'est par manque d'enthousiasme que nous avons été vaincus. Laissez chanter la *Marseillaise*, chauffez vos hommes, et vous verrez comme ils vous suivront...

C'est vous qui vous êtes trompé, mon colonel, en croyant agir dans l'intérêt de la discipline. Le jour où

tous les français chanteront la *Marseillaise* à l'unisson,
nous ne serons pas loin de recouvrer nos frontières.

AIR : *Dis-moi, soldat, dis-moi, t'en souviens-tu ?*

LE VIEUX SERGENT.

... Mais qu'entend-il? le tambour qui résonne?
Il voit au loin passer un bataillon.
Le sang remonte à son front qui grisonne :
Le vieux coursier a senti l'aiguillon.
Hélas! soudain, tristement il s'écrie :
« C'est un drapeau que je ne connais pas,
« Ah! si jamais vous vengez la patrie,
« Dieu, mes enfants, vous donne un beau trépas! »

« Qui nous rendra, dit cet homme héroïque,
« Aux bords du Rhin, à Jemmapes, à Fleurus,
« Ces paysans, fils de la République,
« Sur la frontière à sa voix accourus?
« De quel éclat brillaient dans la bataille,
« Ces habits bleus PAR LA VICTOIRE USÉS!
« La liberté mêlait à la mitraille,
« Des fers rompus et des sceptres brisés.

« Les nations, reines par nos conquêtes,
« Ceignaient de fleurs le front de nos soldats,
« Heureux celui qui mourut dans ces fêtes!
« Dieu, mes enfants, vous donne un beau trépas! »

Si la *petite bête* n'est pas morte, les refrains du vieux
Béranger, feront encore battre les cœurs au théâtre de
Nantes — et ailleurs.

La Restauration se chante sur un autre air :

Bénis soient la Vierge et les saints :
On rétablit les capucins!

La faim désole nos provinces ;
Mais la piété l'en bannit.
Chaque fête, grâce à nos princes,
On peut vivre de pain bénit.
Bénis soient la Vierge et les saints :
On rétablit les capucins !

Fais-toi dévote aussi, Fanchette ;
Vas, il n'est pas de sot métier.
Mais qu'avec nous deux, en cachette,
Le diable crache au bénitier.
Bénis soient la Vierge et les saints :
On rétablit les capucins !

Un choix des chansons de Béranger, chantée
chaque soir sur un théâtre, ferait plus de bien au
pays que tous les ordres du jour de la place de
Nantes.

Il y a d'abord :

LE VIEUX DRAPEAU.

Il est caché sous l'humble paille
Où je dors pauvre et mutilé,
Lui, qui sûr de vaincre, a volé
Vingt ans de bataille en bataille !
Chargé de lauriers et de fleurs,
Il brilla sur l'Europe entière.
Quant secouerai-je la poussière
Qui ternit ses nobles couleurs ?

Ce drapeau payait à la France
Tout le sang qu'il nous a coûté ;
Sur le sein de la LIBERTÉ
Nos fils jouaient avec sa lance.
Qu'il prouve encore aux oppresseurs
Combien la gloire est roturière.

Quand secouerai-je la poussière
Qui ternit ses nobles couleurs?

Las d'errer avec la victoire,
Des lois il deviendra l'appui ;
Chaque soldat fut, grâce à lui,
Citoyen au bord de la Loire.
Seul il peut voiler nos malheurs ;
Déployons-le sur la frontière.
Quand secouerai-je la poussière
Qui ternit ses nobles couleurs?

Que si les tribunaux du 16 Mai allaient encore de l'avant, on pourrait reprendre :

○

LES DIX MILLE FRANCS.

Dix mille francs, dix mille francs d'amende !
Dieu! quel loyer pour neuf mois de prison !
Le pain est cher et la misère est grande,
Et pour longtemps je dîne à la maison.
Cher président, n'en peut-on rien rabattre ?
« Non, non ! jeûnez, et vous et vos parents.
« Pour fait d'outrage aux enfants d'Henri IV,
« De par le roi, payez dix mille francs ! »

Je paierai donc ; mais que va-t-on bien faire
De cet argent que si bien j'emploierais?
D'un substitut sera-t-il le salaire ?
D'un conseiller paiera-t-il les arrêts?
Chantez, messieurs, faites pondre la poule ;
Envahissez croix, titres, biens et rangs.
Dût-on encor briser la sainte ampoule,
Pour les flatteurs comptons dix mille francs.

Franchement, cela ne vaut-il pas mieux que :

Le général commandant la place porte à la connaissance des

troupes de la garnison l'arrêté suivant, pris par M. le général commandant supérieur des subdivisions de la Loire-Inférieure et de la Vendée, à l'occasion d'une manifestation démagogique dans laquelle se sont trouvés compromis des figurants appartenant à l'armée :

1° Jusqu'à nouvel ordre, le théâtre de la Renaissance est consigné aux militaires de tout grade ;

2° L'officier de service fera sortir de la salle les militaires qui s'y trouveraient, après avoir pris leurs noms;

3° Il ne sera plus accordé de figurants militaires au directeur de ce théâtre, s'il n'a soumis préalablement à l'examen du commandant de la place le manuscrit de la pièce à représenter dans laquelle doivent figurer les militaires.

Nantes, le 17 janvier 1878.

Pour le général commandant la place, .

Le lieutenant-colonel major de la garnison,

Signé : Hervé.

Ici, je m'insurge à mon tour.

Le jour où la *Marseillaise* n'est pas défendue, cette romance n'a rien de subversif.

C'est en refoulant les instincts naturels aux masses, en réprimant comme un délit l'amour de la liberté, qu'on arrive à engourdir une nation ; et, le jour où l'on a besoin de marcher, on trouve des mobiles qui ne veulent pas être mobilisés, des paysans qui cassent leurs fusils; — on perd des provinces et on paye des indemnités.

La France a besoin de fer et d'alcool, son sang s'est appauvri, et cependant elle ne peut plus essuyer de défaites.

Vaincus une fois de plus, tout serait dit : ·

Si la patrie est de nouveau en danger, quand nos

officiers anti-républicains demanderont des soldats, faudra-t-il leur répondre :

> « Ils sont là-bas qui dorment sous la neige,
> Et le tambour ne les réveill'ra pas !... »

XXIII

PAS D'OBSERVATION!

Il est arrivé dernièrement la plus déplorable aventure à un jeune homme — Français d'origine — dont la famille habite New-York, et qui était revenu dans la mère patrie pour y remplir son devoir de citoyen en se présentant devant le conseil de revision.

Le prince Napoléon-Eugène, plus souvent désigné sous le nom d'*incognito*, a demandé et obtenu une condamnation contre le *Siècle*, qui avait paraît-il diffamé l'auteur de son exil; — ce qui prouve qu'il n'y a pas besoin d'avoir tiré au sort pour se porter partie civile devant un tribunal français. S'il s'agissait de se porter *partie militaire*, il en serait sans doute autrement.

Donc, l'autre jeune homme, celui qui avait traversé l'Océan pour satisfaire à la loi et non pour en tirer une satisfaction, — au moment où il allait retourner dans sa famille et qu'il s'installait sur le paquebot — fut arrêté comme voleur. On recherchait un individu accusé de détournement, et le jeune homme portait le même nom, mais non point les mêmes prénoms que le coupable, ou l'accusé, comme on voudra.

Toutes les protestations furent vaines ; l'innocent eut beau montrer son acte de naissance, son livret d'ouvrier peintre, tout ce qui sert à constater l'identité d'un citoyen, rien n'y fit.

— Pas d'observation ! est le premier et le dernier mot de l'autorité en France.

On emmène le jeune homme ; on le conduit d'abord au Dépôt où il reste onze jours, puis à la maison d'arrêt où on lui inflige le règlement et le costume des prisonniers. Il proteste de nouveau.

On lui répond : Pas d'observation ! Si vous n'êtes pas condamné, vous le serez.

Enfin, après huit jours de détention, le malheureux apprend par le juge d'instruction qu'il a commis un abus de confiance et un détournement de quinze mille francs.

Sur ses nouvelles protestations, on n'hésite pas à l'amener à Paris ; il traverse la ville les menottes aux mains de façon à ce que les passants puissent le prendre pour le gérant d'un journal républicain.

Ce n'est qu'après cette série de désagréments qu'on le confronte avec la victime du vol qui déclare que ce n'est point là son voleur.

Vous croyez que c'est fini ?

Pas du tout. On le remet deux jours en prison pour prendre le temps de remplir les *formalités* nécessaires à son élargissement !

Et les paquebots partaient toujours pour New-York.

Le jeune homme ainsi arrêté a voulu réclamer, se croyant sans doute dans le nouveau monde où l'honneur et la liberté des citoyens sont ordinairement respectés.

Pour toute réparation, un chef de bureau lui a délivré un bout de papier déclarant qu'il a été arrêté au lieu et place d'un homonyme.

S'il n'est pas content, il est bien difficile.

Le dernier mot qu'il ait entendu prononcer sur le territoire français a été : Pas d'observation !

Un conseil terminera ce récit.

— Jeune homme, vous êtes retourné à New York où vous avez pu calmer enfin l'inquiétude de vos parents. Puisque vous êtes à New York, restez-y ; et quand vous aurez entendu dire qu'il ne reste plus de conservateurs en France, quand vous vous serez assuré du fait autant que possible ; quand des réformes complètes auront enfin été exécutées, quand les magistrats de l'empire seront morts, quand l'administration aura été purgée, renouvelée et simplifiée... alors seulement risquez-vous à faire un tour au Hâvre.

XXIV

LA LOI SUR LA PRESSE

Le projet de loi sur la presse, tel que l'a présenté M. Dufaure, me paraît tout à fait insuffisant pour réprimer l'audace des journalistes français.

M. Dufaure a été sans doute retenu par les scrupules que lui commandait une longue carrière dans le camp de l'opposition libérale ; il n'a pas voulu rompre avec son passé glorieux, et peut-être a-t-il trop oublié la gravité des circonstances.

La France est tranquille, le commerce florissant ; personne ne songe à une révolte impossible ; le moment est bon pour museler le *Journal des Débats*.

Tant que la loi n'a pas été votée, il est du devoir de chaque citoyen d'apporter sa bougie pour éclairer la situation.

Une loi sur la presse doit être parallèle au Code

pénal, et c'est le Code pénal à la main que je rédige ce souriant projet :

Des peines en matière criminelle.

ARTICLE 1ᵉʳ. — Les peines en matière de presse sont afflictives et infamantes.

Ces peines sont :

La mort,

Les travaux forcés à perpétuité,

La réclusion,

Le pal,

L'huile bouillante,

La torture ordinaire et extraordinaire.

ART. 2. — Tout condamné à mort aura la tête tranchée ; mais, la tête étant le siège de la pensée, quand la peine de mort aura été prononcée contre un publiciste, on commencera par les jambes.

ART. 3. — Le coupable condamné pour un crime de presse sera conduit sur le lieu de l'exécution en chemise, nu-pieds et la tête couverte d'un voile noir, qui sera repris chaque fois pour servir à un autre.

ART. 4. — Ce voile noir devra porter un timbre-quittance de dix centimes, à la charge du condamné.

ART. 5. — Les corps des suppliciés ne seront pas délivrés à leur famille. On en fera du bouillon pour les maisons de santé.

ART. 6. — Les membres de la Société des gens de de lettres, condamnés aux travaux forcés, seront employés aux travaux les plus pénibles ; ils traîneront à leurs pieds un discours de M. le duc de Broglie.

ART. 7. — Le supplice du pal sera appliqué au moyen d'un fer rouge, mais avec tous les ménagements que commande l'humanité.

ART. 8. — L'application de la torture ordinaire et extraordinaire sera confiée à deux Mohicans appointés pour ces fonctions.

Si l'un de ces employés ou tous les deux sont empêchés par la maladie ou par toute autre cause, ils seront remplacés par deux fous furieux, extraits des cabanons de Bicêtre.

Des peines en matière correctionnelle.

ART. 9. — Quiconque aura été condamné à une amende sera renfermé dans une maison de correction.

La durée de cette peine sera de soixante-dix à cent ans, sauf les cas de récidive.

ART. 10. — Les produits du travail de chaque détenu seront appliqués partie aux dépenses communes de la maison, partie à fonder un prix pour les courses d'Auteuil.

Des peines et des autres condamnations qui peuvent être prononcées pour crimes ou délits..

ART. 11. — Les individus condamnés à la surveillance de la haute police seront tenus d'habiter le faubourg Saint-Cyprien, à Toulouse. Ils ne devront s'en éloigner sous aucun prétexte, pas même en temps d'inondation.

ART. 12. — En cas de désobéissance aux dispositions qui précèdent, l'individu placé au faubourg Saint-Cyprien sera condamné à un emprisonnement qui ne pourra dépasser trente ans.

ART. 13. — L'exécution des condamnations à l'amende, aux dommages-intérêts et aux frais, pourra être poursuivie par la voie de la contrainte par corps, telle que la comportent le pal et la torture.

ART. 14. — Tous les écrivains, romanciers, historiens, journalistes, dramaturges et chansonniers, depuis l'Académie française jusqu'au Caveau, seront tenus solidairement des amendes et des frais prononcés contre l'un deux.

Des peines de la récidive.

ART. 15. — Quiconque, ayant été condamné à une peine infamante, aura commis un second crime, sera condamné à la torture, si le crime a été commis dans le feuilleton d'un journal ;

Au pal, s'il a été commis à la deuxième page ;

A mort, s'il a été commis à la première page.

Des personnes punissables, excusables ou responsables.

ART. 16. — Seront punis comme complices des

crimes ou délits commis par la voie de la presse, les ouvriers imprimeurs, le propriétaire de la maison où se trouveront les bureaux du journal incriminé, sa femme et ses enfants, les porteurs du journal, le marchand de papier et les plieuses.

ART. 17. — Ceux qui, connaissant des journalistes d'opinion démocratique, leur fournissent un logement ou lieu de réunion, seront punis comme complices.

ART. 18. — Ceux qui, sciemment, se seront abonnés à un journal poursuivi, seront aussi punis comme complices.

ART. 19. — Néanmoins, LA PEINE DE MORT, lorsqu'elle sera appliquée à l'auteur principal, sera remplacée, à l'égard des abonnés, par celle de l'huile bouillante.

ART. 20. — Il y a crime et délit même quand l'écrivain est en état de démence.

ART. 21. — Lorsque l'abonné aura moins de seize ans, il sera toujours décidé qu'il a agi avec discernement.

A l'expiration de la peine prononcée contre lui, il sera placé pendant dix ans au faubourg Saint-Cyprien.

De la corruption des fonctionnaires publics par la voie de la presse.

ART. 22, 23, 24. — Abrogés.

Mendicité.

ART. 25. — Tout écrivain qui aura été trouvé mendiant dans un lieu où il existera un journal ou une librairie sera condamné à dix ans de prison et conduit au faubourg Saint-Cyprien.

Attentats contre les personnes.

ART. 26. — Tout article critiquant un fonctionnaire est qualifié meurtre.

ART. 27. — Tout entrefilet écrit avec préméditation est qualifié assassinat.

ART. 28. Le guet-apens consiste à envoyer une quittance d'abonnement.

Du roman-feuilleton

ART. 29. — Tous les crimes commis dans un roman seront poursuivis comme s'ils avaient été commis dans la vie ordinaire. Le signataire du feuilleton est responsable des crimes commis par les personnages qu'il met en scène.

Dispositions générales

ART. 30. — Les crimes et délits commis par la voie de la presse seront déférés à un jury uniquement composé de sergents de ville.

ART. 31. — Dans tous les cas non prévus par la présente loi, le *minimum* de la peine sera la mort.

Il ne faut pas faire les choses à demi. Le projet que

je propose concilie sagement une douce liberté avec une vigoureuse répression.

A chacun selon ses mérites.

C'est la presse qui a perdu la bataille de Waterloo ;

C'est la presse qui, en 1848, a refusé à la nation l'adjonction des capacités ;

C'est la presse qui est entrée dans les commissions mixtes ;

C'est la presse qui a déclaré la guerre à la Prusse avec une armée insuffisante ;

C'est la presse qui a livré Metz aux Allemands ;

C'est la presse qui a refusé à MM. Lucien Brun, Chesnelong et de Carayon-Latour d'accepter le drapeau tricolore ;

C'est la presse qui, avant le payement des cinq milliards, a réclamé à la France les biens que lui avait confisqués l'empire ;

C'est la presse qui a empêché les légitimistes, les bonapartistes et les orléanistes de s'entendre sur le choix d'un souverain...

Frappons l'hypocrite ; écrasons l'infâme ! Pas de demi-mesures.

M. de Franclieu a raison quand il dit qu'il voudrait plus de franchise dans les cabinets.

XXV

UN ARTICLE DE SAINT-GENEST.

Le *Figaro* a fait des gorges chaudes du projet de M. Edmond Turquet de classer les tableaux par genres, afin de rendre les recherches et la comparaison plus faciles, et voici qu'aujourd'hui le pieux Saint-Genest s'empare de l'idée de M. Turquet pour l'aggraver en l'étendant à la société tout entière.

Les empaillés, que leurs journaux désignent sous le nom de conservateurs, doivent désormais s'abstenir de saluer tous ceux qui, de près ou de loin, prêtent leur concours à la République ; ils doivent refuser la main à tout individu qui tenterait ou approuverait une réforme dans l'Etat. Voilà donc les groupes bien tranchés.

Il est évident que, si le duc de Broglie avait refusé de saluer M. Thiers, celui-ci eût hésité à dire que la

République est le gouvernement qui nous divise le
moins ; si le duc Decazes fût passé raide comme balle
devant M. Gambetta, l'ex-ministre de la Défense
nationale n'aurait jamais osé prendre la présidence
de la Chambre.

« Ces hommes qui servent de pont, s'écrie Saint-
Genest, ces hommes qui sont les complices des
radicaux, quel est leur rôle ?

» Oh ! mon Dieu ! ce rôle est bien simple : le matin,
dans son journal ou à la tribune, exprimer les idées
les plus antichrétiennes, les plus antisociales, et puis,
le soir, mettre son habit et aller faire l'aimable au
milieu des gens du monde et des chrétiens.

» Comment ! le matin ils ont attaqué la société, LA
NOBLESSE, la monarchie française, et vous tous, gens
du monde, vous ne leur tournez pas le dos ? »

Il résulte des lignes qu'on vient de lire qu'il y a,
parmi les républicains, ou du moins parmi ceux qui
pensent que la République est le gouvernement nor-
mal, des hommes conciliants, désireux de ramener
les égarés — comme les corsets de la rue Auber.
Leur faire bonne figure, c'est les encourager.

Il faudra leur tourner le dos, quoique cette ma-
nœuvre ait peu réussi à M. de Germiny, le premier en
date pour l'invention des groupes.

Si la proposition Saint-Genest rencontre dans le
monde parisien le succès qu'elle mérite, on verra :

Arthur Meyer refuser la main à Émile de Girardin,

Ernest Daudet enfoncer son chapeau sur sa tête quand il rencontrera Edmond About.

Poupart-Davyl foudroyer Ranc du regard.

Louis Teste tourner le dos à Vacquerie.

Les légitimistes se grouperont d'un côté, les orléanistes de l'autre, et les bonapartistes feront bande à part. On ne verra plus les passants échanger un salut banal, plus de poignées de main, plus de sourires. Une société de croque-morts passera grave et empesée sur les boulevards et dans les Champs-Elysées.

Le soir, dans quelque salon, si un jeune homme va demander une valse ou un quadrille à une femme nue jusqu'au nombril (indice d'une piété bien comprise), ou à une demoiselle qui n'étale que la moitié de sa gorge (pour faire voir qu'elle sort du Sacré-Cœur), la dame ou la demoiselle dira : — Pardon, monsieur, avant de vous livrer ma taille, avant de vous per- mettre de vous régaler de ma nudité, je voudrais savoir si vous êtes bon catholique et royaliste fervent ?

— Mais, Madame, je ne vois pas ce que la politique peut avoir à faire dans cette circonstance ?

— Tout, Monsieur. Je ne donnerais pas ma main à baiser à un républicain, et je ne refuserais aucune faveur à un jeune homme dévoué à la monarchie. Bien plus, je suis prête à danser en chemise avec un bon catholique, tandis que je ne montrerais seulement pas mes mollets à un libéral !

— Est-ce possible ?

— Si vous voulez vous rallier, je serai chez vous à minuit et demi, et nous en ferons de bonnes. Mais si vous persistez dans l'erreur, ne comptez pas sur moi pour calmer vos sens !

D'où vient la sévérité de Saint-Genest ? Pourquoi cette ligne de démarcation entre des cœurs qui ne demandent qu'à se comprendre ?

C'est que les républicains désorganisent la France. Ils désorganisent l'armée, ils désorganisent le clergé et ils vont désorganiser la magistrature.

Tout cela était si bien organisé avant le 4 Septembre que nous avons été rossés à plate couture, que l'intendance n'avait pas de vivres à envoyer à nos troupes en marche et que la France s'est émiettée comme une vieille briquette qui tombe en poussière.

Et tout homme qui croira qu'on peut trouver mieux, tout insensé qui s'avisera de toucher l'édifice, sera privé, ô honte ! du salut de M. de Grandlieu et des faveurs de la marquise de Largebrèche !...

Ah ! le coup est affreux ! Grâce, Saint-Genest !

Que ferai-je si le prince Lubomirski feint de ne pas me connaître dans la rue ? Que deviendrai-je si la baronne me ferme ses salons ?

Mais, au fait, Monsieur, êtes-vous sans reproche pour avoir l'accusation si facile ?

Il me semble que nul plus que vous n'a désorganisé

l'armée. Vous étiez officier et vous avez renóncé au drapeau pour entrer au *Figaro*. Savez-vous que si tous les officiers avaient suivi votre exemple, c'en serait fait de l'armée française ? Canrobert écrirait au *Gaulois*, le général d'Aumale au *Journal de Paris* Gallifet serait au *Siècle* et Billot au *Rappel*.

Les colonels feraient de la chronique, les capitaines rédigeraient les tribunaux et les sóus-lieutenants les faits divers !

La' voilà, la désorganisation de l'armée.

M. Saint-Genest parle des gens qui attaquent la *noblesse*. Où est-elle la noblesse ? J'ai dans ma bibliothèque les trente volumes de Saint-Allais, intitulés : *Nobiliaire universel de France* ; à côté le *Dictionnaire des anoblis* (1270-1868), et enfin le *Dictionnaire des familles qui ont fait* modifier *leurs noms de* 1803 *à* 1870.

Si M. Saint-Genest veut bien faire la même étude que moi, il verra ce qu'est devenue la noblesse française. Un tas de gens portent aujourd'hui les noms de familles notoirement éteintes. Parce qu'il a plu à Napoléon III d'autoriser Gribouilleau et Cuissajus à se faire appeler comte ou marquis de quelque chose, qu'est-ce que cela peut nous faire? Et même dans ce qu'il reste d'authentique de la descendance des hommes primitifs qui se couvraient prudemment de plaques de fonte avant d'aller se battre, à quelle cuisine ne s'est-on pas livré ?

Ducs, marquis, comtes et barons ont cédé la moitié
de leur titre en échange d'une dot. Ces descendants
des preux, ces fils des croisés épousent presque tous
de riches demoiselles de la finance israélite. Je ne les
en blâme point. Ces messieurs peuvent même alléguer
que ce n'est plus qu'en croisant les races qu'on peut
obtenir des *croisés*. Il n'en est pas moins vrai que les
gentilshommes qui résultent de ces unions descendent à la fois de ceux qui ont voulu reconquérir
le tombeau de Jésus-Christ et de ceux qui avaient
cloué le fils de Dieu sur un madrier. Tels sont les conservateurs de la religion catholique. Dans dix ans, le
plus brillant des représentants de la noblesse française pourra dire : Je remonte aux croisades par mon
père et aux coups de lance dans le flanc par ma mère !

Si M. Saint-Genest veut reconstruire une société
monarchiste et catholique avec de tels éléments, je
crois qu'il perdra son temps.

Le chroniqueur qui a contribué à la désorganisation de l'armée en la quittant termine par un aveu
que nous devons retenir :

« Jusqu'ici, dit-il, on a toujours trouvé parmi nous
des hommes pour faire la besogne des radicaux, et
soyez sûrs qu'on en trouvera encore. »

(Cette espérance fait du bien au cœur.)

« Seulement, ajoute Saint-Genest, que désormais
quiconque veut faire cette besogne-là sache bien qu'en
y gagnant de l'avancement, il y perd son rang dans la
société. »

Quelle société? Chez la duchesse de... surprise récemment en flagrant délit d'adultère ? Chez la
baronne de..., surnommée le *chauffoir public ?*
Chez la marquise de... qui aimait tant son cocher?.
Chez ces grandes dames — par le titre et par la
fortune — pécheresses par tempérament, grisettes par
ennui, chercheuses de plaisirs, avides de tout voir et
de tout connaître ?

Perdre son *rang* là dedans, M. Saint-Genest se
trompe; il veut dire : « perdre son tour ! »

XXVI

LES CHAMPIONS DU GOUPILLON

Il paraît que nous sommes dans la saison des miracles. L'*Univers* affirme que la récolte est superbe ; le philloxéra n'a pas prise sur la grotte de Lourdes où la femme du pharmacien donnait ses rendez-vous à son beau capitaine.

Les noms des personnes guéries ne seront livrés à la publicité qu'après une nouvelle enquête, c'est-à-dire quand elles seront retournées dans leurs pays. De cette façon, si quelque mauvais plaisant avait l'idée de contrôler les guérisons, les *miraculés*, disséminés de tous les côtés, échapperaient à ses investigations.

L'*Univers* et le *Pèlerin* nous assurent gravement que plusieurs aveugles ont recouvré la vue, que des muets ont parlé, que des tumeurs énormes ont disparu.

Je n'en doute pas un seul instant; mais il y a un miracle bien facile, un miracle de troisième classe qui manque à la collection. Et si ce miracle se produisait, je serais absolument converti.

On sait que M. Louis Veuillot est profondément marqué de la petite vérole. Que ne va-t-il à Lourdes pour y obtenir le repolissage de sa peau?

Si Veuillot reparait lisse et uni, je prends l'engagement formel d'aller me confesser, de me tenir une journée entière, un cierge à la main et les pieds nus, sous le portique de la Madeleine, et de me présenter à la sainte table le dimanche suivant.

Si Notre-Dame de Lourdes rend la vue aux aveugles, si elle dissout des tumeurs *énormes*, elle peut bien rafistoler un brin l'épiderme de Veuillot.

Voilà une cure qui doit tenter la *reine des cieux* et qui aurait des résultats incalculables.

Si celle qui fait disparaître des tumeurs énormes n'est pas capable de boucher de tout petits trous, c'est que la guerison des tumeurs est une ignoble imposture ou que Veuillot est damné.

Un journal autrement gai, autrement vif que le *Triboulet*, c'est le *Pèlerin* (6 francs par an). Le *Pèlerin* a des vignettes, des caricatures ; il s'adresse à l'œil autant qu'à l'esprit...

Le numéro du 15 août contient des choses charmantes :

Saint-Siège. — Le bref qui déclare saint Thomas protecteur des écoles catholiques est publié à Rome.

A-t-il de la chance ce saint Thomas ! Voilà ce qu'on peut appeler un veinard. Depuis le temps qu'il est mort, il se croyait certainement oublié, et tout à coup le pape le nomme à un poste important. Protecteur des écoles catholiques, rien que cela, avec des frais de représentation prélevés sur la cassette particulière.

Nous pouvons compter sur de belles réceptions pour cet hiver.

Saint Thomas se fera entendre au piano dans la fameuse romance :

> *Vide pedes, vide manus ;*
> *Noli esse incredulus !*

En continuant la lecture du *Pèlerin*, je m'aperçois qu'il n'est pas bonapartiste. Voici ce qu'on lit sous cette rubrique :

Grands. — Entrevue des empereurs d'Autriche et d'Allemagne à Ischl. — *Plon-plon* et ses deux fils vont visiter le château de Chambord. — Aplomb !

Il y a *Plon-plon* en toutes lettres. Le *Pèlerin* est familier surtout quand il ajoute : *Aplomb.* Les messieurs de Lourdes ne pardonneront jamais au prince Jérôme les dîners de Sainte-Beuve.

En tournant la page, nous trouvons plusieurs vignettes visant directement l'embonpoint de Gambetta.

La dernière de ces images a une portée moins terre-à-terre. Trois bouledogues, coiffés du bonnet phrygien, montrent des dents menaçantes à un libre-penseur épouvanté ! Texte : *Mon bourgeois tu aimes les enfouissements civils. Je vas t'en faire un de première classe !*

Dame ! l'enfouissement religieux rapporte deux ou trois mille francs. On ne peut pas renoncer facilement à une telle source de revenu !

TANNER. — Personne ne pense à parler des nombreux saints qui ont passé le carême sans manger et n'avaient point de voracité le 40e jour. — Ils n'osent pas parler non plus du jeûne complet de Louise Lateau. Ce jeûne dure depuis *douze ans*. Ces faits sont autrement précieux que le tour de force *inventé par l'orgueil.*

Désormais, quand un mendiant me dira : « Monsieur, il y a deux jours que je n'ai mangé... » je lui répondrai : « Vous êtes un orgueilleux ! »

Où le *Pèlerin* devient plus sérieux encore (si c'est possible), c'est au chapitre des accidents.

DIMANCHE. — Jour des affreux accidents pour les ouvriers qui travaillent ce jour-là. — A neuf heures du matin, le sieur Caillet, charron, en réparant la roue d'une voiture de pierres de taille, est écrasé par le chargement. — Le vapeur de plaisance qui a coulé à Bienne avec dix-sept passagers était parti le dimanche matin.

La proportion des sinistres, le dimanche, est un des faits les plus significatifs.

J'ai cependant remarqué qu'un grand nombre de

couvreurs étaient précipités les jours ordinaires. Et
si le rédacteur du *Pèlerin* veut bien prendre la statis-
tique, il y verra qu'il y a, au contraire de son allé-
gation, moins d'accidents le dimanche que les autres
jours, par la simple raison que moins de gens travaillent ce jour-là.

Le même *Pèlerin* nous dit à l'article suivant :

Marie attire Dieu à elle *par des charmes incomparables.*

Hé ! là-bas ! mon révérend, feriez-vous concurrence
au *Piron* ?

Une nouvelle pour finir :

Le curé de Dompierre-sur-Mer promet à la sainte Vierge un
ex-voto de magnifiques couronnes de roses s'il y a beaucoup
de guéris au pèlerinage national de 1880.

Ce diable de curé de Dompierre sait bien comment
il faut prendre les femmes. Un magnifique *ex-voto* de
couronnes de roses est un attrait irrésistible. Ce que
la sainte Vierge va se donner de mal pour mériter sa
gratification, je frémis rien que d'y penser. Va-t-elle
en guérir de ces tumeurs énormes !

Eh bien ! suivant l'exemple du curé de Dompierre,
je lui promets un bracelet avec émeraude entourée
de brillants et un petit cochon porte-bonheur en or,
si elle efface les marques de petite vérole du physique
de Veuillot.

Telle est la fragilité humaine que le moindre
dérangement de cette substance blanchâtre qu'on
appelle la cervelle, la moindre surexcitation de ces
fils élastiques qui se nomment des nerfs, peuvent
amener subitement l'homme le plus doux à commettre un crime. Que dis-je ? inconsciemment, sans
préméditation, on est exposé à tuer son prochain
sans y avoir même songé.

Hier, à cinq heures, par un temps doux, plein de
chaudes effluves, j'ai failli causer la mort d'une marchande de journaux.

Etant depuis deux jours sans nouvelles du marquis
de Carbonnel, je m'approchai d'un kiosque.

— Madame, dis-je à la marchande, je voudrais la
Civilisation.

A ces mots, cette femme pâlit ; ses yeux roulèrent
effrayamment dans leur orbite ; tout son corps fut
agité d'un tremblement convulsif.

— Je conviens, ajoutai-je aussitôt, que quinze
centimes pourraient être employés plus utilement,
mais je désire avoir des nouvelles d'un homme sur
lequel on s'est compté.

Un peu revenue de son émotion, la marchande me
dit : Monsieur, vous venez de me faire perdre dix
francs.

— Comment cela ?

— J'avais parié que jamais personne ne me demanderait ce journal !

— Croyez, madame, que je suis désolé...

10.

Elle reprit en soupirant :

— Vous trouverez la *Civilisation* dans le septième kiosque, à gauche. La dame qui le tient est cousine par alliance du vétérinaire de M. des Houx ; aussi se croit-elle obligée de prendre un numéro chaque jour.

— Merci, et encore une fois, pardon !

Cinq minutes après, j'ouvrais la *Civilisation* et j'avais des nouvelles de l'excellent marquis de Carbonnel.

Carbonnel va bien. Il a même fondé un bureau de placement. Le journal qui l'annonce ajoute qu'il réserve la faveur de la gratuité à ses *seuls amis politiques.*

Sur un placard intitulé : *Demandes et offres pour les royalistes associés.*

On y lit :

(Très pressé). On demande un domestique avec sa femme cuisinière. Se présenter chez M. le marquis de Carbonnel.

(Charité bien ordonnée commence par soi-même.)
Et plus bas :

M. le curé P... (Eure-et-Loir), demande une bonne. — Exige bonnes références.

M. le curé L... (Lot), désire une bonne. — Exige bonnes références.

Je ferai remarquer en passant que ces ecclésiastiques demandent chacun plusieurs bonnes : d'abord, une bonne ; puis, des références également bonnes !

Et voilà comment le marquis de Carbonnel descend le fleuve de la vie.

Pas bête du tout, ce petit passe-temps. Qu'il se présente chez lui seulement dix bonnes par jour, il est à supposer qu'il y en a au moins une jolie. Puis la question de rigueur : Voyons si vous ferez l'affaire !... Cela rappelle la scène des nourrices au premier acte de la *Cigale*. L'heure des résolutions viriles a décidément sonné !

QUESTIONS SOCIALES

_____

LA PEAU DE CHAGRIN

Vous rappelez-vous, Madame, un roman de Balzac intitulé : *la Peau de chagrin* ? Vous n'avez point oublié la visite de Raphaël chez l'antiquaire, ni la description que fait l'auteur des richesses merveilleuses du marchand de curiosités ? Au premier coup d'œil, ce fut un tableau confus où se heurtaient les œuvres divines et humaines. Des crocodiles, des singes, des boas empaillés souriaient à travers des vitraux d'église. La porcelaine de Sèvres s'étalait aux pieds d'une momie du temps de Sésostris. Le commencement du monde et les événements de la veille se mêlaient avec une grotesque bonhomie.

Il y avait côte à côte un tourne-broche et une guillotine, un pastel de Latour posé sur une salière, un Christ en ivoire étendu sur une peau de loup...

Ce n'est qu'à la fin que l'antiquaire se décide et montre au visiteur la peau de chagrin qui portait l'empreinte du sceau de Salomon.

> Si tu me possèdes, tu posséderas tout.
> Mais ta vie m'appartiendra. Dieu l'a
> Voulu ainsi. Désire, et tes désirs
> Seront accomplis, mais règle
> Tes souhaits sur ta vie,
> Elle est là. A chaque
> Vouloir je décroîtrai
> Comme tes jours.
> Me veux-tu ?
> Prends, Dieu
> T'exaucera,
> Soit !

Et Raphaël se jette dans la vie avec ce talisman. Chacun de ses souhaits est accompli ; mais à chaque désir exaucé, la peau se retire, diminue, et le moment vient enfin où il ne lui reste même plus de quoi prolonger sa vie ou celle de la seule femme qu'il ait aimée ! Il faut qu'elle ou lui descende au tombeau.

Ceux qui élèvent des questions publiques devraient considérer combien elles se dénaturent en chemin. On ne nous demande d'abord qu'un léger sacrifice, bientôt on en commande de très grands ; enfin on en exige d'impossibles. Tel homme a disputé son argent. qui finit par ne pas même obtenir la vie.

Je ne sais quel empereur romain offrit aux séditieux de partager l'empire avec son rival, et on n'y voulut pas entendre; il demanda qu'on lui laissât une province et elle lui fut refusée; il se réduisit à une simple maison de campagne, et il ne put l'obtenir; enfin, il parla pour sa vie, et il fut massacré. *Arma tenenti omnia dat quæ justa negat.*

Le pouvoir, c'est la *peau de chagrin.* Il diminue à mesure qu'on s'en sert, et à celui qui en a trop usé, il ne reste plus dans la main qu'un petit lambeau racorni.

Comme la peau de chagrin, le pouvoir a une durée qu'il ne peut dépasser. Un coup d'État, rapide et violent comme la foudre, fait jaillir l'empire du pavé des faubourgs.

Le gouvernement s'organise. Pas un rouage n'y manque. Chaque fonctionnaire veille à son poste. La machine est formidable et nul ne peut prédire par où elle cassera.

Le plébiscite lui passe une couche de peinture pour empêcher la rouille, et le mouvement commence. Peu de roulis, peu de tangage. La mer est belle.

Guerre de Crimée, guerre d'Italie, guerre du Mexique, tout se tient encore, mais la peau de chagrin est réduite à un centimètre.

Ce n'était pas assez pour faire la guerre à l'Allemagne.

L'Assemblée a repris la peau de chagrin, une peau neuve. Comme il y avait sept cent et quelques députés à la tirer en sens divers, on a voulu faire des économies en priant le maréchal Mac-Mahon d'en accepter le dépôt.

A chaque article de loi qui sera voté, la peau perdra un millimètre ; à chaque mesure de fantaisie, à à chaque caprice préfectoral, la peau se retirera sur elle-même...

Nous verrons ce qu'il en restera... dans sept ans!

O légitimistes ! et vous tous qui croyez aux revenants, on ne reconstruit pas des mondes avec des os blanchis. Il serait plus facile encore de bâtir des cités avec des dents, comme le fit Cadmus — et comme nous le ferons avec ou malgré vous.

Il est un ensemble de vérités qui prime les passions politiques ou les attachements de famille. Vous ne voulez pas comprendre, et toutes les fois qu'un homme de bonne volonté vous indique une réforme à faire, vous enseigne à quelle épine, à quel angle il a été blessé, vous vous récriez en défendant qu'on y touche.

— Que mettrez-vous à la place ? C'est le mot triomphant, sans réplique avec lequel vous vous terrassez.

Que sais-je? Ce qui est mauvais est mauvais. Et si l'on me servait une viande pourrie et un vin empoisonné, je les jetterais à la borne, sans me demander ce que je mangerai à la place !

Il n'y a que la France qui puisse exciter à la fois l'envie et la pitié.

Nous sommes peut-être le seul pays du monde qui puisse se suffire à lui-même.

Nous avons viande, légume, poisson, blé, pommes de terre; nous avons la toile, le fer, le charbon, le cuir, les vins, les eaux-de-vie, le tabac, le sucre, la pierre et le marbre. On peut nous entourer d'une muraille de Chine, nous vivrons.

Et si l'on enfermait ainsi tout autre peuple, on pourrait compter, au bout de cent ans, quelle serait la décroissance de la population !

Il y a un livre secret qu'une partie de la société française semble consulter chaque soir. Je n'en connais que le titre : *L'art de rendre les révolutions inutiles.*

En effet, depuis quatre-vingts ans, c'est toujours à recommencer.

Nous voulons un moulin à eau, les autres veulent un moulin à vent. De temps en temps, nous enlevons les ailes et nous mettons une roue. Eux reviennent, arrêtent la roue, détournent le cours de l'eau et remettent les ailes avec les vieux morceaux de toile.

Il n'y a pas de raison pour que cela finisse.

Et tout est si mal organisé que les mécontents ont toujours raison.

Les avocats et les médecins ne paient pas de patente. Pourquoi ?

Et les 9,200 notaires, 6,000 huissiers, et je ne sais
combien d'avoués ? Si chaque notaire payait 200 francs
par an, dans une grande ville, 100 francs dans chaque
ville au-dessus de 30,000 âmes, et 50 francs dans les
campagnes, la corporation en serait-elle plus pauvre ?
A 75 francs par avoué, 50 francs par huissier, nous
arrivons à 3 ou 4 millions par an, sans gêner personne.

L'ouvrier des villes réclame souvent, et il a raison.
Mais que peut dire l'ouvrier des campagnes dont on
ne s'est jamais occupé ? Cependant, l'ouvrier des
campagnes est une matière première.

Nous entendons tous les jours des gens se plaindre
et s'écrier que « *tout devient cher.* » Le libre-échange
nous a fait beaucoup de mal à cet égard.

L'Angleterre prenait nos œufs et nous rendait des
rasoirs en échange ; nos vins, en nous rendant des
molletons ; notre beurre, en nous retournant de petits
encriers en fer recouverts de cuir.

L'industrie est une belle chose, sans doute, et je suis
prêt à échanger en franchise de droits des souliers
cloués de Bordeaux contre des futaines de Manchester,
mais je croirais faire un métier de dupe en échan-
geant un poulet contre des petits couteaux. Or, c'est
ce qu'a fait la France depuis tantôt quinze ans.

C'est une pitié de voir, dans le port de Bordeaux,
la quantité de caboteurs qui emportent nos œufs, nos
beaux oignons du Midi, nos magnifiques châtaignes.

On dit que l'ouvrier anglais fait plus de besogne que.

l'ouvrier français ; c'est une question d'alimentation : l'ouvrier anglais mange plus de viande. Voyez cependant avec quelle sollicitude M. Disraëli a étudié ses besoins et ses souffrances !

Je ne prétends point qu'il faille fermer nos frontières; mais sur tout ce qui touche à la nourriture de l'homme on ne saurait établir des droits trop considérables à la sortie de France.

Avant d'en faire passer aux voisins, il faut que tout le monde ait pu manger ici.

Il faut bien le dire, les classes dirigeantes sont d'une ignorance incroyable. En France, un homme se croit politique quand il a attrapé un certain bagout parlementaire ; un autre se croit savant parce que, sorti de l'École normale, il connaît par le menu les jours où Alcibiade avait la migraine et les nuits où Annibal suppurait d'un œil.

Quant aux gens *pratiques*, nets, précis, disant : « Là est le mal, et voici le remède », il n'y en a pas ;— ou, du moins, ils n'ont pas la portée nécessaire pour forcer l'attention. On les dédaigne ou on les condamne.

Si j'avais connu la vie plus tôt, je serais entré dans la magistrature, sûr de condamner les autres et de n'être condamné par eux que platoniquement.

Que m'importe, si j'ai flanqué un homme en prison, qu'il se venge en crachant sur ma photographie ?

Malgré tout, c'est dur d'être hypocrite. Il n'y a

pourtant pas d'autre moyen connu de faire son chemin dans le monde, cela mène à tout ; et nous sommes des rêveurs quand nous demandons aux puissants de cette société un peu de franchise et de loyauté. Autant exiger de la chicorée qu'elle pousse des fraises, et du chiendent qu'il donne des raisins.

De loin en loin, un homme de génie saisit quelque vieux monde à la gorge, le terrasse et le renouvelle.

C'est ce qu'a fait Pierre Romanow pour la Russie. Et le czarewitch Alexis se lamentait avec les boyards.

Ils s'écriaient : où nous mène le czar avec ses réformes ? Quand il aura détruit tous nos vieux usages, *que mettra-t-il à la place ?*

La discussion, en France, est absolument limitée à quelques formules que les parlementaires ramènent le plus souvent possible. Ces formules constituent le fond de leur sac.

La loi sur la presse, *qu'on refait tous les dix ans,* est le grand cheval de bataille des traîneurs de portefeuilles.

Quand nous aurons une nouvelle loi sur la presse, cela fera-t-il baisser le prix du pain ?

Deux passants causaient au coin de la place de la Concorde.

Ils n'étaient pas d'accord, car leur voix semblait s'échauffer.

Tout à coup, l'un d'eux tombe sur l'autre à coups
de poing, en lui criant :

— Et moi je te dis que nous avons sept ans de tranquillité !...

N'est-ce pas ainsi que les journaux de l'ordre cherchent à nous persuader ?

A coups d'épithètes injurieuses, à grand renfort de
points d'exclamation et de catéchisme poissard, ils
réclament le calme et la dignité.

On échange des insultes et jamais des raisons.

Allez, meute inassouvie, lécheurs d'assiettes des
royautés tombées ! Vous regretterez bientôt le temps
perdu et les larmes que vous aurez fait couler...

La peau de chagrin s'use tous les jours.

II

PARLEMENTARISME.

Au lieu de procéder à grands coups de politique, au lieu de prendre l'idée populaire à l'origine pour la suivre jusqu'à l'incubation actuelle, il faut se résigner à commenter les interruptions d'un député, à critiquer le rhume d'un ministre et à blâmer un conseiller d'État de ce qu'il porte un mouchoir à carreaux. Il faut, en un mot, faire du parlementarisme — avec la haine du parlementarisme.

Soit! les temps sont durs et le pain fait concurrence au diamant... Hier encore, j'ai vu un Brésilien qui portait à sa cravate une épingle en mie de pain!... Puisque l'obéissance est forcée, je m'incline et me déclare décidé à remplacer la plume par un mirliton et les coups de gourdin par des pieds-de-nez.

Qu'est-ce que le parlementarisme?

C'est l'art de perdre du temps, de parler pour ne rien dire, de se remuer sans rien faire.

Avec le gouvernement parlementaire, on use deux
ou trois cabinets par an. Le second vaut rarement le
premier et le troisième est toujours le plus mauvais.

C'est à ce point que les gens sérieux refusent souvent
d'être ministres.

Le fait s'est vu à Saint-Domingue.

Il y avait crise ministérielle.

La comtesse des Bambous demande à son mari :

— Où vas-tu, petit poulot?

Le mari répond :

— Moi, aller au grand conseil.

— Défie-toi... Ils sont capables de te faire ministre!

— Vous bien tranquille, Madame, moi pas accepter.

Le comte des Bambous revient tout penaud.

— Là, s'écrie sa femme, j'en étais sûre, ils t'ont fait
ministre?

— Tant tracassé moi, que moi accepter.

— Et de quoi es-tu ministre? le sais-tu seulement?

— Moi oublié demander de quoi. Vais retourner
pour savoir...

Le journalisme courant d'un gouvernement parlementaire doit se résigner à suivre pas à pas ce qui se
passe et ce qui se dit, sans jamais toucher à l'ensemble, à l'origine, à la logique du susdit gouvernement.

Supposons, par exemple, une séance de la Chambre
des députés dans laquelle un de ces misérables qui font
de l'opposition, ose dire à la tribune :

· « Messieurs, depuis deux ans, on n'a pas élevé un

seul fort au-dessus de Paris. On a beaucoup parlé de
l'armée, mais on ne l'a pas augmentée d'une canti-
nière. Si vous laissez plus longtemps la France dans
cet état de dénûment, l'Italie lui coupe d'un coup de
dent, Nice et la Savoie ; la Belgique lui prendra Lille
et Dunkerque ; la Suisse s'installera à Lyon... »

UNE VOIX A DROITE. — Oh ! oh !...

Le journaliste parlementaire, au lieu de discuter le
discours de l'*honorable préopinant*, s'en tiendra à l'in-
terruption.

« Que de profondeur, s'écriera-t-il, dans cet « oh !
oh ! »... Comme la pensée du pays s'y reflète tout
entière ! Heureux le département qui a choisi un pareil
représentant !

« Oh ! oh ! » a-t-il dit, et tous se sont regardés, ad-
mirant la justesse de l'observation. »

Si, dans la suite de la séance, un député, Normand
ou Saintongeois, prend la parole et dit :

« Je comptais présenter à l'Assemblée quelques
observations sur la fabrication des couteaux... »

Le journaliste parlementaire s'étonne.

« M. X..., écrit-il, nous semble avoir manqué à son
mandat. Nommé par les communes rurales, il devait
employer le langage de ses électeurs et dire :

« Je *m'apprétions* à parler de la fabrication des *cou-
tiaux*... »

« C'est ainsi seulement qu'il eût répondu aux besoins
de ses électeurs. Son devoir était de sacrifier l'élo-

quence à la vérité, la pompe à l'exactitude. Au lieu de
se mettre à la portée de ceux qui l'ont nommé, M. X...
a tenté d'éblouir ses auditeurs, sacrifiant au soin de
sa réputation les besoins de son département.

« Nous espérons, pour l'honneur de ce député, qu'il
se renfermera désormais dans les strictes limites du
mandat qu'il a reçu. »

Avec ce journalisme-là, il n'y a aucun péril pour la
société.

Mais où l'autorité doit intervenir dans toute sa rigueur, c'est quand un écrivain ose dire :

— La constitution politique doit toujours être un
reflet de l'état social.

A la représentation naturelle et historique a succédé
un système représentatif artificiel et arbitraire.

La garantie de la liberté au moyen âge consistait en
ce que nul ne pouvait rien décréter d'obligatoire que
pour ceux qui avaient les mêmes droits que lui et des
intérêts semblables. Ainsi la plupart des États étaient
provinciaux, et ne statuaient que sur les affaires de la
province.

Lorsqu'il y avait des États généraux, ils ne pouvaient
statuer que sur des questions générales, où disparaissait la différence des intérêts locaux. Dans les Assemblées, les représentants *nés* étaient empêchés *par leur
propre intérêt* de voter contre celui des représentés ; et
les représentants *élus* ne pouvaient s'écarter de leurs
instructions sous peine de nullité. A côté de ces garan-

11.

ties, la publicité aurait été une garantie superflue.

L'organisation était rassurante pour tous ceux qui y étaient compris, mais il n'en était pas de même de ceux qui restaient au dehors. Le sort des hommes serviles n'était guère digne d'envie. S'ils étaient protégés par les seigneurs contre les prétentions du suzerain, ils auraient eu besoin bien davantage qu'on les défendît contre leurs protecteurs.

Et cependant la servitude de la glèbe était un progrès sur l'esclavage antique.

Il y a donc un courant que rien ne peut arrêter, et qui fait le tour de la terre comme le fluide qui va d'un pôle à l'autre. et dont on n'a pu découvrir encore le secret !

Je somme tout homme d'État de déclarer, la main sur la conscience, si la répression a jamais empêché un dogme de se répandre, une religion de se fonder, une idée de germer ?

Nous ne nous arrêtons guère aux invectives quotidiennes d'une certaine presse contre la Révolution et les révolutionnaires, non plus contre l'absurdité et l'injustice de certaines théories.

Il n'y a pas à réfuter sérieusement une suite d'assertions que rien ne prouve et que tout vient démentir.

Mais il semblerait, à suivre la politique de réaction, que la société, ou pour mieux dire la population française, n'ait pas des intérêts identiques.

De là, des discussions irritantes et infructueuses, des lois qui ne peuvent satisfaire personne, des majorités flottantes et contestables.

Des hommes appelés à représenter les intérêts si divers de conditions et de localités si dissembla-bles, ne peuvent guère parvenir à s'entendre.

Les transactions que la lassitude impose ne peuvent être qu'arbitraires et funestes dans leurs résultats.

C'est pourtant dans cette transaction, où une seule voix distingue quelquefois la majorité des minorités, que réside l'expression de la souveraineté populaire !

L'expérience démontre que lorsque des intérêts essentiels sont exclus ou laissés en dehors de la représentation, ou que des intérêts opposés sont censés représentés par une seule et même assemblée, un accord véritable devient impossible, et qu'il n'y a que des simulacres de consentement.

Je ne conçois d'intérêts opposés en France que celui des positions acquises et celui des positions à acquérir par le travail, et, pour chacune de ces posi-tions, d'intérêts différents, sans être contraires, que ceux de l'agriculture, de l'industrie et de l'intelligence.

Or, qui demande avec le plus d'instance que ces intérêts divers soient représentés, si ce n'est la partie la plus libérale de la nation ?

III

UN MALADE RÉCALCITRANT

Les médecins appellent « mauvais malades » ceux qui repoussent les soins, refusent de prendre les remèdes et meurent en disant : « Vous voyez bien que je n'avais rien ! »

En observant ce qui se passe journellement autour de nous, il faut avouer que notre pays est bien le plus *mauvais malade* que puissent avoir à traiter des hommes politiques. La France ne veut pas suivre les prescriptions et refuse absolument les remèdes.

M. le garde des sceaux vient de consulter la cour de cassation sur les réformes à introduire dans notre organisation judiciaire ; la cour s'est empressée de répondre qu'il n'y a rien de plus admirable au monde que l'organisation actuelle et que la plus petite réforme serait un crime irréparable.

Si l'on eût pris l'avis des plaideurs, ils auraient certainement fait remarquer à M. le garde des sceaux, que, après deux ou trois années de débats contradictoires en première instance et en appel, il est pénible d'attendre une année encore la décision de la cour de cassation ; qu'il y a beaucoup à faire au point de vue de la lenteur de la procédure ; que les échanges de papier timbré ont pris, grâce à l'habileté des bas officiers de justice, les proportions des avalanches de sauterelles ; en un mot que, si l'intégrité immaculée de notre magistrature est au-dessus de tout soupçon (cliché n° 7), il n'en est pas ainsi jusqu'au bas de l'échelle.

D'autres diraient que, dans les affaires criminelles, les questions sont posées tant à l'accusé qu'aux témoins, dans un sens convenu d'avance et qui empêche souvent la vérité de se faire jour.

En Angleterre, c'est la défense qui harcèle l'accusation et la force à se justifier sans cesse.

Peut-être aussi n'eût-il pas été mauvais de rappeler au souvenir de M. le garde des sceaux l'affaire de Louarn et Baffet, deux innocents condamnés par la cour d'assises du Finistère et morts tous deux au bagne.

La réhabilitation par les débats publics était la seule réparation que la justice pût offrir à ces malheureux. Le ministère public refusa de demander le huis-clos, mais la cour, statuant d'office, rendit un arrêt interdisant toute publication, parce que les débats pourraient entraîner des incidents fâcheux *pour l'ordre public et les bonnes mœurs.*

Ainsi, en des cas nombreux, l'intérêt absolu de l'innocent est primé par une question d'ordre général. Il est plus simple de commettre une erreur que de la réparer.

Déjà le ministre de la guerre avait consulté les principaux officiers d'état-major sur les améliorations qu'il serait utile d'apporter dans l'instruction, la formation et le fonctionnement de ces corps militaires. La commission, composée d'officiers d'état-major, répondit que, s'il y a quelque chose de beau en Europe, c'est notre état-major, et qu'il y aurait folie à tenter de le modifier.

L'intendance, qui a encouru tant de reproches pendant le cours de la dernière guerre, est également fort satisfaite et ne voit rien à changer dans son organisation.

Tout le monde est content de son petit cercle, et grâce à cette satisfaction générale, la France pourra compter sur le triomphe d'une seconde défaite.

Peut-être eût-il mieux valu écouter les plaintes des parties civiles sur notre organisation judiciaire ; des officiers actifs sur notre état-major, et celles des soldats affamés, sur l'intendance, ses retards et son insuffisance.

Supposons que le ministre de l'intérieur, désireux de s'instruire sur le régime cellulaire et l'état des prisons, demande un rapport à messieurs les geôliers.

Les geôliers s'empresseront de répondre : « Les prisons sont un séjour des plus agréables, à ce point que des personnes peu fortunées recherchent souvent des condamnations afin de passer les grandes chaleurs dans une cellule fraîche et bien aérée, tandis que d'autres y préfèrent la saison d'hiver, tempérée par des calorifères. Une prison est tour à tour Trouville et Monaco. La nourriture y est saine et suffisante, l'ordre admirable. Si les prisonniers regrettent parfois les joies de la famille, ce vide de leur cœur est certainement comblé par la présence des geôliers.

Nous pouvons citer l'exemple d'un homme condamné pour un vol qu'il n'avait pas commis ; au bout de huit mois, le vrai coupable fut découvert. Eh bien ! l'innocent ne voulait pas s'en aller, il se cramponnait aux barreaux de sa cellule, il fallut le porter au dehors. Dans les promenades au préau, il s'était lié d'amitié avec quelques fabricants de chaussons, dont il regretta la société. Ces messieurs lui avaient donné de si bons conseils que, peu de temps après sa mise en liberté, l'ex-innocent nous revint, bien et dûment coupable cette fois ; il est encore parmi nous.

Au point de vue des mœurs, la prison est une véritable école. Il n'y a, d'un côté, que des hommes, et rien que des femmes de l'autre. Jamais d'accouchement clandestin, et, par conséquent, jamais d'infanticide.

Il n'y a pas d'exemple de vol de bijoux dans une

prison ; le banquier ne peut en sortir pour gagner la Belgique ; le notaire n'y fabrique jamais de faux testaments, le mari n'y trompe pas sa femme. Au point de vue politique jamais de réunions électorales, pas de pétitions pour la dissolution de l'Assemblée, pas d'attroupements.

En un mot, il serait à désirer que la société tout entière ressemblât à l'intérieur d'une prison.

MM. les geôliers n'ont pas d'autre observation à faire parvenir à M. le ministre de l'intérieur. »

Eh ! quoi, tant de sang versé, tant de rois chassés, tant de transports en mer — et il n'y a rien à faire, rien à changer ! Tout est bien tel qu'il est ?

L'ordre est rétabli ! Qu'est-ce donc que l'ordre ? Ce qui était auparavant ; et quand chaque chose est revenue à sa moisissure, quand les rouages se remettent à tourner tant bien que mal, la révolution a dit son dernier mot ?

Ce serait à désespérer de l'humanité, du progrès, de la justice.

Parlons des réformes nécessaires; et surtout, n'allons pas consulter, sur ces réformes, ceux qui, par tradition, par routine ou par intérêt, s'opposeront à ce qu'elles aient lieu. Le procédé est d'une telle naïveté que personne n'en sera dupe.

Une révolution est faite, la fusillade a cessé, et le nouveau gouvernement, tenant une lorgnette et un porte-voix, s'écrie : — Attention, là-bas !

— Nous y sommes, répondent les préfets.

— L'ordre est-il rétabli ?

— Parfaitement. La gendarmerie est à son poste, les sergents de ville dans les rues.

— Les tribunaux ont-ils repris leurs audiences ?

— Il y a déjà eu plusieurs condamnations pour offenses envers le nouveau gouvernement.

— Très bien. Quel est l'esprit de l'armée ?

— Impossible de le savoir, mais elle marche comme un seul homme !

— Une dernière question... Tous les abus sont-ils bien à leur place ?

— Tous ! il n'en manque pas un à l'appel.

— Bravo ! l'ordre est, en effet, rétabli... Vive la France !

C'est alors qu'on dresse des listes de jurés d'où l'on bannit les professeurs et les savants ;

C'est alors que recommencent les discours snobi-formes dont nous sommes asphyxiés;

C'est alors aussi que le peuple se demande pour qui et pourquoi il a tiré les marrons du feu.

Ce qu'il y a de curieux au fond de tout cela, c'est que, si vous prenez à part, l'un après l'autre, ces monarchistes qui arrivent, après chaque révolution, apportant pour le salut du pays, ces cataractes de Gulliver chez les Lilliputiens, toujours prêtes à éteindre l'incendie, vous trouverez des gens beaucoup plus montés, beaucoup plus avancés que vous-mêmes.

Consultez, sur l'honnêteté de nos magistrats, un

légitimiste qui a perdu un procès ; interrogez, à propos des formes de la répression, un orléaniste qui a, par hasard, fait un mois de prison, et vous serez tenté de commander un ponton pour le duc de Sainte-Nitouche et une cabine à Nouméa pour le Cuvillier-Flétry.

Ce qui m'agace particulièrement, c'est le retour monotone et fatigant des mêmes accusations, cent fois repoussées, et revenant toujours avec la persistance des idées fixes chez les idiots...

Tenez-vous bien ! je vais parler de la Défense nationale.

La Défense nationale n'a pas réussi à faire chasser de France, par un million de paysans, un million de soldats, cela est vrai.

Notre héroïque armée était prisonnière, et les pauvres enfants qui auraient appris à se battre, s'ils avaient eu seulement six mois devant eux, se sont fait trouer la poitrine sans aboutir à la victoire.

Des victoires partielles, des héroïsmes perdus, on en citerait par centaines, mais le but n'a pas été atteint parce qu'il ne pouvait pas l'être.

Ceux qui ont continué la lutte ont-ils levé les yeux vers le ciel où se tient *Deus Sabbaoth* ?

Ont-ils pensé que, de cette terre féconde en grands hommes, jaillirait un inconnu, David ou Samson ?

Nul n'est venu. Le châtiment devait être complet. Nabuchodonosor broutera l'herbe pendant sept ans.

Ce qui est, devait être. Courbons le front, frappons notre poitrine, — et attendons.

Mais que les malins d'un certain parti vivent encore sur les fusils sans lumière, les couvertures en amadou, les tuniques en toile d'araignée et les souliers en carton, c'est ce qui nous fait hausser les épaules.

J'aurais voulu garder quelque ménagement pour ces rabacheurs et ces plaisantins monocordes; mieux vaut peut-être leur dire une bonne fois leurs vérités.

Ceux qui se sont illusionnés sur le tempérament de la patrie et qui ont cru. jusqu'à la dernière heure, la résistance possible, ont commandé :

De vrais fusils en bon état,

Des couvertures de laine,

Des tuniques d'une étoffe épaisse et solide,

Des souliers à semelles de cuir.

Nous avons payé pour qu'il en fût ainsi, et nous payons encore !

Qui donc a trompé le pays? Qui nous a volés?

Les fournisseurs.

Qu'est-ce que c'est des fournisseurs?

Des négociants, des gens qui ont une surface, qui dirigent des magasins de confection, des usines, des manufactures; c'est-à-dire des gens déjà riches qui voulaient le devenir davantage, des propriétaires désireux de s'arrondir.

Ils y sont arrivés. Je sais des confectionneurs de province qui ont gagné cinq ou six cent mille francs à ce métier-là ; mais ce ne sont pas des démocrates, au contraire.

Celui qui a vendu cinq francs le mètre un molleton qui lui coûtait dix-huit sols en Angleterre, crie de toutes ses forces : Nos mobiles sont morts de froid ! — C'est un réactionnaire.

Le coquin qui a vendu les souliers en carton déclare qu'il n'accepte pas la responsabilité de sa fourniture, que le cuir était à des prix fous et qu'il a voté pour les membres de l'extrême-droite.

En somme, ceux qui ont fait les commandes peuvent arguer de leur patriotisme ; ceux qui ont fait les fournitures sont les seuls coupables.

Or, les fournisseurs appartiennent tous au grand parti des égoïstes. Du reste, ils ne sont point superstitieux, et s'ils ne croient pas aux revenants, ils croient aux revenus.

IV

ÉPILOGUE DE LA FEMME DE CLAUDE

M. de Girardin a commis dernièrement une grosse erreur en essayant de démontrer à Alexandre Dumas que Claude use d'un droit excessif.

Certes! Nul n'a le droit de tuer ; le meurtre est toujours un crime ; mais si l'on ne tue pas, que faut-il faire ? Laisser au monstre l'impunité ? La conscience humaine se révolte à cette idée. Puisque M. de Girardin a eu recours au dialogue, il me permettra d'employer la même forme, toute indiquée d'ailleurs, puisque nous sommes sur la scène.

Salle de la Cour d'Assises

SCÈNE Iʳᵉ

LE PRÉSIDENT, *à Claude Ripper*

Vous êtes un homme trop instruit pour ignorer que

le maximum de la peine d'emprisonnement prononcé contre la femme adultère est de deux ans, et qu'en supposant même les circonstances les plus aggravantes, le vol n'est, en aucun cas, puni de mort. Or, non seulement vous vous êtes substitué à la loi, ce que vous n'aviez pas le droit de faire, mais vous en avez aggravé la sévérité. Où la loi épargnait le sang du coupable, vous ne l'avez pas épargné ; où elle ne le versait pas, vous l'avez versé, vous érigeant en bourreau. Qu'alléguez-vous pour votre défense ?

L'ACCUSÉ

Je le reconnais : je n'ai pas consulté la loi : je n'ai consulté que ma conscience.

LE PRÉSIDENT

Mais, si chacun mettait ainsi sa conscience au-dessus de la loi, que deviendraient la loi et la société ?

L'ACCUSÉ

Mon défenseur répondra à cette question.

LE PRÉSIDENT

Maître Warra, vous avez la parole.

MAITRE WARRA (*du barreau de Bruxelles*)

Messieurs, la France a toujours eu la prétention de marcher à la tête des nations ; il faut croire qu'elle s'est arrêtée en chemin, car je vois maintenant les autres nations passer hardiment devant elle.

Vous condamnez chaque jour un mari qui a frappé sa femme, une femme qui a empoisonné son mari. Il y a peu de temps, sous les voûtes mêmes de ce palais où vous rendez la justice, un homme tirait plusieurs coups de revolver sur la femme qui allait plaider contre lui. Vous l'avez condamné. Il ne se passe pas de semaine que vous n'ayez à sévir dans des cas semblables.

A qui la faute ? Vous demandez à Claude Ripper pourquoi il a tué sa femme ? Je vous réponds : parce qu'il ne pouvait pas faire autrement.

En Angleterre, en Belgique, en Allemagne, en Suisse, Claude Ripper n'aurait pas eu recours à ce moyen désespéré. Il eût simplement demandé et obtenu le divorce.

La France, le pays par excellence des faux ménages et des fausses situations, en est encore à ce compromis atroce qu'on appelle la séparation de corps ; c'est-à-dire que, restant le mari d'une femme, on ne sait plus où elle est, ce qu'elle fait, ce qu'elle devient.

Je suppose que Claude Ripper ait plaidé en séparation. Les procès de ce genre durent généralement trois ans ; il y a, au bout de six mois, un jugement qui ordonne une enquête ; cette enquête a lieu cinq ou six mois plus tard. Après un délai au moins aussi long, le jugement est enfin rendu. Ce jugement est signifié dans les soixante jours ; deux mois pour faire appel, puis, les vacances du palais pour la seconde ou la troisième fois, et l'affaire venant à son tour, l'arrêt ne met point un terme à cette suite non interrompue de tracas, de préoccupations, d'insomnies et de douleur.

C'est une autre série de tourments qui commence.

Il est probable d'ailleurs que madame Ripper eût fait une demande reconventionnelle, et il n'y a pas de raison pour que, aussi bien, elle n'eût pas gagné son procès contre son mari.

Les avoués ont un répertoire tout fait à cet égard.

Ils disent à la femme : Tâchez d'irriter votre mari. S'il vous frappe, vous aurez gain de cause.

— Il ne me frappera pas, dit la femme.

— A-t-il une maîtresse ?

— J'en doute.

— Eh bien ! faites faire un lit à côté du vôtre... Faites-y coucher votre femme de chambre...

Fermez bruyamment la porte de communication, mettez le verrou. Peut-être voudra-t-il entrer... Vous refuserez d'ouvrir ; il s'emportera, et nous aurons la femme de chambre comme témoin d'une scène de violence.

Le reste est l'affaire de l'avocat ; on choisit un éreinteur patenté qui, depuis trente ans, plaide les même moyens, presque toujours avec succès.

Claude Ripper, cette âme sévère, cet homme de pensée et de travail eut trouvé chez son concierge une feuille de papier timbré, nue comme une carte-postale, et sur cette feuille :

« Attendu que Claude Ripper avait l'habitude d'accabler sa femme des injures les plus grossières ; qu'elle avait à souffrir journellement de son avarice et de ses violences ; qu'il n'a pas craint de porter sur sa conduite des accusations calomnieuses ; qu'il s'est

oublié jusqu'à là frapper au visage avec un chandelier... » Et le reste à l'avenant.

Il n'y a pas un mot de vrai dans ce grimoire,
n'est-ce pas ? Mais avec quelques centaines de francs
dans la main d'un domestique, on a un témoin. Avec
des promesses pour l'avenir, on en a deux. Quant au
chandelier, c'est une pièce de conviction facile à se
procurer.

L'issue des affaires de ce genre est toujours douteuse.

Cette procession de concierges et de domestiques
qui viennent témoigner dans les enquêtes civiles, est-
elle bien décidée à éclairer la justice ?

Que de rancunes, que de passions personnelles
viennent apporter tout ce petit monde !

Ces instructions sommaires peuvent se tourner
facilement contre celui qui n'a pas tort. Et quand la
justice a prononcé, que faire? Faut-il demander sa
réhabilitation à la cour d'assises ?

Rappelez-vous l'histoire d'un paysan de l'Ariège,
devenu garçon de magasin à Paris, et qui comparut
devant la cour d'assises de la Seine dans les conjonc-
tures les plus étranges.

En 1850, la cour d'assises de Toulouse avait condamné aux travaux forcés, pour crime d'assassinat,
plusieurs habitants du village d'Orgibet, parmi
lesquels un sieur Dubuc. Son fils jura de consacrer sa
vie entière à faire réhabiliter son père condamné malgré son innocence. Et pour cela, *il fit semblant de faire
un faux.* Ce fut, pour lui, le seul moyen d'obtenir des

juges. Il fut acquitté et, du même coup, on reconnut l'innocence de son père.

Eh bien ! Claude Ripper est venu droit à vous, sans doute parce que le procès civil, avec ses chances diverses, ne lui a pas semblé un moyen suffisant d'obtenir justice.

Le mari, Messieurs, recule devant certaines révélations. C'est son nom que porte la femme, et il est obligé à des réticences qui souvent le désarment.

Et quel supplice tant que dure l'instance !

Les maris complaisants, les tarés du mariage, sourient sympathiquement à celui qu'ils voient venir grossir leurs rangs. — A quoi reconnaît-on le demi-monde ? demande un personnage de comédie. — L'autre répond. A l'absence des maris... Bien. Mais le demi-monde des maris se reconnaît aussi à l'absence des épouses.

Claude Ripper ne pouvait vivre dans les conditions que lui eût faites une loi incomplète.

Songez à la situation d'un homme à qui l'on dit : — Votre femme était hier à l'Opéra-Comique avec deux jeunes gens.

— A propos, j'ai rencontré hier madame Ripper... elle était seule, à pied, rue Saint-Jacques.

— J'arrive de Wiesbaden... J'ai vu votre femme à la roulette... elle paraissait très bien avec le croupier.

Et c'est toujours madame Ripper !

Non, Messieurs, une pareille existence est impossible.

Votre séparation ne sépare que les corps.

Vous ne pouvez enlever à l'homme la responsabilité, le point d'honneur. Il ne peut se désintéresser de son nom qui court les rues.

Par l'hypocrisie d'une religion mal entendue, vous créez l'immoralité en permanence.

Il faut que le mari puisse avoir des enfants légitimes puisque c'est pour cela qu'il s'est marié.

Vous lui devez le divorce. Il serait peut-être heureux avec une autre femme, et la femme se croirait peut-être obligée d'être une bonne épouse d'un autre mari.

La séparation est immorale. Vous laissez cette supériorité aux autres nations de l'Europe de protéger la famille jusque dans ses erreurs.

Est-il rien de plus illogique que le raisonnement suivant : voici une femme qui a des amants ; son mari la gêne, séparons-les, il ne pourra plus la surveiller, elle sera plus libre.

C'est pourtant là le résultat d'une séparation judiciaire.

Si l'homme et la femme se sont trompés, si la vie commune est impossible, rendez à chacun ce qu'il a apporté, et avant tout que la femme cesse de porter le nom qu'elle a traîné dans la boue.

En un mot, la séparation protège la femme contre le mari ; elle ne protège pas le mari contre la femme.

Ce n'est que par le rétablissement du divorce que le mariage redeviendra sérieux, car il ne l'est plus.

Le prêtre dit : L'homme ne peut délier ce que Dieu a lié dans le ciel.

Et qui est-ce qui l'a vu lier quelque chose?

Pourquoi nous gâter la Bible ? Pourquoi faire dire au Christ ce qu'il n'a jamais pu dire, ni penser, ni prévoir? Nous n'avons pas besoin des superfétations, des enjolivements, des mensonges dont les moines du moyen âge ont laissé l'absurde tradition.

Il a fallu, Messieurs, que Claude Ripper vînt chercher un défenseur dans l'un des pays où il aurait pu ne pas tuer sa femme. Je n'ai pas à plaider les circonstances atténuantes; il n'y a rien à atténuer. Du coup, il a repris son nom et son honneur.

Tant que sa femme fut en âge de mener une vie galante, l'existence de M. Ripper fut empoisonnée; il était l'objet des moqueries du monde, du rire des passants. Vous l'acquitterez sans aucun doute; mais, même condamné, il n'y a pas un de vous qui hésiterait à mettre la main dans la sienne.

Après une vive réplique du ministère public, la cour se retire pour délibérer.

Claude Ripper, acquitté sur toutes les questions, est aussitôt mis en liberté.

De nombreux amis viennent le féliciter.

Quelques mois après, il épouse une honnête fille d'une famille de braves bourgeois. Il aime sa femme qui le lui rend. Ils sont heureux, ils ont beaucoup d'enfants et Claude ne songe pas du tout à *la tuer*.

V

L'AFFAIRE GELLINIER

On ne sait s'il faut rire ou s'indigner de la façon par trop paradoxale dont les étourdis de la presse, habitués du turf et des soupers fins, ont traité l'affaire Gellinier. Voici un monstre de quatorze ans, fils d'un bijoutier, c'est-à-dire appartenant à la bourgeoisie ; il a pour complices des jeunes gens qui ont reçu l'éducation de famille ; deux ou trois occupent des emplois du gouvernement. Ils volent et ils assassinent sans avoir même la circonstance atténuante du manque d'instruction et des assauts de la faim.

Il n'y a qu'une chose à faire, leur écraser la tête à coups de talons de bottes. D'accord sur ce point. Mais ce n'est pas à ceux-là que s'intéressent les rêveurs humanitaires ; ces jeunes assassins sont les champignons des couches moyennes. La fleur de votre société s'adonne aux hautes opérations financières, et nous avons assisté dernièrement au premier coup de balai donné dans cette haute pègre. Le nettoyage continue. Après les voleurs au prospectus, voici les voleurs au couteau.

Et vous de rire, en disant à ceux qui cherchent le bien : Est-ce la faute de la Société !

Vous nous montrez vos propres plaies pour en conclure que nous sommes incurables !

Et vous parlez du *rebut de l'humanité :* On ne naît pas « rebut de l'humanité, » on le devient.

La bande de Gellinier appartient précisément aux classes inexcusables. Ce ne sont pas des *voyous* ! C'est la pourriture de votre système. Je garde ma pitié pour les déshérités, pour les affamés, et je ne réclame qu'en faveur de ceux à qui on n'a même pas donné le sentiment de la responsabilité.

En accablant les gens de cœur avec des exemples tirés de vos rangs, vous ne trompez personne, pas même vous, négateurs du progrès, sceptiques intéressés, athées de la morale ! Voilà ce que vous avez produit, et devançant l'accusation, vous tâchez de dissimuler votre rougeur dans les contorsions d'un rire forcé, vous parlez ironiquement de la question sociale que vous ne connaissez pas ; vous niez même la possibilité du bien. Nous ne nous laissons pas troubler par ces manœuvres où la mauvaise foi est apparente ; et, nous frappant la poitrine, tandis que vous battez des mains, nous suivons notre route dans ce vaste désert d'hommes, votre création, certains qu'on ne confondra pas ceux qui sonnent le tocsin avec ceux qui allument les incendies.

Il y a, du reste, pleine déroute au camp des conservateurs à l'huile (bouchage instantané.) Ils ont beau accrocher aux frontières de France et d'Espagne, des écriteaux ainsi conçus :

ROYAUME A VENDRE

ou

A· LOUER PRÉSENTEMENT

S'adresser au concierge...

Il se présente des locataires peu sérieux et pas du tout d'acquéreurs. Les princes n'offrent pas les garanties suffisantes ; ils n'ont pas de quoi garnir les lieux. et eux-mêmes ont appris, à nos dépens, que le bail de sujets à souverain est toujours résiliable. Il n'y a donc empressement ni d'un côté ni de l'autre, au grand désespoir des dindons littéraires qui ont des plumes à vendre.

Que faire? qui pourrait-on bien flatter? on n'a pas idée d'une pareille époque?

Tandis que les politiques de premier plan répandent des flots d'encre et des avalanches de paroles sur les couleurs qu'il convient d'adopter en cas d'une fusion sans effusion, un mécanicien de la compagnie P. O. disait simplement, pendant un arrêt de dix minutes :

— Le drapeau rouge, c'est le drapeau de ceux qui ont bu... le bleu, et mangé... le blanc.

Ce n'est pas seulement l'hypocrisie des bénisseurs de bourreaux qui me révolte, c'est la pensée du mal qu'ils peuvent faire. On ne se doute pas du nombre des naïfs que Voltaire nous a laissés.

VI

LA QUESTION DE LA LIBRAIRIE. DERNIER EFFORT AUPRÈS DU ROY.

A une époque où l'on a si rarement l'occasion de rire, le public ne sera pas fâché de se dérider en apprenant que MM. Cazenove de Pradines, Lucien Brun et Carayon-Latour viennent de partir pour Froshdorff. Ces messieurs vont « *tenter un dernier effort.* »

Je ne sais si l'effort succombera à la tentation, mais je donnerais bien dix francs pour que les trois honorables réussissent dans leur démarche.

Ce qu'ils vont demander à M. le comte de Chambord, quels sont les points sur lesquels portera leur insistance, je l'ignore absolument, et eux aussi.

L'affaire en était restée à la question du *drapeau blanc*; mais que d'événements depuis cette époque!

quel mouvement dans les esprits ! et que nous sommes loin déjà de la couleur du drapeau !

Je suppose que M. de Chambord fasse toutes les concessions, qu'il accorde plus que ses partisans ne voudraient, en quoi serons-nous plus ou moins avancés ?

Que demain il nous arrive une dépêche ainsi conçue :

« Monseigneur propose le drapeau rouge, mais s'obstine à refuser le bonnet phrygien. »

Une heure après :

« Bonnet phrygien accepté à la condition qu'il y sera brodé trois fleurs de lys. »

Le soir :

« Nouvelles armes proposées : un triangle surmonté d'un coq. »

Onze heures :

« Adoption du suffrage universel sans restriction. Mariage des prêtres. Amnïstie générale. »

Les hobereaux s'écrieraient : Monseigneur va un peu loin, mais notre devoir est de nous incliner.

Eh bien ! en ne prenant des suppositions qui précèdent que ce qu'il y a de raisonnable, c'est-à-dire rien, la restauration n'aurait pas fait un pas.

Dussé-je me faire conspuer, comme une ganache célèbre, je déclare en toute sincérité que je regrette profondément que M. le comte de Chambord n'ait pas accepté en temps utile les sages propositions de M. Chesnelong.

Et si l'Assenblée avait donné une majorité quelconque à ce monarque en disponibilité, j'aurais tiré de mon gousset le chronomètre qui s'y prélasse. Puis, le regard fixé sur l'aiguille à secondes, j'aurais compté le temps de faire cuire un œuf, — et ce laps de minute eût suffi à la monarchie du dernier Bourbon pour dire son dernier mot.

Nous saurions combien de temps peut régner un prince qui a contre lui l'armée, la bourgeoisie et le peuple — sans compter une partie de la noblesse.

Tandis que MM. de Pradines, Brun et de Carayon s'occupent de tenter un *dernier effort* (est-ce bien le dernier ?), on songe sérieusement à diminuer le nombre des libraires, en attendant qu'on brûle les livres — et peut-être les auteurs.

La librairie ! les livres ! ou pour mieux dire : le livre ! Les autres animaux boivent et mangent, comme nous ; ils s'aiment et font des petits, comme nous ; ils marchent, courent, s'amusent, se battent, se déchirent, comme nous ; seulement, ils ne lisent pas. Ils n'ont pas d'auteurs et ils n'ont pas de livres. C'est là un point que peu de réactionnaires songeront à contester. Eh bien ! quelques personnes bien pensantes vont mettre ordre à cela, ordre moral bien entendu.

On ne peut pas tout faire à la fois. L'imprimerie ne

sera pas supprimée du coup comme une invention diabolique et dangereuse, mais son tour pourrait bien venir.

Et voilà où nous en sommes.

La question de la librairie est une matière dont l'importance est si vitale et l'intérêt si universel, que tous les organes de la publicité devraient, en ce moment, quelle que soit d'ailleurs la nature spéciale de leurs travaux, s'empresser d'en faire l'objet de leurs plus sérieuses méditations. Citoyens et gouvernement, le pouvoir et la liberté, la science et l'industrie, toutes les classes de la société, tous les degrés de l'ordre social ne sont-ils pas intéressés dans cette question ? N'est-ce pas de leur cause à tous qu'il s'agit ?

M. de Montalivet, quand il était ministre de l'instruction publique, chargea M. Cousin d'aller recueillir des documents authentiques et complets sur les diverses parties de l'enseignement public en Prusse et en Allemagne.

Qu'il me soit permis de donner ici quelques extraits du travail de M. Cousin :

« Les fonctions de maître d'école doivent être rangées parmi les plus importantes de l'État, car elles ont pour but l'éducation morale et religieuse du peuple, à laquelle se rattache étroitement son éducation politique...

» Dans la plupart des États protestants de l'Allemagne, une loi ordonne, sous des peines sévères, à tous les pères de famille d'envoyer leurs enfants à l'école, et cette loi remonte à l'origine même du protestantisme. Dès lors c'était pour l'État une *obligation* d'ouvrir des écoles au peuple : aussi le dernier village, le plus petit hameau a-t-il la sienne.

» Chaque enfant paie annuellement 12 gros (36 sous) ; s'il est pauvre, la commune est tenue de payer pour lui.

» Le minimum du traitement de l'instituteur est de 100 thalers, non compris le logement et le chauffage. Quand ce minimum est dépassé, la commune ne paye plus pour les enfants pauvres ; si les communes sont pauvres elles-mêmes, les anciennes dotations des églises locales viennent à leur secours ; si l'église est trop pauvre aussi, l'État y supplée. »

« Rien de plus facile, disait M. Cousin, que d'établir en France un ordre de choses semblable. La commune serait tenue de venir au secours des familles, le canton au secours de la commune ; l'arrondissement suppléerait à l'insuffisance des moyens du canton, le département à celle de l'arrondissement ; enfin, le budget de l'État viendraient au secours des départements pauvres. »

Ceci, Messieurs, s'écrivait en 1831 ; et, sur quatre cents conscrits arrivés, il y a quinze jours, dans une des casernes de Paris, deux cents ne savent ni lire ni écrire !

Nous avons entendu dire qu'il était contraire à la dignité d'une grande nation d'aller chercher des modèles ailleurs et d'imiter les étrangers. Voilà une de ces maximes pompeuses et vides de sens qui ont trop longtemps égaré la vanité des peuples. Pourquoi ne pas naturaliser chez soi ce qu'il y a d'excellent chez les autres? Fallait-il laisser la pomme de terre à l'Amérique, la vaccine à l'Angleterre, au risque d'avoir tous les dix ans la famine, et de voir chaque année décimer les générations nouvelles par un fléau importé de l'étranger?

Voltaire écrivait au roi de Prusse :

Il mûrit à Moka, dans le sable arabique,
Le café nécessaire au pays des frimas.
Dieu mit aussi la fièvre en nos climats
Et le remède en Amérique.

Il n'est pas étonnant que, dans un pays *aussi arriéré que la France* au point de vue de l'instruction générale, on en arrive à trouver qu'il y a trop de libraires!

La lumière est dans le livre; et qui répand les livres?

Si l'imprimerie a sa mission, la librairie a aussi la sienne.

Tout le monde connaît la puissance qu'a acquise la corporation des libraires allemands. La foire de Leipzig s'appelle le marché de la pensée humaine.

(*Ironiquement.*)

Aussi, vous voyez ce qui est arrivé : les Allemands sont punis par où ils ont péché. Ils sont superbes avec leur instruction obligatoire, leurs écoles et leurs librairies !...

Cela ne nous a pas empêchés de les tailler en pièces en 1870, et de leur prendre les bords du Rhin. Cette leçon leur profitera.

(*Fin de l'ironie.*)

Eh bien ! Messieurs de l'ordre moral, je vous dis que constater l'accroissement du commerce de la librairie. c'est constater l'accroissement du développement de l'esprit humain ; et que restreindre la librairie, c'est nous comprimer le cerveau.

En Angleterre, le nombre des livres publiés est plus considérable qu'en France, bien que les prix soient généralement plus élevés.

En Belgique, en Allemagne, en Suisse, la supériorité sur la France est incontestable. Mais la librairie américaine surtout est arrivée à un état de prospérité incroyable, grâce au régime de la liberté et de la vulgarisation de l'enseignement.

La France est le seul pays où la librairie soit réglementée. En Russie même, cette industrie est soumise au droit commun. Nulle part le libraire n'est astreint à se procurer un brevet, nulle part le nombre des libraires n'est limité.

Aujourd'hui que nous sommes fiers d'être Français

sans regarder la colonne, je me demande ce que nous
pouvons bien regarder à la place. Vainement je jette
autour de nous des regards éplorés ; il me semble que,
si nous sommes toujours fiers d'être Français, nous
serions bien embarrassés de dire pourquoi.

Le voyage de MM. Cazenove, Brun et Carayon est
fâcheux à un certain point de vue ; il excite les mauvaises passions d'en haut, il entretient l'agitation dans
les classes privilégiées et flatte les instincts aveugles
du petit nombre. Comment satisfaire ensuite ces appétits vivement aiguisés et faire rentrer dans leur lit
tant d'ambitions déçues ?

Attendons ! nous nous prononcerons après.

Que dire de raisonnable avant de connaître les résultats du *dernier effort ?*

VII

LES BRASSERIES DE FEMMES

L'administration vient d'interdire le service des femmes dans les brasseries et estaminets du quartier latin. N'ayant jamais mis les pieds dans ce genre d'établissements, j'ignore si la morale perdait beaucoup à ce que le bock fût servi par une jeune fille au lieu d'être servi par un jeune homme. C'est une affaire de goût.

On reprochait sans doute à ces pauvres servantes de prêter une oreille facile aux propos galants, de sourire aux habitués et de pousser à la consommation par la flamme de leurs regards. J'admets tout ce qu'on voudra. Il n'en est pas moins certain que ces jeunes femmes avaient une profession, un métier. Qu'elles y aient mêlé un peu de galanterie, c'était de leur âge et de leur sexe.

Le travail partageait avec l'amour. Elles sont désormais condamnées à n'être que des danseuses de la Closerie des lilas et des filles galantes.

Cela, dans l'intérêt des mœurs.

Par exemple, on ne dit pas si c'est des bonnes mœurs ou des mauvaises.

Une simple question à ce sujet.

Qui vaut le mieux : un homme qui travaille toute la journée et qui *boit* le soir ?

Où un homme qui ne fait que boire et ne travaille jamais ?

Il est évident que, dans l'intérêt même de la société, celui chez lequel l'ivrognerie n'est qu'un accident, est de beaucoup préférable à l'autre.

Eh bien ! la mesure qui vient d'être prise par l'autorité compétente conclut à l'inverse de notre raisonnement, — en ce qui concerne les femmes...

Chez les servantes d'estaminet, la galanterie ne pouvait être qu'un accessoire. Cet accessoire deviendra le principal.

C'est une chose rebattue que, dans l'organisation actuelle, il est impossible aux femmes de vivre de leur travail. Or, il naît beaucoup plus de filles que de garçons. Quel peut être le dénoûment de cette situation ? A moins d'un massacre général du beau sexe, je n'y vois pas de solution.

Dans les magasins de nouveautés, ce sont des jeunes

gens soignés, musqués, élégants qui, la bouche en cœur, servent les dames. Le rayon appartient aux redingotes.

La typographie est fermée aux femmes par les sociétés puissamment organisées des ouvriers imprimeurs.

Le jour n'est peut-être pas loin où les garçons de bains voudront faire le service des deux côtés.

Il faudrait pourtant trouver le moyen d'occuper les femmes à autre chose qu'à nous appeler *jolis garçons*.

Le réchaud de charbon ou le plongeon dans la Seine ne sauraient être considérés par les législateurs comme le dernier mot de la civilisation.

Et des filles ! toujours des filles ! Sur les genoux ou aux bras de toute mendiante, une petite fille, deux, trois filles. Que voulez-vous en faire ?

Henri Monnier plaisante-t-il quand il fait dire à Joseph Prudhomme : « Je destine mon fils à l'Ecole polytechnique et ma demoiselle à la prostitution ! »

VIII

LA PEINE DE MORT

On est effrayé de compter les exécutions capitales qui, depuis quelques années, troublent profondément la conscience publique. Les suicides, cet autre genre d'assassinat où le coupable est à la fois victime et bourreau, se multiplient d'une façon inquiétante. L'*usage du suicide* suffirait à démontrer l'inutilité de la peine de mort.

Au moment où les penseurs de l'Europe entière tournent leurs regards vers la législation pénale, où les esprits supérieurs sentent la nécessité de l'abolition du meurtre légal, il nous a paru intéressant de rechercher, si comme le prétendent les fronts déprimés, la peine capitale donne à la société une garantie qui justifie son maintien ; si, en un mot, la France au dix-neuvième siècle a besoin d'avoir recours aux exécutions sanglantes pour conserver le repos de ses citoyens ; si leur sécurité exige que le sang des coupables se répande avec appareil sur les places publiques.

Quels sont les hommes qui, pour ainsi dire, forment l'aliment des tribunaux ! Ne sont-ce point pour la plupart des êtres privés de toute instruction, ignorant jusqu'aux premiers éléments du langage, et livrés à la misère depuis leur première enfance ?

Il faut songer que des milliers d'individus cesseraient de s'abrutir sous les verrous, si l'éducation avait développé en eux le germe de la morale, si une autorité vraiment nationale leur avait inspiré l'amour du devoir et *l'estime de l'ordre.*

A quelque degré de perfection que l'humanité parvienne, il se trouvera sans doute des hommes en dehors du mouvement social ; le devoir des gouvernements n'en est pas moins de chercher à en diminuer le nombre qui est immense en comparaison de ce qu'il devrait être.

Il y a aujourd'hui une tendance à ne plus voir dans le malfaiteur qu'un homme atteint d'une maladie morale, à la guérison duquel est appelé un médecin législateur. Si ce principe était admis, les prisons devraient être remplacées par des hôpitaux. Mais sans aller jusque-là, on doit se demander si ce n'est pas se révolter contre le vœu du Créateur que de détruire la créature, le droit d'exister étant *antérieur en date* et

13.

supérieur en autorité à tous ceux qui peuvent résulter
d'un consentement mutuel.

En vain opposerait-on que la société et chacun de
ses membres ont aussi le droit de conserver leur existence respective, et de se défendre lorsqu'ils sont
attaqués. Loin de récuser le principe, nous déclarons
au contraire que c'est un droit et même un devoir
d'ôter la vie à celui qui attente à l'existence de la
société ou de l'un de ses membres.

Mais ce droit et ce devoir sont strictement *défensifs*
et ne peuvent exister que *pendant la durée du danger*.

Le moment où la question est de savoir lequel des
deux existera, de l'agresseur ou de l'attaqué une fois
écoulé, la loi primitive reprend son autorité ; le droit
de vivre est coexistant et égal.

Pour nous, le droit de mort entre nations n'existe
que durant la guerre ; entre une nation et une de ses
parties constituantes, que dans les cas d'insurrection ;
entre des individus, que durant le moment de l'attentat ; mais entre un individu et la société constituée,
il n'existe jamais.

On arguerait en vain d'un prétendu contrat entre
la société et ses membres.

Outre que l'existence d'un tel contrat n'est pas
prouvée, il serait borné au seul cas de défense personnelle, les parties n'ayant pu donner à la société que
les droits qu'elles avaient individuellement.

Quant à la question d'utilité pratique, il est prouvé par les faits que la sévérité du châtiment n'a fait qu'augmenter le nombre des coupables.

Il y a moins de falsificateurs des billets de banque depuis que les travaux forcés ont remplacé, dans ce cas, la peine de mort.

En Angleterre, le vol commis dans les blanchisseries était puni de mort. En 1807, on adoucit la loi : le délit diminua du triple.

Une observation importante, c'est la difficulté de convaincre les juges, quand ils ont à prononcer la peine capitale. Alors que la mort était le supplice de ceux qui commettaient des vols dans les blanchisseries, sur cent accusés, quatre seulement furent convaincus du vol, tandis que le nombre des condamnés égala celui des accusés dès que la punition ne fut plus que l'emprisonnement.

Les lois trop rigoureuses stimulent la circonspection du coupable et le poussent à des actions extrêmes.

Là où les faits parlent, la raison s'efface. La peine de mort n'a aucun effet répressif.

C'est peut-être dans la propension de l'homme à imiter ce qui fait une forte impression sur les sens, qu'il faut chercher la cause de l'inefficacité de la peine de mort.

Le meurtrier n'a rien qui lui rende la mort plus redoutable qu'à vous. Le médecin qui ne déserte pas l'hôpital pendant une épidémie, le soldat qui s'avance au milieu de la mitraille, bravent héroïquement le trépas. Pourquoi donc le coupable ne s'exposerait-il pas à la mort pour un crime contre lequel il s'est précautionné, quand d'autres l'affrontent à tout risque et péril ?

Rien n'est plus comique que le désarroi des restaurateurs avec leurs deux drapeaux. Les uns proposent d'arborer le drapeau tricolore sur la rue et le drapeau blanc sur le derrière. D'autres se rappellent l'histoire de l'homme qui nourrissait ses chevaux avec de la paille, après avoir eu soin de leur mettre des lunettes vertes pour qu'ils crussent que c'était du foin. Ceux-là proposent hardiment d'offrir à M. le comte de Chambord — par voie de souscription nationale — un pince-nez à verres dépolis, de façon à ce que tout drapeau lui paraisse blanc.

Aucunes de ces solutions ingénieuses ne réunit un nombre suffisant d'adhérents.

La discorde agite ses torches parmi ceux qui prêchent l'union — et auxquels l'*Union* rend leur politesse.

Ces messieurs ont inventé les « *frères et amis.* »

Ils sont, eux, les *frères et ennemis...*

IX

Si l'attention de l'Europe n'était violemment portée vers la Russie et l'Allemagne, le sort actuel des Irlandais ne manquerait pas de préoccuper et de remuer profondément tous ceux qu'intéressent les questions d'humanité.

« Si nous voulons connaître la pensée intime, la passion du paysan de France, dit Michelet, cela est fort aisé. Promenons-nous le dimanche dans la campagne ; suivons-le. Le voilà qui s'en va là-bas devant nous. Il est deux heures ; sa femme est à vêpres ; il est endimanché. Je répond qu'il va voir sa maîtresse. — Quelle maîtresse ? Sa terre !

Que dirait-on du paysan irlandais ? Il y a là-bas des familles dont pas un membre, depuis plusieurs générations, ne se souvient d'avoir mangé une seule fois à sa faim !

L'Angleterre, cette pieuvre immense qui allonge ses tentacules sur tous les points du monde, garde ce cimetière à côté d'elle, comme pour montrer le sort qui les attend à toutes les colonies qu'elle opprime et qu'elle pressure. Partout où règne l'Angleterre que ce soient les Indes, dont elle se dit impératrice, ou l'Irlande, dont elle se dit reine, la faim l'accompagne, sa faux à la main.

Douée d'une vitalité énergique au milieu des maux qui la dévorent, l'Irlande est destinée à subir bien des expériences avant que la science ou l'empirisme ait trouvé la panacée politique, économique, agricole, industrielle qui doit la sauver. Le cri des agitateurs est : *L'Irlande pour les Irlandais !* — *Justice pour l'Irlande !* — et le jour de la justice ne sonne jamais.

Il n'y aura rien de fait tant qu'on n'aura pas réglé les conditions du gouvernement même et celles de la propriété. C'est toute une révolution que la régénération de l'Irlande, mais cette révolution serait une œuvre d'équité.

Sans doute il faut déplacer ou couper net une foule d'intérêts personnels, mais, tant qu'on n'abordera pas franchement cette nécessité, il n'y aura que des expédients.

« Est-il juste, demandent les Irlandais, parce que, politiquement, l'Irlande reconnaît, comme l'Écosse, la légitimité du roi ou de la reine, son gouvernement ou ses ministres, les lois votés par le Parlement, est-il juste que toutes les hautes fonctions locales soient presque exclusivement réservées à des Anglais? N'est-ce pas démentir le vrai sens de l'*union des royaumes*, qui laissait supposer au moins une intention de fusion, d'unité et d'égalité parfaite? N'est-ce pas, au contraire, perpétuer la subordination de la conquête et l'exploitation d'une population par l'autre? — C'est qu'effectivement l'Irlande est restée une conquête des Anglais, une possession habitée par deux races distinctes, la race des conquérants et la race des vaincus.

Privée de son Parlement comme l'Irlande, l'Écosse n'a pas comme elle un gouvernement spécial. Le palais d'Holyrood ne conserve qu'un fantôme de gouverneur, dont la juridiction ne s'étend pas au delà de l'enceinte du palais ; le château militaire d'Edimbourg n'est plus qu'un corps de garde.

Il faut bien convenir qu'en Irlande les crimes provoqués par les exigences plus ou moins bien fondées des propriétaires s'excusent ou s'expliquent par l'origine de leur droit de possession et le peu de respect que le gouvernement a lui-même montré pour la propriété, confisquant et spoliant sans cesse, tantôt sous le prétexte d'un crime politique, tantôt sous le prétexte de la religion, ayant à une certaine époque poussé si loin l'abus de *la forfaiture* qu'il fut question de vendre en bloc aux juifs toutes les terres de l'Irlande.

Et, ma foi! les paysans d'aujourd'hui s'en trouveraient peut-être mieux.

Le landlord est l'héritier des confiscations non seulement d'Elisabeth, de Jacques Ier et de Cromwell, mais encore de Guillaume. Il faut s'en souvenir pour comprendre comment le meurtre d'un landlord par son tenancier n'excite guère plus d'horreur en Irlande qu'il n'en exciterait s'il était le résultat d'un duel.

Les Anglais tentent vainement de nous faire frémir par les récits de violences qu'ont exercées à diverses époques les *Niveleurs*, les *Garçons d'acier*, les *Defenders*, les *Thrashers* ou flagelleurs, qui frappaient avec un fléau, ou les *Carders*, ainsi nommés parce qu'ils écorchaient leurs victimes avec une machine à carder la laine, et enfin les *Molly-Maguires* et les *Fenians*.

— Que peut faire le malheureux paysan? s'écriait le juge Fletcher. Devons-nous être surpris que cet homme privé d'éducation, chassé du lieu où il a reçu la vie, se livre à des crimes qui le conduisent au gibet? Dépouillé de tout, harassé, il n'a pas autre chose à faire que de repousser par la violence l'étranger qui veut s'établir sur sa ferme et d'arracher à la faiblesse du landlord ce qu'il ne peut obtenir de ses bons sentiments.

Il y a quelque chose de remarquable dans les idées de liberté et d'indépendance qui flottent vaguement dans l'esprit d'un paysan irlandais. « Je le voudrais, puisque Votre Honneur le désire, mais *je ne veux pas me dégrader*, » est l'argument à son usage. L'évêque Berkeley dit qu'il avait une fille de cuisine qui refu-

sait d'enlever les cendres, parce qu'elle descendait
des anciens rois d'Irlande.

Le trait caractéristique des crimes agraires, c'est
que la masse de la population sympathise avec le
criminel.

Je ne prétends pas savoir ce qu'il y a à faire ; mais
il faut bien qu'un vice réel invalide tous les titres de
propriété en Irlande, puisque, dans un Parlement
anglais, un homme comme Robert Peel, après avoir
exposé l'état du pays, n'a trouvé d'autre expédient
pour régénérer l'Irlande que de proposer une nouvelle
confiscation imitée de Jacques Ier.

Si la terre d'Irlande était libre, a dit un député de
Manchester, si elle était susceptible de subdivision, si
les individus qui ont là un capital pouvaient acheter
la terre comme ils achètent un sac de farine, des
meubles ou du bétail, ma conviction est qu'il n'y
aurait pas même une population suffisante pour cul-
tiver le sol. Il y avait des pauvres en Irlande avant la
loi des pauvres, et ils étaient nourris par la charité
des fermiers et des paysans. Aujourd'hui, fermiers et
paysans ont peine à se nourrir eux-mêmes.

Deux économistes, MM. Thornton et Stuart Mill,
ont traité largement la question du défrichement dans
le sens purement agricole et économique. Le but de
M. Thornton est de créer des paysans propriétaires.
Il en appelle à la petite propriété et à la petite culture
de Guernesey, du Tyrol, de la Suisse et de la France.

Le Celte d'Irlande peut devenir tout aussi industrieux que le Saxon ou le Normand d'Angleterre. Le droit au travail, le droit à l'assistance, le droit à l'éducation sont des questions élucidées, puis abandonnées.

Les Irlandais qui se transportent sur un autre sol ne partent jamais sans emporter un certain pécule. Il y a donc des capitaux irlandais, mais ils sont forcés d'émigrer dans les entreprises étrangères, faute de pouvoir acquérir un bout de terrain. Il faut la liberté de vente pour attirer le capital à la terre et à la culture.

Un des faubourgs de la ville de Galway est habité par une population de pêcheurs, au nombre de mille familles, gouvernées par un magistrat de leur choix, une sorte de podestat qu'il faut ménager...

La disette avait surpris cette petite république, et l'on craignit un moment qu'elle se jetât sur la ville pour y réclamer séditieusement du travail ou des secours. « Nos bateaux sont avariés, disaient les pêcheurs, et hors d'état de tenir la mer. Si l'on veut que nous ne mourions pas de faim, qu'on nous aide à les radouber, et, au lieu d'être à charge, nous serons utiles en apportant notre pêche sur le marché. »

La peur bourgeoise traduisait ces paroles en menaces. Un agent de la *Secte des amis* eut confiance en ces pêcheurs et leur avança cent livres sterling, pour être consacrées par eux à la prompte réparation de leurs bateaux et de leurs filets. Les pêcheurs bravèrent les tempêtes hivernales de l'Atlantique et, au bout d'un mois, ils avaient apporté sur le marché de Galway la valeur de huit cents livres sterling de poisson.

On objecte que la création d'une classe de *paysans propriétaires* constituerait en quelque sorte un tiers-état agricole. Où serait l'inconvénient? et pourquoi le paysan irlandais ne serait-il pas un excellent colon sur son propre sol, puisqu'on est forcé de le reconnaître tel au Canada, aux États-Unis, en Australie?

Il est vrai qu'on n'improvise pas plus une classe qu'une autre; mais il est vrai aussi que la propriété transforme souvent comme par miracle celui auquel elle arrive.

Si la France faisait le relevé de ce qu'elle aurait de terres incultes à distribuer à ses pauvres, sur son territoire même, puis en Corse, en Algérie, en Amérique et dans ses îles australiennes, les malheureux qui crèvent de faim à Paris, à Lille, à Rouen, à Lyon, en Bretagne apprendraient avec stupéfaction qu'ils pourraient tous devenir des propriétaires aisés sans qu'il en coûtât un sou à qui que ce fût!

Et, en dehors du paupérisme proprement dit, la France a son Irlande aussi : les ouvrières, les jeunes filles et les femmes forcées de vivre dans un pays où il est bien prouvé qu'une femme ne peut vivre de son travail!

X

LES MINEURS

Les grèves de mineurs, dont le retour est périodique, émeuvent l'opinion plus fortement que toute autre grève. L'agglomération parfois énorme des ouvriers, les conditions particulières de leur travail, l'épouvante que causent l'idée de la vie souteraine et la description des terribles ateliers où vit le porion, tout concourt à dramatiser le sujet.

Puis, le mineur est le fournisseur du charbon, qu'on a appelé avec raison le pain de l'industrie ; et si parfois, les conservateurs se soucient peu que les hommes manquent de pain, il n'en est pas de même quand il s'agit de machines.

La tendance industrielle moderne est de substituer l'automate à l'artisan, la machine à l'ouvrier, la vapeur à la force musculaire.

Est-ce un bien ou un mal ? Cela est ainsi.

Déjà, en 1873, une grève éclatait dans les mêmes usines, rappelant d'une manière brutale et énigmatique aux endormis de la politique qu'il y a une question sociale. On en parla peu. En ce moment on ne parlait guère. De plus, le directeur des mines d'Anzin était au pouvoir. Il envoya des dragons et des troupes de ligne expliquer aux mineurs que leurs réclamations étaient insolites, et les mineurs durent se laisser convaincre par leurs arguments.

C'était certainement une manière ingénieuse de répondre aux vœux ou aux prétentions des ouvriers, mais il faut avouer que la situation de ces derniers n'en était pas très efficacement améliorée.

Aussi ne faut-il pas s'étonner de voir les mêmes réclamations se reproduire aujourd'hui.

Une grève de ce genre est toujours une occasion pour les feuilles conservatrices de rééditer leurs anas sur les meneurs, les consignes ou mots d'ordre auxquels obéissent les grévistes, comme s'il y avait lieu de recevoir une consigne, d'être mené ou sollicité par les agents de l'*Internationale* ou de la *Muette* pour demander quelque amélioration à un triste et misérable sort.

Ces réactionnaires sont véritablement étonnants; il leur semble que les ouvriers sont des individus d'une espèce particulière, incapables sans doute des sensations les plus élémentaires, qui ne se douteraient pas qu'ils sont dans la misère si des meneurs ne venaient les éclairer à ce sujet, et qui ne penseraient point à demander une augmentation de salaire, c'est-à-dire un peu plus de bien-être, s'ils n'en recevaient l'ordre de quelque agent d'une société secrète.

Ces romans de police sont absolument hors de propos.

La vérité est celle-ci :

L'ouvrier sent que *ça ne va pas*, qu'il ne peut pas joindre les deux bouts, que son salaire est insuffisant en raison de l'élévation constante des denrées. Il fait et refait des calculs ; mais, à la fin du mois, il manque toujours quelque chose, des souliers pour lui, un bonnet pour la femme, des bas pour les petits, et il fait cette réflexion bien naturelle : « On ne gagne pas assez pour vivre. » Dès lors, à quoi bon travailler ? à quoi bon vivre ?

D'autre part, les nécessités de la concurrence rendent les patrons et les inspecteurs plus exigeants. On se fait ses confidences entre camarades, on se raconte ses misères, et, un beau jour, quelques-uns, les plus lassés de la lutte contre le sphinx social, laissent tomber leurs outils, se croisent les bras en disant : « J'en ai assez ! mourir pour mourir, autant tout de suite. »

L'un d'eux a eu un mot typique.

— Comment avez-vous fait jusqu'à ce jour ? lui demandait-on.

Il répondit : .

— Moi, ma femme et mes enfants, nous avons essayé *de vivre de faim !*

Quand un ouvrier a dit : j'en ai assez, les autres suivent. C'est le *sauve qui peut* dans les déroutes.

Et qu'on ne s'y trompe pas, le mal ira toujours en s'aggravant, si l'on ne cherche promptement un remède efficace.

Envoyer des coups de fusil à des hommes dont le destin est pire que celui des forçats, les forcer ainsi à reprendre le joug, c'est un moyen inique, atroce ; ce n'est pas une solution.

La situation des mineurs est rendue plus pénible encore par le contraste de la civilisation fastueuse qui les entoure. Il est possible qu'ils se trompent dans leurs critiques, dans leurs allégations et dans la forme même de leurs réclamations ; mais ils ne se trompent pas et ils ne trompent personne quand ils affirment qu'ils sont misérables et quand ils demandent un sort meilleur.

Les compagnies prétendent que ce sort s'est amélioré; qu'elles ont fait pour cette amélioration des sacrifices et des efforts.

Les compagnies prétendent encore, avec raison peut-être, que la concurrence les empêche d'élever leurs prix, et par conséquent les salaires ; que, la richesse houillère diminuant sur place, les frais d'exploitation deviennent plus considérables ; enfin que, dans cette exploitation plus que dans toute autre, une augmentation presque insignifiante par jour et par homme donne à la fin de l'année une différence de plusieurs centaines de millions, somme parfois supérieure aux bénéfices ou aux intérêts payés aux actionnaires. .

Ces raisons peuvent être vraies, mais elles ne modifient en rien la condition des ouvriers et ne sont pas faites pour les émouvoir,

Si, dans un restaurant, on vous sert du poisson avarié (comme dans un splendide établissement de date récente), des viandes de mauvaise qualité et des légumes brûlés, qu'importe que le patron vienne vous dire qu'il y a eu un grand trouble dans la maison, que sa femme est en couches, que son oncle s'est pendu et que la cuisine s'est ressentie de tous ces accidents. Ces explications n'empêcheront pas que vous ayez mal dîné et que vous sortiez de la maison en vous promettant de n'y plus remettre les pieds.

Les arguments des compagnies sont aussi peu concluants pour les ouvriers. Le mal est d'autant plus grave qu'il semble impossible qu'on puisse y remédier, les compagnies étant obligées de subir certaines fatalités économiques.

Quand on a ouvert les mines, on a attaqué des galeries abondantes ; l'extraction était facile. Un jour vient où il faut ramasser soigneusement les plus petites bribes de houille. Plus le **charbon diminue**, plus le **travail devient pénible**.

Et plus aussi la condition de l'ouvrier devient malheureuse, moins il est facile d'augmenter son salaire. C'est ce qui explique pourquoi les mineurs en sont revenus à demander le travail salarié au lieu du travail à la tâche.

C'est là aussi ce qu'il fallait prévoir quand on a livré les concessions — ces cadeaux que les gouvernements ou les ministres font à leurs amis ou à leurs hommes de paille — et qui enrichissent quelques individus avec le fonds public.

Il fallait se dire que le mineur, toujours exposé à la mort, à l'explosion du grisou, à l'éboulement, était aussi indispensable à l'industrie d'une nation laborieuse et pacifique que le soldat ou le fonctionnaire peuvent l'être à sa sécurité. Il fallait se dire qu'il exerce aussi une fonction publique, qu'il exploite non pas le fonds de quelques concessionnaires, mais le fonds même de l'État.

A ce titre, le plus simple bon sens indiquait la nécessité d'assurer son existence pendant qu'il accomplissait son pénible labeur, et l'existence de sa famille s'il succombait sur le champ de bataille souterrain.

On a créé la retraite pour les fonctionnaires, pour les officiers, pour les magistrats, en donnant pour raison qu'ils servent l'État, et, chaque année, il se trouve quelque législateur qui vient proposer d'améliorer le sort de ces honorables citoyens ; d'autres législateurs songent même à adoucir la situation des

III   14

voleurs, incendiaires et assassins dans les prisons ou dans les bagnes. Seule, la position des mineurs ne connaît pas ces tendresses de la civilisation.

Est-ce qu'ils ne servent pas l'État à leur façon? Est-ce que le charbon qu'ils vont arracher à la terre n'est pas aussi nécessaire à l'existence du pays que les arrêtés des préfets, les expéditions de Rome et du Mexique, ou les sentences de la huitième chambre?

Est-ce qu'enfin il ne se trouvera pas de législateurs pour mettre fin à ces grèves périodiques?

Assurez une retraite au mineur pour ses vieux jours, si la mine l'a épargné ; à sa femme et à ses enfants, en cas de mort du père de famille.

Ajoutez que tout acte de rébellion lui ferait perdre ses droits à la retraite, et vous verrez si le *mot d'ordre* a prise sur lui.

Le mineur fournit le pain de l'industrie ; il faut que l'industrie fournisse le pain du mineur.

XI

CHANGEONS L'AFFICHE!

Nous arrivons tout doucement à la reprise du travail par la diminution du nombre des ouvriers. C'est ainsi que l'extinction du paupérisme, ce problème qui a troublé tant de penseurs, ne tardera pas d'être résolu. L'extinction du paupérisme par l'inanition était le moyen le plus simple; c'est peut-être pour cela qu'on ne s'en était pas encore avisé. Toujours l'œuf de Christophe Colomb.

Descendant hier à sept heures du soir, le perron de Tortoni, je suis abordé par un pauvre homme : — Monsieur, je suis ouvrier carrossier, sans travail depuis un mois...

Au tournant de la rue Laffitte, un autre me dit : Monsieur, je n'ai pas mangé depuis hier...

Sous les portes cochères, des femmes ayant sur les

bras de petits êtres grelottants qui ouvrent de grands yeux et tendent des mains de poupée vers les deux sous qui vont à eux.

Rue Saint-Georges, un homme d'une quarantaine d'années s'approche timidement :

—Monsieur, ma femme et deux enfants m'attendent pour manger... J'étais employé de commerce ; il y a trois mois que je suis sans place...

Et le matin, en ouvrant votre journal, vous lisez :

« Rue Vivienne, 94, habitait un ancien serrurier, X..., âgé de cinquante ans, qui n'avait pas d'ouvrage depuis environ quinze jours. La nuit dernière le désespoir l'a pris, et il s'est précipité du cinquième étage dans la cage de l'escalier.

» On l'a transporté à l'hôpital des Cliniques dans un état désespéré. »

Remarquez que ce malheureux devait avoir un excellent cœur ; s'il ne s'est pas précipité dans la rue, c'est évidemment dans la crainte d'écraser quelqu'un sur le trottoir.

Je ne veux pas fatiguer le lecteur par la nomenclature de tous les suicidés par misère de cette dernière semaine. Ici, c'est une femme veuve qui, ne pouvant nourrir sa nombreuse famille, se jette à l'eau, pensant que, elle morte, il faudra bien que quelqu'un se charge de ses enfants.

Là, c'est un jeune homme qui se pend, un autre qui se tranche l'artère carotide.

Nos hommes d'État peuvent se frotter les mains ;

nous marchons à grands pas vers l'extinction du paupérisme.

Le *Journal officiel* ne me démentira pas. D'après le tableau sommaire du commerce extérieur, les importations de 1877 sont en diminution de 204. ⁴ millions sur celles de l'année dernière, et l'exportation en perte de 159. ³ millions.

La perte étant de 274 millions au 30 septembre, le mois d'octobre a perdu 89 millions, savoir :

44. ³ millions à l'importation ;

45. ⁴ millions à l'exportation.

. Il est clair, d'après le *Journal officiel* lui-même, que le système d'intimidation et de violence qu'on appelle par antiphrase l'*ordre moral* équivaut à une guerre doublée d'une épidémie.

Depuis l'invention du chloroforme, on endort les gens avant de leur faire subir une opération douloureuse.

A la façon dont on nous traite depuis le 7 novembre, et si j'en juge par la lassitude et l'engourdissement du pays tout entier, il me semble qu'on essaye de nous chloroformiser pour nous opérer plus facilement.

Que veut-on faire ? S'agit-il d'une ligature ou d'une amputation ? Les deux sont à craindre. Ce qui est douloureux à penser, c'est qu'il s'agit d'expériences sur le vif, genre de dissection qui passe, avec raison, pour le plus atroce de tous.

Opérer un malade est une chose assez naturelle ;

14.

mais rendre les gens malades pour avoir un prétexte de les opérer, c'est une combinaison qui rappelle les plus mauvais jours du moyen âge.

- Les inquisiteurs, gens bien pensants, éprouvaient, sans aucun doute, d'âpres jouissances à humer les parfums de chair brûlée. Une épaisse fumée de lard humain noircissait les voûtes de leurs sinistres caveaux, boudoirs de tortures; et, sous le capuchon à paupières de laine, les yeux de ces chevau-légers étincelaient de satisfaction.

C'était l'ordre moral du temps. L'état de siège régnait partout. On traquait les sorciers, ces homéopathes de l'époque; on tailladait les juifs, ces banquiers de l'avenir; et déjà le bûcher *flambait finances* dans la personne des aïeux de M. de Hirsch.

Tout cela est loin et tout cela est près. La même chose sous des noms et sous des aspects nouveaux.

Toutes les couleurs et toutes les opinions sont représentées en France. On voit même tous les soirs, aux Folies-Bergère et au Skating-Rink, un grand nombre de jeunes femmes qui ne craignent pas *la pression de l'étranger*.

Ce qui se passe au Sénat est, sans contredit, plus étonnant encore.

Voici des membres du Sénat qui demandent à faire partie de la Chambre des députés. M. Audren de Kerdrel (qui ferait bien mieux de retourner à la closerie des Genêts) demande à interpeller les *ministres démis-*

sionnaires sur les mesures qu'*ils comptent prendre* au sujet de l'enquête ordonnée par la Chambre des députés.

Ces messieurs n'ont vraisemblablement pas d'autres mesures à prendre que de faire leurs malles et de quitter au plus vite les ministères qu'ils ont jonchés de circulaires et de croix d'honneur.

Mais il aurait fallu voir le fameux duc de Broglie saisir la balle au bond. Cher Audren! excellent Kérouan! enfant chéri de la closerie! Qui sait? il a peut-être trouvé moyen de maintenir le cabinet six heures de plus... Et le duc en question s'élance à la tribune de son air le plus arrogant. Il tient d'une main un sac de nuit rempli de dédains et de l'autre une valise pleine d'airs de hauteur.

Que le duc de Broglie lise donc les *Souvenirs de la marquise de Créquy*; il y trouvera des anecdotes fort piquantes sur quelques personnes de sa famille; le reste est plus moderne, mais ne sera point perdu pour cela.

Donc, il a accepté l'interpellation.

Il prend lui-même le nom de « gouvernement ». Il a l'air de regretter que son parrain, qui l'a méchamment appelé Albert, ne l'ait pas plutôt intitulé *Gouvernement* de Broglie.

Gouvernement peut être un prénom aussi bien que *Concepcion* en espagnol, ou *Trinidad*, ou *Purificacion*.

Pourquoi donc pas *Gubernacion* ?

— Votre interpellation est un acte révolutionnaire, répond M. Dufaure.

Est-ce que ça le regarde, celui-là?

Ouvrir son sac de nuit et lancer un dédain à M. Dufaure a été pour le duc l'affaire d'un instant.

Il ne pouvait oublier qu'il est président démissionnaire du conseil démissionnaire des ministres démissionnaires du cabinet démissionnaire auquel nous devons la diminution de l'exportation et de l'importation signalée au *Journal officiel*.

Kérouan de Kerdrel ne dit mot. Un instant embarrassé, il semble chercher son *biniou* pour jouer un petit air.

Et l'on s'étonne si les affaires ne vont pas!

Il y a des moments où l'on a envie de gifler Mazarin. Cet animal avait bien besoin, quand il est arrivé d'Italie, d'amener avec lui le premier monsieur de Broglio.

Sans la toquade de Mazarin, l'ascendant du Broglio dont nous jouissons aujourd'hui n'aurait pas épousé madame de Staël, et le duc actuel, petit gentilhomme niçard, ferait des affaires de casino avec Berghinelli et Scopetto aîné.

Il faut pourtant que cela finisse! Quand? Comment? Je n'en sais rien. Mais la pièce est sifflée; elle ne fait pas d'argent. Changeons l'affiche.

XII

MAISONS DE MEURTRE

Si vous connaissez quelqu'un qui soit dans l'intention de devenir fou, il faut lui conseiller d'y regarder à deux fois.

La folie avait été considérée jusqu'à présent comme une manière de prendre sa retraite.

Bicêtre ou une maison de santé remplaçait Ermenonville.

Après un amour contrarié, une émotion violente, une perte douloureuse jusqu'au désespoir, l'homme qui voulait se retirer du monde s'amusait à éclater de rire ; sa famille le faisait aussitôt examiner par un médecin, à qui un parent poussait le coude.

Le médecin faisait un petit signe de tête qui voulait dire : — Je comprends...

Et il s'écriait :

— Cet homme est fou !

On le faisait admettre dans un hospice ; les parents étaient débarrassés de lui, et le néo-fou n'avait qu'à se laisser aller aux douceurs de la vie contemplative.

Il était logé, nourri, blanchi jusqu'à la fin de ses jours, à la seule condition de dire de temps en temps qu'il était Apollon, Napoléon III ou Mahomet.

Ceux qui ne savaient pas l'histoire faisaient semblant de scier du bois.

Mais la science fait chaque jour de nouveaux progrès et les médecins aliénistes craignirent de passer pour des ignorants si leur spécialité restait stationnaire.

Ils s'en prirent aux gardiens, qui, eux, s'en prirent aux fous ; et ce fut l'origine de la folie furieuse, qui a aujourd'hui un si grand et si légitime succès.

Je n'ignore pas que je cours de gros risques en traitant un pareil sujet.

Demain, ce soir peut-être, deux hommes vêtus de noir vont entrer chez moi.

— Croyez-vous, demandera l'un d'eux, qu'il y ait à faire, dans l'intérêt de l'humanité, quelque chose de mieux que ce que nous avons?

Je répondrai oui sans hésiter.

Les deux hommes noirs hocheront la tête, et l'interrogateur reprendra :

— Qu'avez-vous à reprocher au système actuel?

— D'être un système oppressif qui dépouille l'homme

de toute initiative, de toute liberté morale ; qui fait de
la société une prison ; du mariage une spéculation.
J'ai à lui reprocher de sacrifier les faibles aux forts,
les capacités à l'intrigue, la vérité au mensonge ;
d'avoir fait de la vertu un mot, et un mot dont on rit.
Je lui reproche d'avoir travesti l'histoire et les écritures à la plus grande convenance des égoïstes et des
jouisseurs.

Le médecin continuera en souriant :

— Pour arriver à l'application des théories géné-
reuses que vous avez conçues, combien voulez-vous
de têtes ?

— Je les veux toutes, mais sur leurs épaules.

— Pensez-vous que, conformément à sa récente déclaration, le duc de Broglie, l'homme au pantalon
blanc, le père de Victor, soit devenu républicain ?

— Je ne le pense pas.

— Vous ne le pensez pas ?

— Non.

— A Charenton !

Un médecin aliéniste, dont le nom est très connu et
qui a dirigé pendant quelque temps une maison de
santé, me disait dernièrement qu'il avait renoncé à
cette affligeante spécialité.

— Il m'a été impossible de m'y faire ; les fous sont
plus ou moins maltraités, mais il n'y a pas de maison
où on ne les batte. C'est quelquefois épouvantable.
Vous comprenez qu'il est difficile de trouver des gar-

diens. Le métier est atroce. Un grand nombre sont des repris de justice; d'autres des gens que des vices innommés poussent à rechercher cette situation de régner despotiquement sur un troupeau humain. La surveillance est bien difficile et la répression presque impossible.

Il y a deux ou trois ans, ce pauvre Armand Barthet, le poète du *Moineau de Lesbie* et du *Chemin de Corinthe*, était enfermé comme fou.

Ceux qui sont allés le voir ont remarqué chez lui les signes d'une profonde terreur chaque fois qu'un des gardiens s'approchait.

Il en avait peur; pourquoi?

Évidemment, il avait été battu.

Battu, lui! le brave, le généreux Barthet! lui qui avait le cœur si haut placé, le point d'honneur si absolu! Épée rouillée, pistolet fêlé, raison envolée...

Pauvre et fragile humanité!

Vous rappelez-vous le drame d'Evère? Dans une maison de santé, près de Bruxelles, on trouva un homme qui avait eu les deux pieds gelés; il avait fallu lui couper les jambes. Par contre, un autre avait été brûlé vif; plusieurs étaient morts de faim.

Et pendant que ces ignobles tragédies se dérobent derrière l'épaisseur des murs, la mère, la femme, l'enfant attendent au parloir quelques minutes d'entrevue.

Si le fou se plaint, on hausse les épaules. —
Il ment ! c'est un fou !

— Ces ecchymoses ? C'est lui qui s'est blessé en se
débattant.

— Ce crâne fendu ? Il est tombé.

Les parents lui ont apporté quelques douceurs : des
bonbons, du sucre, des jouets...

A peine ont-ils tourné les talons que les drôles
se partagent ce pauvre butin.

Si un fou se plaint, il est battu. S'il crie, il est enfermé. S'il secoue la porte, on lui met la camisole de
force. Et s'il gémit, il peut arriver qu'on le tue.

Dans le procès d'Evère, on trouve un drame lan-
goureux comme l'*Histoire d'une rose et d'un croque-
mort*.

Une malheureuse ouvrière avait conduit son mari
à la maison de fous.

L'homme aimait les fleurs ; on lui avait promis un
bouquet, et il se laissait mener. Il était doux comme
un mouton.

Un jour, il se sauva et revint chez sa femme en
disant : Je suis guéri.

Était-ce vrai ? On n'eut pas le temps d'approfondir
la question.

La folie peut pardonner, les gardiens jamais.

On vint le chercher. Il pleurait, sa femme voulait le
garder. On l'arracha de ses bras.

Il devient furieux.

Sa femme, toujours repoussée, finit par arriver jusqu'à lui. Un magistrat avait consenti à l'accompagner.

Le fou reconnut sa femme ; la douleur l'avait guéri. dit tout.

Privé de nourriture, garrotté, battu, jeté dans un cul de basse-fosse, il avait eu, comme je l'ai dit plus haut, les pieds gelés — et on lui avait coupé les jambes. Ce n'était plus qu'un tronc.

L'homicide *par imprudence* qui vient d'être commis à Bicêtre a réveillé tous ces souvenirs en moi.

Il résulte du rapport de M. le docteur Bergeron, qui a procédé à l'autopsie du cadavre de Louis Belhomme, qu'il est mort étouffé par compression de la poitrine.

Un des gardiens l'écrasait, comme on écrase un rat entre deux portes, et un autre *piétinait* ce malheureux déjà terrassé.

C'est là ce qu'on appelle en français, dans la dernière quinzaine de septembre 1875, le *traitement de la folie !*

Le docteur Legrand du Saulle a déposé de façon à faire à peu près acquitter les gardiens.

« C'est, dit-il, par un sentiment *essentiellement français* qu'ils ont agi de la sorte. »

Comme c'est flatteur !

— Où est la culpabilité de ces hommes? reprend le bénin docteur, qui, s'il est du Saulle, n'est pas du saule pleureur. Voyez C... qui, moyennant dix sous par jour, est exposé depuis sept ans à être étranglé dix fois par jour.

Il est certain que se faire étrangler pour un sou est une médiocre industrie.

C'est mal payé.

Mais *manquer de se faire étrangler* offre déjà un avantage sur la première proposition.

Dix sous par jour!

Pourquoi ne payez-vous que dix sous par jour?

Qui pouvez-vous avoir pour ce prix-là?

Donnez cent francs par mois à vos gardiens, et vous aurez des hommes au lieu de... ce que vous avez!

Je le crois bien que vous êtes mal servis pour vos cinquante centimes.

Et vous l'avouez!

Des gens à qui incombe ou à qui devrait incomber une si lourde responsabilité reçoivent un traitement de dix sous par jour.

Il n'y a pas lieu de s'étonner s'ils simplifient leur besogne.

C'est quelque chose encore à ne pas conserver.....

Et dire que, chaque fois qu'on met le nez quelque

part dans cette admirable civilisation, il y sent mauvais.

Nous ne ferons plus de révolutions, c'est convenu ; nous y perdons tous. Que les conservateurs n'en fassent pas, et nous serons satisfaits.

Mais, au moins travaillons, ensemble ou séparément, à l'amélioration, à la désinfection générales.

Le drame de Bicêtre n'est qu'un détail, il ne faut cependant pas le négliger ; sans quoi, au lieu de « maisons de santé » il faudrait dire « maisons de meurtre ».

XIII

LE MÉPRIS DU TRAVAIL

A propos de la grève des cochers, à la suite de laquelle les chevaux seront aussi mal nourris que devant, le journal officiel de M. Offenbach a fait la mauvaise plaisanterie d'annoncer que la Compagnie des Petites-Voitures avait l'intention de mettre des soldats sur le siège à la place des cochers.

Il est inutile de dire qu'il n'y avait rien de vrai dans cette prétendue information.

Elle a cependant amené une demande d'explications assez singulière.

La meute du 2 Décembre en a fait grand tapage. Elle ne se plaignait point qu'on fît intervenir les soldats dans les débats qui ont pu se produire entre les entrepreneurs et leurs employés, entre les patrons et les ouvriers, mais seulement à ce que les soldats pussent être utilisés à autre chose qu'à tirer des coups de fusil.

« Faites-les tuer, mais ne les déshonorez pas ! »

Donc, faire travailler des soldats équivaut à les déshonorer.

Il est bon que l'on sache de quelle considération jouit le *travail* auprès de ceux. qui essaient de faire servir à leur politique la crédulité, les vœux, les besoins et même les misères des travailleurs.

Lors de la grève des boulangers, sous l'Empire, il avait été sérieusement question de mettre à la disposition des patrons les soldats habitués à la manutention. Les journaux officieux d'alors, devenus les journaux de combat d'aujourd'hui, trouvaient la mesure légitime et naturelle.

D'ailleurs, on n'eût mis au service des boulangers que des soldats déjà « déshonorés », puisqu'ils travaillaient.

Certes, le gouvernement aurait eu le tort le plus grave d'intervenir dans le procès entre patrons et ouvriers, mais les soldats n'eussent point été déshonorés, puisqu'ils n'avaient cessé de travailler tout en faisant l'exercice.

Ils travaillaient auparavant comme ils devaient travailler après.

Ne serait-il pas préférable, quoi qu'en disent les journaux de nuit, qu'ils puissent travailler toujours et continuer à faire la prospérité de la patrie, tout en apprenant à la défendre. Ils n'en seraient que plus honorables et plus honorés par le peuple, qui n'a de sérieuse estime que pour ceux qui gagnent leur vie par le travail.

XIV

SURSUM CORDA

Un journaliste, ou plutôt un énergumène, qui semble avoir adopté pour méthode le défi et la provocation à outrance, déclarait dernièrement, *sous* bénéfice d'inventaire, que le parti républicain se compose absolument des gens que la société a jetés par-dessus bord.

Allou, Crémieux, Durier, Martel, Grévy, Marie, Sénard, jetés par-dessus bord !

Faidherbe, Billot, Carré de Bellemare, Langlois, jetés par-dessus bord !

Casimir Périer, Léon Renault, Christophle, Menier, et la plupart des grands industriels de France, par-dessus bord...

Que c'est commode et bientôt dit !

« Un homme est dans le commerce, il fait faillite ; ce n'est pas la faute de la société ; il se fait républicain.

» Un homme est dans la marine, un jour d'erreur, il manque à son devoir, est puni par ses chefs; il se fait républicain.

» Un homme a gagné une grande fortune ; cette fortune ne lui ouvre pas le grand monde, il se fait républicain. »

Cependant... M. Clément Duvernois, compromis dans une affaire financière, est sorti de prison et ne s'est pas fait républicain.

M. Lefebvre-Duruflé a eu des malheurs; il ne s'est pas fait républicain.

Le banquier Huguet, condamné pour escroquerie et abus de confiance;

Le vicomte de Baumont-Vassy, affligé de trois ans de prison et rayé de la Légion d'honneur;

Le maréchal Bazaine, fortement jeté par-dessus bord, ne se sont pas faits républicains.

Il n'y aurait qu'à consulter les livres d'écrou des prisons départementales pour avoir une liste de six colonnes d'exemples à citer au public.

Quant à « l'homme qui a fait une grande fortune et qui se fait républicain parce que cette grande fortune ne lui a pas ouvert le *grand monde*, je le cherche.

Le grand monde est et restera ouvert à toutes les grandes fortunes tant qu'il aura des filles à marier, des blasons à redorer.

Beaucoup de gens se font réactionnaires pour se procurer des relations à titres sonores.

D'autres qui, après s'être enrichis dans un commerce quelconque, ont ajouté à leur nom une parti-
cule ou un titre acheté au pape, se font légitimistes
pour donner une apparence d'*authenticité* à leurs
récents parchemins.

Tout faux gentilhomme se fait royaliste par calcul ;
tandis que de vrais gentilshommes sont devenus républicains par raison.

L'égoïsme, la cupidité, la faiblesse d'esprit, la dé-
votion mal comprise enflent tous les jours les rangs
de la réaction.

L'intérêt est le point culminant.

On a vu les royalistes se presser à la cour de Napoléon Ier et accepter de lui des titres et des dignités.

En revanche, maréchaux et généraux de l'empire
se ralliaient prestement à Louis XVIII, qui en faisait
des sénateurs et des pairs de France.

Pourquoi ceux des Corses qui se proclament conservateurs sont-ils bonapartistes ?

C'est qu'ils pensent que, par droit de naissance, ils
ont plus à gagner avec un Bonaparte qu'avec un
Bourbon.

Se peut-il qu'il y ait des partisans convaincus de ce
mélange d'arbitraire et de corruption qu'on appelle
l'*ancien régime ?*

Le genre humain ne va-t-il pas améliorant toujours
sa destinée ?

Sans doute, il est des époques fatales où sa marche
paraît tout à coup intervertie, où il s'arrête et, bientôt

entrainé, retombe loin des sommets qu'il venait d'atteindre.

Notre condition, incomplète et grossière, détermine
ces lenteurs et ces haltes déplorables.

Quand le but sera-t-il atteint? Le dieu qui alluma
l'âtre de Platon pourrait seul nous le dire. Mais ce
qu'on sait, c'est que tout ce qui aime et respecte l'humanité doit tendre, pa   un effort commun, à un but
auquel sont attachés le bien-être domestique et la
dignité morale.

Je comprendrais, jusqu'à un certain point, l'affreuse
démence qui voudrait nous ramener à la vie sauvage.
Mais prétendre nous retenir violemment dans une zone
mitoyenne, sans nous permettre de passer outre, c'est
dire au voyageur qui marche vers l'Orient de dresser
sa tente sur les revers des Alpes, au lieu de le laisser
gravir jusqu'aux sommets d'où il pourrait descendre
doucement vers les riches plaines de l'Italie. C'est oublier que rien ne peut être stationnaire dans le monde
créé, depuis le sable des rivages jusqu'aux sphères qui
roulent sur nos têtes, tout marche, tout change, parce
que le mouvement est le premier attribut de la vie et
la première loi de la nature.

Que la République ait des détracteurs, c'est tout
simple. La liberté, la vertu, tout ce qu'il y a de bon et
de grand sur la terre marchera toujours environné
d'ennemis.

Les gens qui condamnent la liberté veulent réserver
ses bienfaits pour eux seuls. L'impunité les encourage

et ils calomnient des adversaires qui sont toujours prêts à accueillir leur repentir.

Les gouvernements d'exception éluderont les difficultés sans les résoudre ; leurs décisions ne seront que des ajournements.

Il y a, au-dessus des pouvoirs temporels, un congrès des intelligences. Les nations sont unanimes dans leurs vœux ; et, dans ce congrès insaisissable, trois puissances dominent : ce sont la raison, la justice et l'humanité. La politique n'y est admise qu'autant qu'elle se concilie avec l'humanité, la raison et la justice. Ce congrès suprême casse souvent les décisions des congrès temporaires, accidentels ou périodiques des cabinets.

Il est permanent, inamovible, indestituable. Le même ministre qui le préside, est le seul chargé de l'exécution de ses arrêts : c'est le temps.

Non, la République n'est pas un lieu de refuge comme la première enceinte de Rome. Elle a pour clergé les penseurs et les savants, les orateurs pour clairons et la nation pour armée.

Ceux qui souffrent vont à elle...

Ceux qu'a frappés une douleur imméritée, ceux qu'une grande injustice a révoltés entrent dans les rangs comme engagés volontaires. Ils y vont pour combattre le monstre.

Le despotisme a plus de bras et plus de tentacules que la pieuvre ; et ceux qu'a frôlés une de ses membranes visqueuses ont tressailli d'horreur et sont passés à la République.

S'il en est qui aient des besoins d'adoration, ils peuvent aussi bien se servir des litanies :

« Sainte liberté, protégez-nous !

Sainte Vierge des vierges, priez.

Mère très pure, priez.

Mère très chaste, priez.

Mère aimable, priez.

Mère du peuple, priez.

Vierge puissante, priez.

Vierge clémente, priez.

Vierge fidèle, priez.

Miroir de justice, priez.

Tour de David, priez.

Tour d'ivoire, priez.

Arche d'alliance, priez.

Porte du ciel, priez.

Santé des infirmes, priez.

Refuge des pécheurs, priez.

Consolatrice des affligés, priez.

Reine des martyrs, priez! »

La réaction, c'est le grand refuge! le refuge de tous les ambitieux, de tous les jouisseurs, de tous les gens avides : avides d'autorité, avides d'argent, avides de récompenses.

Il y a tant d'avantages à se mettre du côté du manche!

Tous les gens qui doivent leur fortune à des spéculations louches, à des filouteries en Turquie, en Égypte et ailleurs, se proclament conservateurs et réactionnaires pour se créer des titres aux égards du parquet, aux ménagements du pouvoir.

Et quand je parle des hommes, c'est surtout les femmes qu'il faudrait dire, car elles sont les plus terribles. Toutes les lorettes sont réactionnaires. Il leur faut les eaux troubles d'une cour somptueuse pour alimenter leur luxe et satisfaire à leurs caprices.

Les femmes dissolues craignent l'austérité que ne manquerait pas d'établir un régime républicain sérieusement installé.

Les femmes du monde qui peuvent avoir des amants sans perdre le nom de leurs maris tiennent beaucoup à ce genre de civilisation.

Les cocottes, qui n'ont de voitures qu'à la condition qu'il y aura des fonctionnaires grassement appointés et des ministres qui jouent à la Bourse, tiennent beaucoup à la forme de gouvernement qui leur assure ces avantages.

Le parti monarchique n'est pas un parti politique, puisque, si vous le ramenez à son expression authentique, c'est-à-dire si vous en faites trois parts, il n'en reste plus assez pour chacun des prétendants.

Les légitimistes disent : la République plutôt que Bonaparte.

Les bonapartistes disent la République plutôt qu'un Orléans.

Ce sont de singuliers partis que ceux qu'on aurait la certitude de transformer d'un bout à l'autre, rien qu'en changeant les chances de restauration.

La démocratie doit être le refuge des pécheurs et la consolation des affligés.

Vous tous qu'une injustice a frappés, vous qu'un des puissants de hasard a humiliés, vous que l'égoïsme révolte, que le vice indigne, que le mensonge soulève, secouez la poussière de vos souliers — et prenez place dans les rangs.

La liberté n'a plus à craindre que des attaques nocturnes ; et le jour est près de luire...

« Arche d'alliance, priez pour nous. Reine des martyrs, priez ! »

XV

MORT AUX ENFANTS

Le pavage en bois est enfoncé, et il devait l'être dans un pays qui est, comme l'enfer, pavé de bonnes intentions.

Il a été question, dernièrement, pour la dixième fois, de rétablir les tours.

Plusieurs rapports ont été faits sur ce sujet, une commission a été nommée, un projet élaboré. Il se passera sans doute pas mal de temps encore avant qu'une décision soit prise. L'administration française, que les tortues nous envient, a coutume d'agir avec une lenteur imbécile.

On avait supprimé les tours en disant qu'ils favorisaient la débauche. Un idiot solennel alla jusqu'à déclarer que le tour était une prime à l'immoralité.

Il y a bien des choses, dont la moralité est au moins aussi douteuse, qui s'étalent dans notre civilisation, qui s'y perpétuent à l'état d'institutions et par lesquelles il eût été bon de commencer.

Le tour facilite peut-être l'abandon des nouveau-nés, mais il ne le provoque pas. Dans tous les cas, avec le tour on les abandonne vivants. Sans le tour, on les abandonne étranglés.

Le nombre des enfants abandonnés tend à s'accroître de jour en jour. La cause en est dans nos institutions, dans nos préjugés et surtout dans la misère. Qu'on change tout cela, et si les tours subsistent, on peut affirmer qu'ils resteront vides.

Une brave fille de campagne, jeune, forte, pleine de nature, a dansé avec un jeune gars qui a quelque bien au soleil : il lui a dit tout bas qu'il lui faudrait pour femme une ménagère comme elle, gaie, avenante, travailleuse. Un soir, en revenant de la danse, après que leurs mains s'étaient pressées, ils s'attardent à causer. Une belle nuit tiède, une herbe odorante ; l'âme de la terre a parlé à leur sens...

Puis la bonne fille s'aperçoit qu'elle va être mère. On parle aux parents du jeune homme. Ceux-ci ne veulent point d'une bru qui n'a que ses bras. Elle pleure ; on est inexorable. Il faut qu'elle parte. Elle quitte le village où le scandale serait complet. On l'insulterait sur son passage, tandis que le séducteur reste insoucieux et irresponsable. La voici à Paris, cachant sa grossesse. Elle se place où elle peut, portant de lourdes charges sans sourciller et se serrant pour dissimuler sa faute.

Le terme fatal arrive. Elle accouche ; quelquefois à l'hôpital, plus souvent dans la mansarde étroite du sixième étage, seule, sans secours, dévorant sa douleur, étouffant ses cris.

Que veut-on que cette malheureuse fasse de son enfant ? A peine a-t-elle du pain pour elle-même ; puis le sentiment qui domine en elle est le préjugé qu'elle partage, quoiqu'elle en soit victime. Ce préjugé lui commande de cacher sa honte, d'en faire disparaître jusqu'à la moindre trace. C'est pour lui obéir que tant de malheureuses vont échouer sur les bancs de la cour d'assises, payant souvent des travaux forcés, de la réclusion, ce qui est la faute d'un autre.

Elle a tué l'enfant ; elle l'a caché dans une armoire, sous un tas de linge. Qu'en eût-elle fait ? Qui eût payé les mois de nourrice ? Il faut rester en place, servir les autres. Les bourgeois ne veulent pas d'un enfant. On ne donne donc pas à la fille-mère le moyen de se débarrasser autrement que par le crime de ce boulet qu'elle ne peut traîner.

Ce n'est pas sans regret et sans douleur que beaucoup de ces malheureuses, qui auraient fait de bonnes mères comme les autres, se sont décidées à abandonner leur enfant.

Mais n'est-ce pas assez de ce déchirement sans qu'on leur impose l'humiliation de certaines formalités, de certaines déclarations auxquelles un grand nombre cherchent à se soustraire en abandonnant le petit dans un coin obscur, sous une porte cochère, dans une rue déserte où il peut mourir de froid ou d'inanition. Belle réglementation que celle qui produit ces résultats !

Il y a de mauvaises mères, sans doute. Mais à celles-là ne vaut-il pas mieux enlever les enfants dont elles feront des martyrs ? Les tribunaux ont retenti souvent du récit des tortures inimaginables subies par de pauvres petits êtres qu'avaient condamnés des marâtres. On ne s'imagine pas les raffinements qu'ins-pire la haine irritée par la misère.

Si la société ne peut songer à rendre ces mères-là meilleures, elle peu du moins épargner la torture à leurs enfants.

La morale sociale veut qu'on respecte la maternité partout où elle se trouve. Quand une femme est mère, il n'y a pas à examiner dans quelles conditions elle l'est devenue. Elle a droit, par le fait seul, à la solli-citude générale.

Fût-elle coupable, elle porte en elle un innocent.

Puisque la société ne peut empêcher qu'il naisse des enfants en dehors du mariage, puisqu'elle ne peut empêcher davantage qu'il en naisse hors de l'aisance, elle doit au moins tâcher de réparer envers eux le mal qu'elle n'a pu arrêter dans sa racine. Elle doit assurer la vie à tous ceux qui naissent, — indis-tinctement.

Qu'on rétablisse donc les tours.

On ne fera pas plus d'enfants, mais on en tuera moins.

XVI

OÙ EST LA MORALE?

On a trouvé le *chat du Bulgare*, on a trouvé la *bergère*, et le public parisien n'a pas eu besoin de méditer longuement sur la caricature de Gill pour deviner que M. Rouher était *dans la moutarde*.

Il serait utile de publier maintenant une grande image rappelant les traits principaux de l'histoire des papes, de l'inquisition, de la monarchie française; enfin un tableau de la société telle que la veulent le parti réactionnaire et la droite du Sénat, et un autre tableau de la société telle que le parti républicain cherche à la constituer.

Au-dessous serait posée cette question : OÙ EST LA MORALE !

Si l'on doutait du besoin de transformation sociale

qui tourmente — peut-être en vain — l'époque où
nous vivons, on n'aurait qu'à réfléchir sur la direction prise, depuis quelques années, par la plupart des
écrivains. En est-il un, même des plus futiles, qui,
dans l'intérêt même de sa réputation, ne se soit cru
obligé d'élargir le terrain rebattu du roman ou de la
comédie, et d'y introduire la critique de quelque
abus, un plaidoyer en faveur de telle ou telle classe
méconnue, un réquisitoire contre telle ou telle autre,
oppressive et corruptrice ; enfin un travail de moraliste
tendant à une réforme quelconque ?

Qu'ont fait en France Georges Sand et Eugène Sue,
si ce n'est de rendre plus vives et plus saisissantes
les doctrines philosophiques et socialistes ? Qu'a fait
en Angleterre, Charles Dickens, lorsqu'il a entrepris
tantôt de flétrir les spéculations dont l'enfance était
victime, tantôt de dévoiler les ignobles abus du métier
de garde-malade ; tantôt enfin d'éclairer la question
si ardue de l'emprisonnement solitaire, ou tout
autre débat à l'ordre du jour ?

Mrs Troloppe a tracé le tableau effrayant des misères auxquelles l'enfant de fabrique est exposé dans
les ateliers de Newcastle et de Birmingham. L'auteur
de *Ranthorpe* a esquissé les douleurs de la vie littéraire ; d'autres ont pris à cœur les souffrances du soldat, du matelot, du comédien ; M. Zola, dans sa belle
étude de l'*Assommoir*, n'a reculé devant aucune réalité ; et M. Edmond de Goncourt, avec moins de bon-

heur, mais avec autant d'audace, a pris pour sujet de son dernier roman une fille publique.

A ces manifestations infinies de l'inquiétude et de l'aspiration générales, le Sénat répond triomphalement en faisant de M. Carayon-Latour un inamovible.

Il fait bon d'aller à Frohsdorf, et il pourrait se faire que le prix des places fût augmenté en voiture de première classe. Chesnelong, Lucien Brun et Carayon ont gagné la timbale ; et, si les récents invalides ont un peu de flair, au lieu de quémander à nouveau, et sans affiches blanches, les suffrages de leurs concitoyens, ils prendront le train de Frohsdorf.

« *Député ne puis, sénateur suis !* »

Le bordeaux gagne une saveur et un bouquet délicieux dans un voyage aux Indes. Aucun phénomène de ce genre ne se produit chez le blackboulé retour de Frohsdorf ; il en revient aussi épais que lorsqu'il est parti.

Mais le comte de Bondy, une forêt faite homme, aime le vin retour des Indes et le candidat, retour de Frohsdorf. Il déguste son homme, fait claquer sa langue sur le fond de son palais, et, sur un simple avis, le groupe constitutionnel de Carpeaux vote comme un seul sourd-muet pour l'émigré de quelques heures.

C'est un hommage rendu au prince qui descend de nos rois par la citadelle de Blaye.

Qu'on ne puisse faire rien de bon avec de tels bâtons

dans les roues, cela se conçoit. Ces bâtons-là ne sont pas des bâtons ordinaires ; ce sont de gros bâtons sciés en trois et qui font rêver de la nuit de Noël.

Etant données les circonstances que nous traversons, la constitution Rivet, la présence, dans les prétoires et dans les bureaux, de tous les hommes des anciens régimes, nous nous contenterions de peu de chose. La République est encore à l'état de larve ; les ailes ne lui pousseront qu'en 1880 ; mais d'ici là on pourrait ramper plus utilement.

Puisqu'on demande le rétablissement des tours, puisque la politique n'a rien à voir dans l'affaire, pourquoi laisser subsister un régime qui condamne à mort des milliers d'enfants par an?

Puisqu'il est reconnu que cette simple ligne du Code : « La recherche de la paternité est interdite, » couvre des montagnes d'iniquités, pourquoi ne pas la faire disparaître ?

L'infanticide est toujours le même; on dit à la fille-mère :

— Votre devoir était de nourrir votre enfant.

— Je n'ai pas de pain.

— Il fallait le garder avec vous.

— Je n'ai pas de domicile.

Et pendant ce temps, le père, le don Juan bourgeois, le petit séducteur attend la sortie des demoiselles de magasin, fait l'enflammé et promet de nouveau le mariage à celle qui aura l'imprudence de l'écouter.

Une femme de plus au pavé, un enfant de plus au charnier, peu lui importe. La loi le protège.

M. Legouvé a placé comme préface à la brochure de son drame « *Une séparation* » la conférence qu'il a faite sur ce sujet au théâtre même du Vaudeville.

« Nos études sur la famille, dit M. Legouvé, sur la société, sur les lois, nous ont fait peu à peu pénétrer dans la sombre réalité de la séparation de corps ; nous avons vu qu'elle établissait entre les époux non pas un éloignement, mais un abîme, et du fond de cet abîme est sorti à nos yeux un tel amas de désespoirs, d'iniquités, d'immoralités, que nous avons rejeté violemment ces doucereux et mensongers dénoûments, et le théâtre a produit toute cette série de drames poignants dont les unions brisées sont le sujet...

» Une femme séparée vit comme elle veut, va où elle veut, fait ce qu'elle veut, dispose en maîtresse absolue de ses actions, de ses relations, de son honneur... Mais elle est à la fois majeure et mineure. Cet homme qui ne peut plus veiller sur les actions de sa femme peut encore les punir ; il n'est plus son gardien, il peut encore être son espion ; il ne peut plus pénétrer chez elle comme mari, il peut y pénétrer comme accusateur.

» Est-il plus heureux lui-même ? Non ! car la loi au-

torise la femme à garder le nom de son mari, l'eût-
elle déjà flétri ce nom et dût-elle le flétrir encore !.
Dans la séparation, les époux ne sont plus unis qu'à
la façon des forçats : ils sont rivés au même boulet. »

Où est la morale dans tout cela? Je cherche et je ne
trouve pas.

« Un père, condamné par le tribunal à laisser à la
mère son fils âgé de deux ans, enleva l'enfant, l'em-
mena en pays étranger et, au bout de cinq ans, il revint avec deux autres petits garçons habillés comme
son fils et dit à sa femme : « Un de ces trois enfants
est le vôtre; moi seul je sais lequel, choisissez! » La
mère n'osa pas choisir et elle les abandonna tous trois
au père. »

Dernièrement, un jeune homme entrait dans un des
établissements où l'on va patiner de cent manières
différentes. Ce jeune homme a été parfaitement élevé
par son père, homme du monde, séparé depuis plusieurs années d'une femme indigne de lui.

Le fils a grandi avec l'idée que sa mère était morte
en lui donnant le jour.

Celle-ci, au contraire, s'était jetée à corps perdu
dans la vie galante. Elle était, ce soir-là avec sa fille,
née hors mariage, dans les salons du Skating. Le
jeune homme emmène souper sa mère et sa sœur !

Heureusement pour lui, car il eût été bien à plaindre! au moment où il allait se retirer — emmenant la

demoiselle — il demanda son nom à la dame. Celle-ci
le lui dit...

Il y eut une horrible explication, et il partit seul —
en pleurant.

Où est la morale ?

Parent-Duchâtelet rapporte qu'un brave campa-
gnard, étant venu à Paris pour affaires, fut entraîné
un soir dans une des maisons qui avoisinaient le Pa-
lais-Royal.

Une heure après, causant avec une des Élisa, il
nomma le village d'où il venait.

La malheureuse qui l'avait entraîné dans le bouge
— était sa propre fille.

Et que cela doit arriver souvent, ces rencontres de
parents qui s'ignorent, de frères et de sœurs enfants
de séparés ! Il y a des variétés innombrables dans
l'adultère et dans l'inceste.

« La recherche de la paternité est interdite...

» L'établissement des tours est une prime offerte
à l'inconduite...

» Il faut repousser le divorce, parce que nul ne
peut délier ce que *Dieu a noué dans le ciel !* »

Voilà ce qu'ils vous disent, ces hypocrites, voilà ce
qu'ils osent vous répondre !

« Dieu a fait un nœud dans le ciel. » Ils l'ont vu.
Si c'est un nœud marin, un nœud coulant ou une
rosette, ils ne le disent pas précisément.

Dieu a fait un nœud... Ils ne parleraient pas autrement s'il s'agissait des lacets d'une bottine.

Quelle société ces gens-là nous ont faite ! quel fro-
mage de vices !

Messieurs les conservateurs, nous avons demandé
les bols ; il faudra bien qu'on se lave.

XVII

QUE DEVENONS-NOUS ?

Si l'on compare le temps où nous vivons aux époques les plus vantées, on sera frappé d'une si prodigieuse différence et des progrès que nous avons faits. Il est vrai que l'un des résultats de ces progrès est de mettre plus d'égalité entre les hommes, quant à l'état intellectuel; que les plus grands génies d'aujourd'hui ne s'élèvent plus au-dessus de la classe commune comme des colosses dont les proportions démesurées font paraître les autres hommes plus bas qu'ils ne le sont réellement; ces prestiges d'optique se dissipent. Mais, de ce que les hommes extraordinaires de notre temps sont moins au-dessus de leurs contemporains, ce n'est pas une raison pour les mettre au-dessous de ceux de l'antiquité. Ce qui est incontestable, c'est qu'en prenant l'ensemble des acquisitions faites par l'intelli-

gence humaine, en rassemblant les connaissances
dont chaque tête est pourvue, on est embarrassé de
déterminer le rapport entre l'ancien état de l'homme
et celui d'aujourd'hui.

Quand les connaissances étaient renfermées dans
un petit nombre de têtes ou dans quelques manus-
crits, une irruption de barbares, un incendie suffi-
saient à les détruire; une nation entière était replon-
gée dans les ténèbres, la civilisation acquise était
perdue.

De pareils dangers ne sont plus à redouter.

A la fin du dernier siècle et au commencement de
celui-ci, les combats les plus sanglants, les dévasta-
tions, tous les fléaux qui naissent du conflit des
nations n'ont point amené la barbarie; ils ont, au
contraire, hâté les progrès de la civilisation.

Que l'on compare l'Europe en 1830 à ce qu'elle était
en 1790; qu'on établisse ensuite un parallèle entre les
progrès qu'elle a faits dans cet intervalle de quarante
ans et ceux qu'elle put faire autrefois, dans les temps
les plus favorables et de même durée, on trouvera que
les vainqueurs portaient à la fois les ravages et les
lumières.

Est-ce à dire que la guerre soit la cause de ces développement intellectuels qui nous étonnent? Évidemment non. Ils doivent être attribués à une force
dont l'action constante, énergique, irrésistible, aurait
triomphé de tous les obstacles et, en perfectionnant la
raison humaine, aurait ouvert à tous les peuples la

16.

carrière que quelques-uns ont déjà parcourue.

Cette force existe ; elle brave les vaines attaques des ennemis de la liberté et du bonheur de l'homme ; elle s'appelle l'imprimerie. L'imprimerie franchit les intervalles des temps et des lieux, et distribue également à tous les hommes les connaissances les plus diverses. Sans sortir de chez soi, on est instruit de ce qui se passe sur toute la terre et de ce qui s'est passé dans les temps dont il reste quelques vestiges.

L'imprimerie réaliserait l'immortalité de l'âme humaine, si ce dogme consolateur était une illusion.

C'est l'imprimerie qui a fait tomber le sceptre des mains de la force brute.

Lorsque le peuple ne savait que ce que chaque individu peut apprendre seul, que les livres étaient rares, ainsi que ceux qui pouvaient en profiter, il n'y avait pas d'opinion publique et même pas de public. La tyrannie était en sûreté. Le poison, le fer ou la corde faisaient disparaître les témoins, si la terreur ne suffisait point pour leur imposer silence. Mais, depuis que la presse existe, le nombre des observateurs est devenu si grand que tout ce qui exige du temps, des apprêts, des coopérateurs est bientôt remarqué, découvert, reconnu. Les gouvernements ne peuvent plus être injustes ou absurdes avec impunité.

La presse n'est pas seulement l'organe de l'opinion publique ; elle la protège, la défend, lui fournit des armes. Elle n'a point créé le génie ; il y en eut de tout temps, comme de l'or dans les mines ; mais le génie demeurait sans valeur. Plus d'une fois les découvertes ont péri avec leurs auteurs ; plus d'une fois la superstition les a détournées de leur destination, ou l'imposture s'en est emparée pour assurer son pouvoir sur l'ignorance et la crédulité. La vapeur, servit, dit-on, aux prêtres égyptiens pour faire mouvoir les divinités ; dans l'Étrurie, les augures possédèrent le secret de tirer quelques étincelles des nuages orageux ; mais ces ébauches de connaissances ne pouvaient être achevées, et si même quelques circonstances permettaient d'en apprécier la valeur, les moyens manquaient pour en tirer parti.

Depuis l'invention de l'imprimerie, ces pertes ne sont plus à craindre. L'esprit humain voit avec orgueil l'immensité de la carrière ouverte devant lui. Dans quelque direction qu'il veuille aller, des secours, des coopérations lui arrivent de tous côtés. Dès qu'une découverte est annoncée, elle devient une propriété commune, dont chacun s'empresse de tirer parti.

Avec tout cela, que devenons-nous ?

Évidemment, nous sommes loin du rêve, loin des programmes électoraux, loin de la République qu'on avait promise au peuple et qu'il attend avec une impatience exemplaire. Il est donc vrai que tout gouvernement, une fois établi, doit durer quinze ans. Après la Commune, après le 16 Mai, après la démission du maréchal, nous voici revenus aux mains du gouvernement de la Défense nationale. Ce sont bien eux, y compris M. Jules Ferry, qui heureusement n'est plus chargé de la boulangerie. Braves gens sans doute, mais manquant d'originalité, ennemis des innovations, républicains à la manière de Louis-Philippe.

Et, pour comble de malheur, nous sommes menacés de voir Jules Simon président du Sénat. Il ne manquait plus que cela. Reculer pour sauter plus mal.

Chaque courrier m'apporte un paquet de correspondances émanant de lecteurs sympathiques. Chacun réclame, indique un point douloureux, demande ce que deviennent les réformes. Il faut répondre comme les restaurateurs à qui l'on demande des nouvelles d'un mets longtemps attendu : « On le dresse, monsieur, on le dresse ! »

Il n'y a pas de nuit sans que quelques chiffonniers ramassent des corps de nouveau-nés ; on en trouve au pied des murs, on en trouve dans les squares, dans les canaux, dans les fosses d'aisance ; hier, c'était une petite fille enfermée dans une marmite et jetée à la Seine.

N'avait-on pas parlé du rétablissement des tours ? La question a-t-elle avancé ?

On n'en parle même plus.

Et les logements ouvriers ?

La Chambre a déclaré samedi que le sujet n'était pas digne d'elle.

Et la suppression de l'octroi ?

Le sujet sera mis à l'étude un de ces jours.

Et le reste ? L'organisation du travail ? le divorce ?

tant d'autres bonnes choses de grande ou de petite importance ?

On verra cela un de ces jours.

Les sophismes et les banalités ne manquent pas aux fougueux tribuns d'il y a dix ans, aujourd'hui reposés et somnolents !

« *Qu'est-ce que c'est que quelques années dans la vie d'un peuple ?* »

— C'est plus qu'il n'en faut pour enterrer une génération ou faire une révolution.

« *Jetez les yeux sur les autres pays. Vous verrez que notre situation est préférable à la leur.* »

— Il est curieux que, lorsqu'on signale des maux produits par une cause déterminée, les apologistes détournent l'attention sur des questions toutes différentes. Un fermier serait-il bien reçu s'il venait payer son terme avec de belles phrases sur la prospérité du domaine qui lui a été confié ? Il n'y a pas de nation, quelque pauvre et malheureuse qu'on la suppose, qui puisse servir de thème à un sophisme. Eh quoi ! on endurerait un mal parce que d'autres se résignent à la souffrance ?

« *On ne se plaint pas.* »

— C'est là une objection qu'on oppose fréquemment, quand il s'agit de réprimer les abus les plus graves. La mesure, dit-on, n'est pas nécessaire. Personne ne se plaint du désordre auquel vous voulez remédier; et cependant, sous tous les gouvernements, surtout sous ceux où la liberté de la presse est garantie, on réclame toujours, à tort ou à raison.

« *On ne se plaint pas* » équivaut à un *veto* sur toute mesure préventive. C'est comme si l'on attendait, pour garnir les ponts de parapets, qu'un nombre suffisant de personnes soient tombées à l'eau.

Il faut attendre. Le moment n'est pas venu. »

Argument de ceux qui, hostiles à une mesure, ne veulent pas l'avouer. L'ajournement prépare au rejet définitif. C'est la tactique de ces défenseurs de mauvaise foi qui, d'incident en incident, de pourvoi en pourvoi, espèrent ruiner leurs adversaires et les désarmer de guerre lasse.

L'époque la plus favorable pour la répression d'un abus, c'est le jour où on le découvre.

N'oublions pas que toutes les réformes ont été arrachées au pouvoir après la plus vive résistance et presque toujours dans le tumulte des révolutions, c'est-à-dire dans le temps le plus mal choisi pour les amis éclairés du bien public.

« *Généralités vagues. Ordre social.* »

— Ordre social ! c'est le cri d'alarme contre tout ceux qui proposent d'alléger les sacrifices que la nation s'impose au profit du *petit nombre.*

Songez-vous à diminuer les délais judiciaires, les procédures vexatoires, les frais de chicane ; à réduire le nombre des sinécures ; à persuader à la nation qu'il faut éloigner des affaires les agents dont la fidélité est physiquement ou moralement impossible, aussitôt on fait intervenir l'*ordre social*.

C'est dans le même esprit qu'on manifeste un grand intérêt pour la liberté de la presse et beaucoup d'horreur pour sa licence.

La licence, c'est la censure des abus ; la liberté, c'est le droit de ne publier que ce qui est à la convenance du pouvoir.

La déception consiste, dans ce cas, à se couvrir d'une approbation dérisoire de la liberté. De même que tous les abus se tiennent, il existe chez toutes les personnes qui en profitent un intérêt commun qui établit entre elles une alliance nécessaire.

On aura donc soin de distinguer deux sortes de réformes : l'une modérée, à laquelle on applaudira ; l'autre radicale, qu'on déclarera intempestive, outrageante.

Il est entendu que la première s'exercerait *à vide.*

« *Le plan est bon en théorie.* »

— Eh bien ! alors ?

« *Mais il ne vaut rien dans la pratique.* »

Ce système de déception est l'*ultima ratio* des gens dont un projet compromet les intérêts.

Les théories sont suffisamment connues, je pense. Elles ont été logiquement démontrées ; leur utilité n'est pas contestable. Il est temps, bien temps de passer à la pratique.

Quand la France a fait les trois sommations, il est prudent de lui obéir.

XVIII

LE SOCIALISME

Il faut remercier Dieu de nous avoir donné le soleil sans prendre l'avis de personne ; car, s'il eût consulté une assemblée de notables, il y aurait eu cent voix contre quinze pour ne pas avoir de soleil.

La République telle qu'elle se comporte est un état singulier qui n'est pas la monarchie, puisqu'il n'y a plus de monarque, mais qui n'est certainement pas la République, puisque rien n'est changé en l'état.

Les hommes qui ont versé leur sang sur les barricades, depuis 1830 jusqu'en 1871, n'avaient peut-être pas pour objectif la diffusion du pouvoir aux mains de huit cents voyageurs au rabais, non plus que l'enrichissement des rédacteurs de quelques journaux, l'élévation de M. Target ou le bien-être du compère Turquet.

Tous les Augustes de France ayant bu, ils déclarent que le peuple est ivre.

Et les survivants — ou les fils — des fusillés de Juin, de Décembre et de Mai, contemplent avec une stupeur indignée, la satisfaction bourgeoise de ceux qui les envoyaient au combat et qui, pendant la bataille, s'adjugeaient par avance les fruits de la victoire.

L'homme qui se bat ne se bat pas seulement pour lui, il répand son sang et risque sa vie pour une idée de classe, pour une amélioration du sort commun, amélioration dont il ne profitera peut-être pas. Il le sait. En sortant de chez lui, le fusil sur l'épaule, il en a pris son parti, il va détrôner les accapareurs, chasser l'oppresseur, faire place nette. Arrive qui plante.

Arlequin, donnant un tambour à ses enfants, avait soin d'ajouter : « Surtout, ne faites pas de bruit. »

C'est ainsi que le gouvernement, les sénateurs, les députés, les membres des différents conseils d'administration, les ambassadeurs, les receveurs généraux, les préfets, tous gens satisfaits, — et pour cause, — répondent nonchalamment aux citoyens qu'ils ont refaits : « Vous vouliez la République, vous l'avez. Restez tranquilles. Gardez le tambour, mais pas de bruit. »

On ne saurait se moquer plus complètement du monde. Qu'est-ce que cela peut nous faire que M. Ferry ait remplacé Bourbeau et que M. Turquet ait succédé à Nieuwerkerque ? Qu'avons-nous gagné à

ce que l'élégant Andrieux ait pris, à Madrid, la place
de Mercier de Lostende ?

Ce n'est pas précisément dans ce but, si élevé qu'il
puisse paraître, que des milliers de citoyens, armés
de vieux fusils, de pistolets rouillés et de sabres ébré-
chés, ont soulevé les pavés en chantant la *Marseillaise*.

Un soir, dans une ville de quatre mille âmes, qui
avait un petit théâtre, mais un matériel absolument
insuffisant, j'ai vu jouer par une troupe de passage
la *Grâce de Dieu* dans les décors de la *Tour de Nesle*.
Je songe toujours à cette belle soirée quand je vois
jouer les institutions monarchiques dans le décor de
la République.

« Nous sommes d'hier, s'écrie à la fin du deuxième
siècle le chrétien Tertullien, et cependant nous rem-
plissons déjà vos camps, vos villes, vos municipalités,
le Sénat et le Forum. »

En exceptant le Sénat de la nomenclature, les
socialistes peuvent aujourd'hui prendre pour eux le
cri de Tertullien. Nous assistons à l'avènement d'une
autre religion des esclaves.

Chaque fois qu'ils ont un malheur, une catastrophe,
un suicide, une misère à enregistrer, ils les classent
sous ce titre général : *la question sociale*.

Elle se dresse de tous côtés, comme les vagues
soulevées par la tempête, qui s'avancent menaçantes
et s'écroulent sur elles-mêmes dans un tourbillon d'é-

cume, mais non sans avoir roulé les galets, descellé
une pierre, battu le rivage en brèche.

Ouvrez vos journaux et lisez :

LES DRAMES DE LA MISÈRE. — Un rassemblement s'était formé
hier, vers onze heures du matin, boulevard de Magenta,
autour d'une jeune femme tenant dans ses bras un enfant de
dix-huit mois environ, qui venait de se trouver mal.

Cette malheureuse a déclaré aux personnes qui l'entou-
raient qu'elle et son enfant mouraient de faim.

On fit une collecte, qui produisit une *dizaine de francs*.

Et demain?

LA QUESTION SOCIALE. — Vingt-huit familles ont été, pour
cause d'expropriation, expulsées de quatre masures de la rue
Vandamme.

Ces pauvres gens ont passé la nuit à la belle étoile. Une
brave loueuse de voitures, madame Corbeau, leur a ouvert
ses écuries, où ils sont tant bien que mal installés. Ils vivent
depuis quatre jours des secours qu'on leur procure.

Et après?

NIORT. — Une pauvre femme, habitant Sainte-Néomage,
accablée par la misère, s'est levée pendant la nuit, a pris dans
leur berceau ses deux petites filles, âgées de deux et trois ans,
et, sortant de chez elle, est allée se jeter avec ses deux enfants
dans un puits voisin.

Le matin, on a retrouvé au fond de l'eau les trois cadavres
étroitement enlacés.

Il y a bien à Sainte-Néomage, comme dans tous les
villages de France, quelques propriétaires aisés et
quelques gros fermiers. Les voilà débarrassés du
spectacle douloureux de cette misérable femme et de

ses deux petites filles mourant lentement de faim.

Tous mes compliments à ces messieurs.

HONFLEUR. — La population de Honfleur, rassemblée sur le port, vient d'assister à un spectacle navrant. Le bateau de sauvetage n° 4, du Havre, parti au secours d'une goélette en détresse, était parvenu, après les plus grands dangers, à ramener au Havre l'équipage de la goélette.

On signale de nouveau un sloop en danger.

Immédiatement, le même bateau n° 4, avec un dévoûment héroïque, reprend la mer...

Il parvient à recueillir l'équipage du sloop, qu'on apercevait cramponné sous la mâture, mais un coup de mer plus violent engloutit à la fois le sloop et le bateau de sauvetage.

Celui-ci revient seul à la surface; il était vide. La mer avait englouti dix-neuf victimes et fait du coup trente et un orphelins.

Ces enfants peuvent évidemment compter sur le *Crédit lyonnais* et sur la Compagnie du gaz, qui sauront subvenir à tous leurs besoins.

Connaissez-vous rien de plus sinistre que l'histoire de ce malheureux ouvrier que la cour d'assises vient d'acquitter ? Sa femme meurt folle : il reste avec trois enfants. A la suite d'une dispute avec un de ses camarades, il est renvoyé de la fabrique dans laquelle il travaillait. Il cherche de l'ouvrage, frappant à toutes les portes, et il ne trouve rien. Quelle angoisse à chaque refus ! trois petits êtres attendent du pain, et le pauvre homme va, offrant ses bras, sombre, le cœur serré. Puisqu'il n'y a pas moyen de vivre, il faut mourir. Il couche ses enfants, allume un réchaud et attend la mort, la grande bienfaitrice.

Des voisins enfoncent la porte, et sauvent le misérable et l'aîné des enfants. Plus heureux, les petits sont morts. On n'aura pas à leur refuser du travail. Éperdu, l'homme se jette à l'eau ; on l'en retire et on l'envoie en cour d'assises.

Que demain cet homme retrouve du pain ; il regrettera la mort chaque fois qu'il pourra se dire : il y en aurait eu pour quatre !

Au milieu de ces douloureuses pensées dont je suis chaque jour assailli, j'ai cherché une consolation dans le bel ouvrage de Benoît Malon, l'*Histoire du socialisme*, depuis les temps les plus reculés jusqu'à nos jours. Ancien membre de l'*Internationale*, ancien député de la Seine, ancien membre de la Commune de Paris, M. Benoît Malon est un des pionniers infatigables et jamais découragés de l'idée nouvelle.

Il s'est surtout appliqué à mettre à la portée de tous, les doctrines, parfois trop savantes dans la forme, des socialistes allemands. Mais un travail qui lui est tout personnel, c'est la partie historique de son ouvrage. M. Malon apporte dans ses résumés la certitude et la brièveté de Michelet. Il y a dans son remarquable travail des esquisses historiques d'une grande puissance, dans lesquelles il explique les diverses phases qu'a traversées l'humanité, en peu de mots et sans qu'il y manque rien.

« Le socialisme, dit M. Malon, considéré comme la recherche d'un état social meilleur ou comme revendication justicière contre les classes dominantes successives, est aussi vieux que le monde, c'est-à-dire que les premières iniquités ressenties, que les premières luttes de classes.

« Cependant, ce n'est guère que depuis un demi-siècle qu'il s'est constitué sous un nom distinct, et comme philosophie et comme parti, et qu'il est devenu l'expression théorique et pratique d'un besoin social nouveau.

» Mais avec quelle rapidité il s'est fait sa place !...

»... C'est que le socialisme, outre les forces matérielles croissantes dont il dispose, a pour lui la force des choses ; il est l'égalité et la solidarité désormais comprises et désirées par l'élite de l'humanité ; il est le *seul ordre social désormais possible*, étant données les idées économiques de la société moderne.

» Le socialisme moderne, entré dans la voie scientifique, peut seul mettre fin aux iniquités, aux guerres, aux antagonismes, en un mot aux luttes de races et de classes qui ont désolé et ont fini par détruire toutes les sociétés constituées jusqu'à ce jour. »

Il y a dans l'avènement du socialisme un rapport frappant avec la première aube du christianisme. Déjà l'histoire a pu assister, chose rare, aux funérailles complètes d'une religion. Elle a pu observer de près les phases de la maladie, juger les conducteurs de la

cérémonie funèbre : prêtres, ministres ou médecins
d'une religion déchue ; tous essayant de faire revivre
le cadavre. Elle a pu observer de près les passions qui
combattaient autour de ce tombeau, quelles furent
les passions mises en jeu par une religion croulante,
quelles alternatives de succès et de défaites ont marqué ces crises intellectuelles.

Le soleil couchant du polythéisme empourpre
encore l'horizon, lumière ardente, météorique, pleine
de menaces. La première aube modeste du christianisme apparaît au loin ; elle se pare de teintes plus
vagues qui s'éclaircissent et rayonnent peu à peu.
Par une expansion progressive, l'influence du christianisme, après un travail long et secret, accompli
dans les entrailles mêmes de la société, s'élève jusqu'au
rang de puissance antagoniste, appelle au combat
toutes les opinions anciennes, et leur dispute hautement l'empire de l'intelligence et l'empire des faits.

Le monde devient attentif. Les idoles tombent, et
l'on comprend enfin la monstrueuse dépravation
l'extravagance inouïe, l'absurdité effrénée du système
appelé polythéisme. Ce système croule.

« Nous voulons, dit l'auteur de l'*Histoire du socia-*
lisme, que le domaine de la morale soit étendu à la
politique, qu'il y ait une morale *sociale* comme une
morale *individuelle*, tendant toutes deux au même
but : le perfectionnement des individus et le bien
commun. »

Le paganisme était en pleine agonie, et la masse avait peine à renoncer aux dieux antiques, méprisés des savants, mais non abrogés.

Nous nous agitons aujourd'hui au milieu des mêmes regrets et des mêmes superstitions. Jésus et Marie, et leur cortège de saints sont pleurés comme le furent Apollon, la déesse Io et la foule des demi-dieux.

Mais l'impulsion est donnée ; l'arbitraire théologique a cessé de faire loi ; les motifs humains repoussent les sanctions extraterrestres. Le miracle a perdu toute autorité.

On a fait jusqu'à présent des religions pour les dieux ; le temps est venu de faire une religion pour les hommes. Les premiers sont des êtres fort vagues, dont les qualités ne nous ont été révélées que par des tiers. Nous connaissons les autres et nous les trouvons dignes d'intérêt.

XIX

LA PRISON CELLULAIRE

Nous sommes cinq dans le compartiment. Au premier coup d'œil, je devine deux personnages muets, un Américain et un négociant quelconque voyageant pour le placement de produits ignorés.

— Tous ces messieurs sont bien pour Bordeaux? demande le contrôleur.

— Oui, oui, *yes*, répondent trois voix.

Les personnages muets se sont contentés d'un signe de tête affirmatif.

La portière se referme. Un coup de sifflet — et le train se met en marche. L'Américain ouvre le petit carreau et crache une fois par seconde; l'expectoration, aux États-Unis, est un jet d'eau continuel qui rivalise avec ceux de Saint-Cloud. Portalis racontait un jour devant moi que, allant de New-York à Philadelphie, il s'était placé près d'une des portières du wagon ; il voulait admirer le coucher du soleil, quand il fut surpris de voir sortir comme un nuage de petites plumes des fenêtres du wagon précédent. Il s'imagina d'abord que les voyageurs s'amusaient à jeter au vent le contenu de quelque vieil oreiller, mais il vit bientôt que ces petits flocons blanchâtres provenaient de la salive américaine. Un Russe aurait cru aux premiers symptômes d'une tempête de neige.

L'Américain demande si la fumée du cigare n'incommode personne — et bourre une pipe. Les muets roulent des cigarettes.

Le négociant examine les physionomies comme un homme qui cherche avec qui causer.

— Eh bien ! s'écrie-t-il tout à coup en me regardant en face, croyez-vous qu'ils vont nommer Blanqui ?

— Je le crois.

— Blanqui ! fait l'Américain, j'ai lu son histoire dans les journaux.

— Et qu'en pensez-vous ? demande le commerçant.

— Aux États-Unis, on ne laisserait pas en prison un homme comme celui-là.

— Vous êtes dans le commerce ?

Le Yankee se rengorge.

— Je suis, dit-il gravement, le petit-fils d'un homme qui a inventé le moyen de distiller à froid l'huile de ricin.

— Moi, riposte le négociant, je fabrique de la fine champagne avec de l'alcool de pommes de terre. . en y ajoutant un peu de thé et de sucre candi, on obtient un produit délicieux...

A la table d'hôte du buffet des Aubrais, le Yankee s'assoit en laissant un couvert libre à sa droite et à sa gauche.

— Trois déjeuners! dit-il au garçon.

— Mais... monsieur est seul?

— Qu'est-ce que cela vous fait? Voici neuf francs et cinquante centimes pour le garçon, servez pour trois personnes.

L'Américain mangea sans peine les trois déjeuners, but deux bouteilles de vin; et, quand nous remontâmes en wagon, l'estomac insuffisamment rempli, je me promis, à mon prochain voyage, de suivre son exemple et de me faire servir trois couverts, après avoir eu le soin de me munir d'une loupe pour voir les beefsteaks.

Le Yankee était, du reste, un lettré et un observateur. Le nom de Blanqui nous amena à causer de la prison et des différents régimes pénitentiaires.

— La réclusion cellulaire, me dit l'Américain, a été inventée à Philadelphie; la prison, située en dehors de la ville, y est dirigée d'après un système particulier à l'État de Pensylvanie. Je n'attaque pas les intentions de ce système; je suis convaincu qu'il n'a été inventé que dans un but d'humanité et de réforme morale; mais ceux qui ont fait cette belle découverte dans le régime des prisons, et les braves gens qui en exécutent le règlement, sont dans l'erreur la plus complète. Je crois peu de personnes capables d'apprécier tout ce qu'il y a de tortures et d'angoisses dans cet épouvantable châtiment prolongé pendant plusieurs années. Plus j'y ai réfléchi, plus j'ai cherché à m'en rendre compte, plus j'ai interrogé ceux qui l'ont enduré et qui, seuls, peuvent en mesurer l'horreur, plus je reste convaincu que c'est un supplice que l'homme n'a pas le droit d'infliger à l'homme. Ce n'est plus le corps ici que vous bourrelez, c'est le cerveau même, cet organe mystérieux de la pensée. Parce que ses cicatrices et ses plaies ne sont pas visibles à l'œil, palpables au toucher, parce que vous n'arrachez pas à votre semblable de ces cris déchirants qui vous font frissonner, ne croyez pas que vous soyez des bourreaux moins barbares que ceux qui mettaient le coupable sur la roue et le chevalet. Cette peine secrète ne peut appeler à son secours comme celle qui s'étale au soleil.

Quand vous vous placez au point central du pénitentiaire, et que votre œil plonge tour à tour dans les sombres passages sur lesquels ouvrent les cellules, il y a quelque chose d'imposant dans le repos et le calme qui vous entourent. Une fois écroué, le prisonnier n'entend plus parler de femme ou d'enfant, de la vie ou de la mort d'aucune créature. Il aperçoit les employés de la prison, mais à cette exception près, il ne voit plus une figure humaine, il n'entend plus une voix humaine ; c'est un homme enterré vivant, qu'on pourra bien exhumer après le laps des années, mais qui, en attendant, reste mort à tout, excepté à l'horreur de son désespoir.

Son nom, son crime, le terme de son supplice sont inconnus même à l'employé qui lui distribue sa ration journalière.

Il y a chez le geôlier principal un livre ; dans ces pages seules se trouvent le nom du reclus et le sommaire de son histoire.

Je m'informai de ce que faisaient ordinairement les détenus immédiatement après leur libération.

— Ils ont, me fut-il répondu, une sorte de frisson et comme une révolution complète du système nerveux. Ils ne peuvent signer leur nom sur le registre ; quelquefois ils ne peuvent même tenir la plume ; on dirait qu'ils ne savent plus ce qu'ils font ni où ils sont, et quelquefois ils s'asseyent et puis se relèvent vingt fois dans une minute. Dès qu'ils ont franchi la porte ils s'arrêtent, regardent tantôt d'un côté, tantôt de l'autre, ne sachant quelle direction prendre, puis ils finissent par s'éloigner et disparaître.

Sur le visage hagard de tous les prisonniers, j'ai remarqué une même expression. J'y trouvais quelque chose de cette attention forcée qu'on voit sur les visages des sourds et des aveugles, mêlée à une sorte d'angoisse, comme s'ils avaient été secrètement terrifiés.

Ma conviction intime est que, indépendamment de la torture morale, torture qui est si épouvantable que l'imagination ne saurait atteindre à la réalité, l'emprisonnement solitaire jette l'âme dans un état morbide qui la rend incapable désormais de subir le rude contact et l'activité du monde.

L'emprisonnement solitaire alanguit les organes et mine peu à peu toutes les forces du corps. Des criminels, détenus depuis longtemps, deviennent sourds. La solitude est si peu naturelle, qu'un chien, l'animal le plus intelligent, finirait par se désespérer et épuiser ses forces.

A l'une des assemblées périodiques des inspecteurs de la prison, un ouvrier de Philadelphie se présenta, implorant comme une faveur d'être logé dans une cellule. Quand on lui demanda le motif d'une si étrange pétition, il répondit qu'il avait un irrésistible penchant à l'ivrognerie et s'y livrait constamment au risque de se perdre; ne se sentant pas le courage nécessaire pour combattre ce vice, il voulait se mettre à l'abri de la tentation. On lui fit observer que le pénitentiaire n'était destiné qu'aux criminels jugés et condamnés par la loi; on lui conseilla de lutter contre lui-même, on lui donna enfin toutes sortes de bonnes raisons et de bons conseils, sur quoi il se retira très peu satisfait de l'accueil fait à sa pétition extravagante.

Il revint, fut renvoyé encore et revint une troisième fois, puis une quatrième. Bref, il se montra si sincère et si importun que le comité finit par se consulter.

— Certainement, dit un des inspecteurs, voilà un drôle que l'ivrognerie amènera ici malgré nous, si nous ne l'admettons pas de bonne grâce : ne vaut-il pas mieux l'enfermer avant qu'il ait fait quelque mauvais coup ? Il sera bientôt dégoûté de notre régime et nous serons débarrassés de lui.

On lui fit donc signer un acte par lequel il s'interdisait de poursuivre les inspecteurs devant la justice pour détention arbitraire ; il déclara dans cette pièce qu'il entrait dans la prison par goût et par choix. On lui dit bien que l'employé aurait ordre de le relâcher à toute heure du jour ou de la nuit quand il frapperait à sa porte pour faire connaître qu'il en avait assez ; mais on ajouta que, si une fois il sortait, il ne serait plus admis.

Tout étant convenu, notre ouvrier fut conduit en prison et installé dans une cellule.

Dans cette cellule, cet homme trop faible pour voir un verre de liqueur sur sa table sans le vider, demeura volontairement deux ans, travaillant de son métier de cordonnier. A l'expiration de ce terme, sa santé déclina, et le médecin recommanda qu'on le fît bêcher quelquefois au grand air dans le jardin. Cette nouvelle occupation lui rendit toute sa gaîté.

Un jour qu'il labourait une plate-bande, il s'aperçut

en levant la tête que le guichet de la porte extérieure était ouvert: il vit au delà le sillon bien connu de la route poudreuse. Il n'avait qu'un mot à dire pour s'en aller tranquillement. Pas du tout. Il jeta tout à coup sa bêche, se sauva de toute la vitesse de ses jambes et on ne le revit plus.

MŒURS DU JOUR

ET

FANTAISIES

I

LA MÉNAGERIE HUMAINE.

Une classe cruellement atteinte par la rigueur de la température est celle des jeunes personnes qui ont fait de la rue un salon. Sans demander qu'on ouvre une souscription en leur faveur, je puis constater que le culte de Vénus est en baisse. L'homme manque de combustible, et les filles de joie n'ont plus que leurs yeux pour pleurer. Quoi de plus triste que ce coin de rue transformé en glacier, de plus navrant que la voix éraillée de la malheureuse qui, toute transie, vous affirme, en tapant des pieds, qu'elle est très aimable?

Les passants sont rares et pressés ; la cantilène se perd dans le vide.

Je m'étais arrêté, il y a quelques jours, devant un magasin de la rue de la Paix, lorsqu'un coupé s'arrêta brusquement. Celle qui en descendit était une créature charmante, dans cette époque intermédiaire, si privilégiée et si courte, de l'existence féminine, où les charmes de la femme et de la jeune fille sont en quelque sorte confondus, et où, comme dit le poète, la femme porte encore les couleurs du printemps.

En entrant dans le magasin, elle tira un de ses gants ; mon œil s'arrêta un instant sur ce bras d'une blancheur si lisse et si pure, qu'entourait un bracelet de pierres fines. Je vis la courbe gracieuse de son cou, la fraîcheur de ses joues, et ces boucles de cheveux fines, soyeuses, avec des reflets d'or et de platine. Je remarquai surtout cette expression indéfinissable d'une dignité native qui annonçait une longue suite d'aïeux soignés et de mères choisies.

Tandis que j'admirais ce spécimen de la beauté féminine, une violente secousse vint troubler ma méditation.

— Hé ! dis donc, criait une voix de rogomme, tâche donc de ranger tes arpions !

Celle qui parlait ainsi poussait une petite charrette sur laquelle étaient entassés des monceaux de harengs, et c'est à moi que s'adressaient ces paroles.

Celle-là était aussi une *femme* !

Ses bras rouges et gonflés, sa figure couperosée, ses
traits durs et haineux, la peau calleuse de son cou,
ses jambes épaisses, mal équarries, qui auraient pu
soutenir un rhinocéros; son triple menton, cette phy
sionomie où se peignaient ensemble l'audace, le vice,
la grossièreté et la misère, produisirent sur moi une
des plus fortes impressions que j'aie ressenties de ma
vie. Le cours de mes idées était dérangé. La femme
venait de tomber tout à coup de ce haut degré de
gloire où l'avait élevée mon imagination. Celle dont
je venais de déifier la beauté ne me parut plus devoir
qu'au hasard les avantages qu'elle possédait. Les na-
turalistes nous diront que la femme aux harengs était
seulement une variété de l'espèce humaine.

La différence entre ces femmes n'existe pas seulement dans le langage, l'aspect, les vêtements, la nourriture, car aucun de ces deux êtres ne pourrait comprendre les goûts, les répugnances, les désirs de
l'autre. Peut-être serait-il impossible de trouver une
circonstance qui fît également verser les pleurs de ces
deux femmes et un aliment qui plût à la fois à leur
palais. Chacune d'elles, cependant, craint la peine,
mange quand elle a faim, boit quand elle a soif. Mais,
sous ce rapport, elles ne se ressemblent pas davantage qu'un bœuf, un mouton et bien d'autres animaux
qui ont des noms spécifiques ou distincts, à cause de
toutes les dissemblances qui existent entre eux.

Assurément, dans cet âge de classifications précises, quand les genres, en botanique ou en entomologie, sont divisés et subdivisés à l'infini, à cause d'un cran dans la feuille d'un calice ou d'un joint additionnel dans un antenne, on ne tardera pas à faire quelques essais pour se rendre un compte plus méthodique de l'espèce humaine.

En revenant d'une réunion, on pourra donner l'idée la plus vive et la plus exacte de ceux qui s'y trouvaient, en indiquant les genres présents et les espèces prédominantes, comme on dit, en sortant d'une ménagerie : il y avait deux lions, un ours, une hyène, des tigres et des singes.

Il n'y a pas, dans la création, deux choses qui se ressemblent moins qu'un homme et un autre homme. Des besoins et des infirmités semblables, des espérances et des expectatives analogues, une origine et une fin communes devraient communiquer quelque chose d'uniforme aux désirs et aux sentiments de l'âme : il devrait y avoir aussi dans nos personnes une forte ressemblance, puisque nous avons tous un nez, deux yeux et une bouche avec deux mâchoires ; que nous marchons également sur nos deux pattes de derrière et que la nature ne nous a pas donné de queue pour nous battre les flancs.

Cependant, des circonstances particulières et imprévues modifient si complètement nos corps et nos esprits qu'un taureau et une abeille, une autruche et une crevette ne diffèrent pas moins qu'un grand nombre d'hommes ne diffèrent entre eux.

Nous avons le grand tort de généraliser sans cesse et à tout propos. Ainsi nous donnons indistinctement le nom de *nez* à toute saillie percée de deux trous qui se trouve au milieu du visage, sans considérer qu'un petit morceau de chair presque imperceptible et un grand arc fortement prononcé ne se ressemblent aucunement. Que si on soutient la convenance de la désignation à cause de l'uniformité de l'usage, nous répondrons qu'un organe qui aspire avec volupté la poudre de tabac ne peut être comparé à un autre que l'approche seule d'une tabatière va plonger dans des éternuements spasmodiques. Il en est de même de tous nos autres organes.

Si les zoologistes ne s'étaient pas laissé surprendre par des préjugés, ils auraient divisé la race humaine en autant de genres qu'on en a attribué aux oiseaux et aux poissons.

Il y a donc une nouvelle science à inventer. L'adepte pourrait espérer, par des investigations patientes et des expériences réitérées, non seulement de constater les dispositions et le caractère actuel de ses sembla-bles, mais même d'en découvrir l'embryon, comme le botaniste prévoit le fruit empoisonné qu'une fleur éclatante doit produire, et l'entomologiste la gloire du papillon encore enfermé dans la chrysalide.

Une recherche judicieuse amènerait la découverte

de quelque espèce curieuse, étouffée sous les conven-
tions ou d'un type particulier précieux, comme le botaniste aperçoit une plante rare dans le feuillage vulgaire d'une haie ou dans l'herbe d'une prairie.

Les variétés sont peut-être plus nombreuses chez la
femme que chez l'homme. Un de ces jours, si l'actualité nous fait défaut, nous essaierons de classifier ces
êtres étranges, tour à tour sublimes et monstrueux,
qui peuvent se rattacher à toutes les espèces ani-
males : tigre et colombe, phoque ou fourmi, fauvette
ou serpent.

II

GOBSEK MARCHAND DE BOIS

Il était temps que le dégel arrivât. Les marchands
de bois et de charbon, non contents de doubler leurs
prix, ne consentaient à livrer leur marchandise qu'au
détail, dans de petits cornets de papier qu'ils vendaient au poids de l'or. Quelques-uns exigeaient qu'on
les appelât « monseigneur »!

Les gares en étaient encombrées, de charbon ; mais
les moyens de transport faisaient défaut. Il était donc
naturel qu'on augmentât le prix du charbon ; mais le
bois entassé dans les chantiers n'avait pas coûté plus
cher aux exploiteurs de la souffrance publique parce
que le froid se prolongeait outre mesure. C'est donc
par un déplorable abus que messieurs des chantiers
imposaient au public grelottant une hausse de fantaisie.

Et il fallait voir les abords d'un chantier !

Le directeur, grandi de six pouces, se tenait droit et fier au milieu du bureau, chauffé par un insolent brasier.

La foule des suppliants faisait queue à la porte. Les charrettes à bras prenaient la file.

— Monsieur, disait un client.

— Appelez-moi monseigneur !

— Monseigneur, je voudrais 500 kilos de bois.

— Vous êtes donc bien riche ?

— Je me gênerai.

— Votre nom ?

— Un tel.

— Un tel ?... Oui, je connais ce nom-là. Vous avez déjà eu l'honneur de vous servir chez moi ?

— Oui, monseigneur.

— Je vous autorise à faire enlever 500 kilos de bois... Je vous le passe au poids du diamant..., mais à plusieurs conditions. Je ne me charge pas de le faire scier; vous le scierez vous-même et vous le ferez transporter comme bon vous semblera.

— Cependant, permettez. Voici la carte que vous m'avez adressée au commencement de la saison, en me priant de vous continuer ma clientèle : 1,000 kilos de bois scié en trois, rendus en cave, 58 francs.

— Je ne pensais pas qu'il ferait de si beaux froids.

— Alors vous êtes un marchand de bois pour grandes chaleurs ?

— Taisez-vous ! ou je vous fais jeter dehors par ma garde d'honneur !

Ah! marchands de bois du diable, puissent deux ou trois hivers d'une douceur idéale vous étaler tout crus sur la liste des faillis !

Un proverbe dit : Quand le bâtiment va, tout va.

Puissions-nous inaugurer l'année prochaine ce proverbe nouveau : Quand les marchands de bois font banqueroute, c'est que tout va bien !

III

A PROPOS DE L'HÔTEL DES POSTES

Le journal ayant à peu près remplacé le livre, on on peut prévoir que la dépêche télégraphique supprimera à un moment donné la correspondance épistolaire. L'extrême facilité de la transmission menace de priver la littérature française d'un genre de composition dont les modèles se trouvent dans toutes nos bibliothèques. Vous figurez-vous les lettres de Madame de Sévigné écrites en style télégraphique?

L'avantage de correspondre à distance a été l'une des premières préoccupations de l'humanité. Hérodote rapporte une façon bizarre d'assurer le secret de la correspondance. Après avoir rasé la tête d'un homme de confiance, on écrivait sur la peau de son crâne. Quand les cheveux avaient repoussé, il partait, et on le rasait encore à l'arrivée pour déchiffrer le message. C'était peut-être un peu long, mais, l'enveloppe n'étant pas inventée, il fallait bien placer sa lettre sous chevelure.

Avec ce procédé, les restaurants parisiens trouveraient difficilement des *chasseurs* ; les rendez-vous ne se donneraient qu'à des dates éloignées, et les ordres de Bourse n'arriveraient pas au moment opportun.

On s'est servi, à diverses époques, de morceaux de bois gravés ou taillés, puis de cordes de différentes couleurs, nouées de certaines façons convenues.

Quand Fernand Cortez débarqua à Cempoallan, il trouva le service des postes parfaitement organisé. Les Aztèques avaient même des facteurs en uniforme, qui endossaient des costumes de couleurs différentes, selon qu'ils apportaient de bonnes ou de mauvaises nouvelles.

Aujourd'hui qu'on peut correspondre pour quinze centimes sur toute l'étendue d'un grand pays et transmettre une nouvelle ou un avis en quelques quarts d'heure pour la somme ronde de dix sous, on peut se demander si réellement l'espèce humaine, favorisée sur tant de points, n'a pas été frappée d'autre part d'une malédiction implacable. Elle a pu obtenir de si admirables résultats, franchir les espaces avec une rapidité prodigieuse, sillonner les mers, s'éclairer et se chauffer avec quelque chose d'invisible qu'elle a découvert ; elle sait et elle peut tout faire, excepté se nourrir ! Des peuples qui ont des chemins de fer, des

peuples pour qui la nuit n'existe plus, puisque leurs
villes s'allument quand le soleil se couche ; des peuples qui savent que la terre tourne, qui en connaissent
les dimensions, qui peuvent parfois prédire le temps
qu'il fera, ces peuples ne savent pas trouver en quantité suffisante la pomme de terre et le blé, ou inventer
je ne sais quoi qui puisse les remplacer. Mourir de
faim dans un désert, cela se conçoit : mais mourir de
faim sous un bec de gaz, auprès d'une gare de chemin
de fer, cela n'est pas naturel. Les biens de ce monde
sont évidemment mal distribués ; il y a quelque chose
à trouver.

Tandis que le pain ne faisait qu'augmenter, le
timbre-poste ne cessait de baisser de prix, et plus le
prix était bas, plus les revenus devenaient considérables. Cette vérité étant reconnue, je veux être le premier à annoncer que, dans vingt ans, le tarif du port
des lettres sera de cinq centimes sur tout le territoire,
dix centimes pour l'étranger.

La plupart des améliorations qui ont été introduites
dans le service des postes sont dues à des personnes
étrangères à l'administration. Les hauts fonctionnaires ne manquaient jamais de s'y opposer. On ne
se figure pas aisément combien les hauts fonctionnaires sont bêtes. J'ai constaté le fait, une fois de
plus, la semaine dernière. Une dépêche télégraphique
coûte 50 centimes d'un bout de la Belgique à l'autre,
50 centimes aussi sur tout le territoire français. Or,

envoyant de Bruxelles une dépêche à Paris, l'employé me dit : C'est trois francs.

J'ai donné les trois francs, mais je me demande encore pourquoi la France et la Belgique se sont unies pour me voler quarante sous. Puisqu'il n'en coûte que dix sous pour une dépêche de Bruxelles à la frontière, dix autres sous pour une dépêche de la fontière à Paris, qui est-ce qui a profité de mes deux francs ?

Cette exaction est en même temps une sottise. La plupart des voyageurs attendirent le buffet où se passe la visite de la douane et firent partir de là leurs dépêches pour Paris. C'est autant de fois cinquante centimes qu'a perdus le budget belge. Les voyageurs sont des gens avisés, et, à mon prochain voyage, j'aurai soin de faire comme eux, économisant ainsi une somme nette de deux francs cinquante.

Il a fallu bien du temps pour amener l'administration des postes à l'idée d'un tarif à bon marché. Quand le port était élevé, le destinataire tenait à en avoir pour son argent. Il fallait se creuser la tête pour remplir les quatre pages. Les gens économes recouraient à toute sorte de ruses pour éviter les frais.

Un paysan normand alla un jour réclamer au bureau de la poste une lettre présentée chez lui en son absence. Déclarant qu'il ne sait pas lire, il prie l'employé de l'ouvrir et de lui en donner communication.

18.

Lecture faite, il remercie et promet de venir retirer la lettre dès qu'il aura seize sous.

L'inviolabilité des lettres est un principe admis par tous les honnêtes gens, dont les gouvernements n'ont jamais partagé les scrupules. Ils se sont tous attribué le droit d'ouvrir les lettres qui subissent leur monopole.

Avec le nouveau système, la littérature par correspondance disparaît de nos mœurs.

Voltaire, madame de Sévigné, madame du Deffand, lord Walpole, lady Russel prendraient le train au lieu d'écrire et feraient directement leurs communications.

Une lettre bien écrite est une sorte de causerie d'où sont bannies l'affectation et la recherche. Le beau style y serait absolument déplacé, aussi bien qu'un grand discours dans un salon. Le degré de la familiarité se règle sur le caractère et l'humeur de celui à qui la lettre est adressée.

Les lettres de Walter Scott, de Byron, de Burns, si différentes par le style, conservent toutes cette mesure. Leurs correspondances intimes ont pu affronter la curiosité publique.

La première lettre dont la date soit restée est celle que David adressa à Joab pour lui enjoindre de placer Urie, dont il convoitait la femme, au premier rang des combattants. Cicéron, Sénèque et Pline le Jeune furent les premiers à porter l'art épistolaire à sa perfection.

Les Romains plaçaient en tête de la lettre le nom de l'auteur et celui du destinataire ; la date était scrupuleusement marquée.

Nous varions maintenant les formules :

Monsieur,

Monsieur et confrère,

Monsieur et ami,

Cher maître,

Ma vieille branche...

Et pour le beau sexe :

Madame,

Belle dame,

Enchanteresse,

Mon petit lapin,

Cher cœur,

Mon bel oiseau bleu,

Petit rat d'égout...

Selon les qualités et les circonstances.

Les finales ont passé par toutes les formes possibles:

J'ai l'honneur d'être votre très respectueux et très obéissant serviteur,

Recevez mes salutations très empressées,

J'ai l'honneur de vous saluer,

Salut et fraternité,

Tout à vous,

Cordialement,

Tibi,

Avec mes civilités,

Sincèrement,

Compliments empressés, etc...

Les dames ont deux manies favorites, celle d'écrire en travers et celle des post-scriptum.

L'habitude de souligner les mots est un aveu d'impuissance; on n'aurait pas besoin de recourir à ces traits de plume, si on savait employer le mot propre ou encadrer complétement la pensée ou l'ironie.

Parmi les lettres célèbres, on cite ces deux lignes de Politien à un ami.

« J'avais un grand chagrin et j'ai une grande joie. C'est que vous étiez malade et que vous êtes guéri. »

Charles Lamb, impatienté des détails minutieux avec lesquels le peintre Haydon lui indiquait son adresse, lui fit la réponse suivante :

« Je me ferai un plaisir de me rendre au numéro 22, Lisson-Grave-Nord, chez Rossi, la maison à deux étages, qui a une porte et des volets peints en vert, à mi-chemin à droite, si je suis jamais capable de la trouver.

» A vous,

» Charles Lamb.

« 20, Russelcourt. Covent-Garden Est. au tiers de la rue, en montant, près du coin, côté gauche. »

J'aime assez la lettre de ce maçon qui écrivait de Paris à un de ses camarades à Limoges ;

« Dépêche-toi de venir ici. Tu n'auras rien à faire qu'à monter des pierres jusqu'au haut de l'échelle. Il y a là un autre homme qui vous les reprend et qui fait tout l'ouvrage.

Le gros des gens étant peu versé dans l'art épistolaire, on a publié de gros manuels pour lui venir en aide : le *Secrétaire des Amants*, *Recueil de correspondances* pour toutes les circonstances de la vie, *Choix de compliments* pour les fêtes et anniversaires, etc.

On trouvera bientôt la matière d'un volume dans les lettres du comte de Chambord à ses partisans. Un peu monotones, par exemple.

On a publié beaucoup de lettres, mais il en reste une quantité prodigieuse qui mériteraient de voir le jour. C'est dans leurs correspondances que nous trouverions le déshabillé des personnages historiques. N'est-ce pas un réel plaisir que d'entrer dans l'intimité des hommes qui ont marqué par leur génie ou par leur mérite, et de posséder, au lieu d'un aperçu aride de leurs faits et gestes, une peinture vivante de ce qu'ils ont senti ?

Un poète anglais a dit : « Les clefs ouvrent les coffres-forts, les lettres ouvrent les cœurs, » et Aaron Hill a formulé une jolie chose en de jolis vers :

« Si les âmes pouvaient écrire, la mort serait vaincue ! »

IV

NUANCES NATIONALES

Il paraît que je me suis trompé en disant qu'il faut six mois à un Russe pour devenir parisien. Un habitant des bords de la Néva m'écrit à ce sujet, affirmant qu'il n'y a de vrais Parisiens qu'à Saint-Pétersbourg. En ce qui le concerne, notre correspondant déclare que ce n'est qu'à Paris qu'il se trouve vraiment chez lui et qu'il se regarde comme exilé quand le soin de ses affaires ou ses devoirs de famille le rappellent pour quelque temps dans l'empire des Romanow.

Il est certain que si jamais il doit y avoir une réconciliation générale des différents peuples, Paris est le seul terrain sur lequel ce rapprochement puisse avoir lieu.

Les costumes varient, les habitudes diffèrent, et c'est en vain que le temps efface les aspérités les plus

rudes qui séparent les peuples, c'est en vain qu'il
lime la pointe aiguë des préjugés ; il en reste toujours
assez pour se haïr et s'égorger dans l'occasion.

Pascal a bien raison de dire qu'on aperçoit de
nouvelles différences entre tous les hommes à mesure
qu'on a plus d'esprit. L'uniformité de la nature humaine
se brise et se dissémine en une variété presque infinie.
Deux événements et deux caractères qui semblent les
plus homogènes produisent les résultats les plus
différents. L'usurpation de Cromwell aboutit à une
paix générale ; l'usurpation de Bonaparte à la guerre
universelle.

La restauration de Charles II amène le règne d'une
licence effrénée ; la restauration de Louis XVIII détermine la domination des jésuites.

Le génie consiste à saisir du premier coup d'œil les
dissemblances et les analogies. Lorsque Bonaparte,
exilé à l'île d'Elbe, s'empara d'un petit navire et vint
débarquer à Cannes, aucun exemple historique ne
l'engageait à tenter cette entreprise hardie ; mais il
avait mis en ligne de compte l'étonnement des populations, la situation de l'esprit public, le ressentiment
contre les alliés ; sa marche de Cannes à Paris n'était
point une témérité, mais un des calculs les plus profonds
qu'il ait jamais faits.

Et voyez comme on se laisse décevoir par les appa-
rences. L'empereur du Mexique, Augustin Iturbide,
échappe à son exil comme Bonaparte et revient s'emparer du trône d'où il est tombé. On le fusille comme

déserteur. En politique, la parodie est dangereuse.

On peut certainement réduire la passion et les caractères à un certain nombre de points principaux, mais les phénomènes qui en résultent sont innombrables.

Demandez à un Talapoin ce que c'est que la vertu, il vous répondra qu'elle consiste à croiser les jambes, à ouvrir la bouche et à dormir au soleil. Un missionnaire adressait la même question à un Cafre, qui répondit gravement : « La vertu consiste à voler le plus de bétail possible. »

La notion de l'honnête et du juste était entrée dans la tête du Cafre, mais à rebours, et lorsqu'il ramenait à la tribu six paires de bœufs volés, il était aussi sûr de sa vertu que Caton plongeant le fer dans ses entrailles. Il y a un code particulier d'honnêteté, non seulement pour tous les peuples, mais pour tous les états. Le code du marchand lui ordonne de vendre cher ce qu'il achète bon marché ; mais n'allez pas croire qu'il vole. Le code de l'avocat général lui conseille d'employer à tort et à travers cette éloquence furibonde qui pousse les jurés à la sévérité la plus meurtrière et fait tomber quelquefois des têtes innocentes. Le code du jésuite justifie à merveille les bûchers de l'inquisition et le code des rois envoie sans scrupule des milliers d'hommes à la boucherie. Ainsi chacun crée à son usage une moralité particulière, et l'on pourrait dire que tout le monde, jusqu'au brigand, obéit aux lois de *sa* vertu.

Il y a des spécialités nationales qui creusent des fossés entre voisins. Les Anglais ne peuvent pardonner les sabots au paysan français. Dans une taverne de Londres, j'ai vu un cokney refuser de s'asseoir à la même table qu'un homme qui mangeait son bœuf sans moutarde, ce qui établissait entre les deux convives une sorte de distinction et de délimitation impossible à vaincre et à effacer.

Le temps a déjà fondu bien des nuances. L'Italien s'est mis à boire de la bière ; l'Anglais ne crie plus *French dog* dans les rues ; mais il y a toujours au fond de chaque nationalité quelque chose d'inaltérable.

L'Anglais affecte de cacher ses sentiments, le Français en fait parade. L'Anglais se brûle la cervelle sans dire un mot ; en France le suicide est toujours accompagné d'une élégie.

Avec toutes ces différences, l'orgueil national reste le même. *Je suis Français.* — *A true born Englishman.* — *Somo Romano io.* Cela se dit aussi fièrement sur les bords de la Seine que sur les bords de la Tamise et sur la rive du Tibre. Seulement, le Français s'estime parce qu'il appartient à la France ; l'Anglais estime l'Angleterre parce qu'elle a des hommes comme lui, et l'Italien n'est fier que de la Rome d'autrefois. Quand un acteur prononce sur un théâtre ces paroles magiques : *Roma invincible semprè sara,* l'Italien oublie la Rome papale.

Les Américains des États-Unis tressaillent jusqu'au

fond du cœur dès qu'il arrive à un voyageur de chercher le côté plaisant de leurs institutions. Allez rire au nez du Napolitain, moquez-vous des usages de son pays, de ses femmes, de ses abbés, de ses lazzaroni, de tout ce qui est industrie, commerce, politique, mœurs, théâtre, vie publique et privée, depuis le château de l'Ouf jusqu'aux limites de l'Apulie, il vous répondra : « Qu'est-ce que cela me fait ? Quand on a du macaroni, le reste n'est rien.

Il y a des raisons matérielles et physiques pour que les vices des peuples ne se ressemblent pas. La vie des hommes du Midi est au dehors, la vie des septentrionaux est toute en dedans ; il faut à ceux-ci une nourriture très succulente, à ceux-là des aliments très légers. La différence de leurs mœurs est inévitable et intime.

Les Scandinaves avaient inventé la bière dès les premiers temps de leur civilisation barbare ; les Tartares, qui n'avaient ni vin ni bière, ont trouvé moyen de s'enivrer avec du lait aigri.

Le résultat le plus positif des progrès de la civilisation, c'est que les Anglais se sont mis aux fricassées de poulets et que nous avons laissé s'acclimater chez nous le plum-pudding. Cherchez une preuve plus flagrante de la nouvelle alliance des peuples.

L'histoire est remplie d'exemples qui atteste la

haine profonde de certaines provinces pour certaines autres.

L'Italie, même depuis l'unité, a conservé quelque chose de ce vieux levain.

— Vous avez un garçon bien maladroit, dis-je un jour à un maître de café de Florence.

— Cela n'est pas étonnant, me répondit-il, c'est un Romain !

La fière gueuserie des Espagnols, la lenteur des Hollandais, la lourdeur des Allemands sont devenues proverbiales. Et, sans passer la frontière, Gascon veut dire hableur, Normand veut dire rusé, Auvergnat veut dire économe, Breton signifie entêté et Champenois s'applique quelquefois d'une façon blessante.

« Attraper un Picard » signifie « *être dupe de la dupe qu'on veut faire.* »

Le point d'honneur des Romains modernes s'appuie sur Romulus, sur Caton, sur Auguste ; ils vous abandonnent volontiers la Rome contemporaine ; et cependant le Romain appartient assurément à la plus vieille race de l'Europe.

Essayez au contraire quelque raillerie sur cet Anglais, produit bâtard de je ne sais combien de bandes pillardes, dans les veines duquel circule le sang mêlé du pirate scandinave, du brigand saxon, du Normand rapace et du Welche féroce ; il est bien plus fier de sa naissance que l'homme né au pied du

Capitole, et dont le nom de famille est celui d'une race patricienne.

Comment fixer d'une manière historique le progrès, le mélange et la destinée définitive des nationalités modernes ? Sommes-nous sur la voie d'une fusion universelle ? Faut-il nous attendre à ce que toutes les nationalités s'effacent en s'influençant mutuellement ?

Je le désire — sans avoir l'espoir d'être jamais témoin de cette scène de famille.

Si le Russe qui se déclare surpris — dans la lettre mentionnée au début de cet article — de ce que j'ai fixé à six mois le stage nécessaire aux naturels de la Néva pour devenir Parisiens — tient absolument à ce que je lui cite un exemple à l'appui de mon dire, je trouve dans mes souvenirs un fait qui est précisément en situation.

Les habitués du petit cercle de la Chaussée-d'Antin (maison Rossini) n'ont pas oublié ce grand diable qui s'appelait *à peu près* Labonow de Chandor.

Homme superbe, manières exquises, jolie figure, sourire plein de douceur, c'était un séduisant. Il recevait de temps en temps une grosse somme, qu'il semait en vingt-quatre heures, après quoi il tirait le diable par la queue pendant six mois.

Énumérer ce qu'il a trouvé de ruses et de mensonges aimables, ce qu'il a dépensé de compliments, accumulé de promesses pour se maintenir pendant deux ans sur le boulevard avec des habits à la mode, un chapeau brillant et des gants propres, ce serait recommencer l'enfer du Dante.

Eh bien ! au fond de ce La Palférine de Nord, derrière le masque séduisant de ce mondain des neiges, il y avait encore un petit reste de nomade.

Madame de S..., à laquelle il s'était fait présenter, l'invita à venir passer quelques jours au château de Villestang. Je m'y suis rencontré avec lui.

Après le dîner, on fit un tour de parc, puis les dames et les demoiselles se mirent tour à tour au piano. Il y avait une table de whist dans un coin, et les jeunes gens faisaient une partie dans la salle de billard.

A minuit, la maîtresse de maison dit au Russe :

— Colonel, nous allons vous montrer votre chambre. Vos effets y ont été portés.

— Ma chambre ? fit Chandor avec étonnement.

— Mais... sans doute.

— Oh ! ne me faites pas cette peine !

— Où donc voulez-vous passer la nuit ?

— Madame, dans cette saison, mon seul bonheur est de passer la nuit dehors. Il y a là une pelouse magnifique ; je vais coucher tout nu dans l'herbe.

— Tout nu ? s'écria-t-on.

— Parbleu ! au mois de juillet !

— Mais, à quelle heure *vous levez-vous* ?

— Le plus tard possible.

— Vous n'y songez pas... il y a des demoiselles... Toutes les fenêtres donnent sur la pelouse...

— Je vous en prie, Madame !

— Encore une fois, cela ne se peut pas. On va vous conduire à votre chambre.

Chandor soupira bruyamment et se laissa mener.

La chambre était élégante, le papier tout neuf ; le lit paraissait excellent.

— Ah ! s'écria-t-il, apportez-moi deux seaux d'eau.

On les lui monta. Aussitôt Chandor prit chaque seau et, répandant tout le contenu dans le lit :

— Comme cela, dit-il, j'aurai au moins un peu de fraîcheur !

On ne l'invita plus.

V

Auguste Blanqui, que les électeurs de Bordeaux
veulent rendre à la liberté, compte aujourd'hui
soixante-treize ans d'âge et trente-cinq ans de prison.
Blanqui est né à Nice. Son père, le conventionnel
Dominique Blanqui, était magistrat dans sa ville
natale lorsque les Français y entrèrent en 1792 ; il est
un de ceux qui travaillèrent le plus activement à la
réunion de ce pays à la France.

Supérieurement doué, instruit, éloquent, Auguste
Blanqui a sacrifié sa vie au triomphe des idées révolutionnaires. S'il n'avait été qu'un vulgaire ambitieux,
s'il n'eût dédaigné les moyens bourgeois et les vues
étroites, il serait arrivé très haut. Il lui aurait été
facile de conquérir une de ces positions brillantes qui,

pour le grand nombre, sont un but ; il a préféré la lutte avec toutes ses ardeurs et tous ses périls.

Blanqui était étudiant quand le nom de liberté fit éclore son premier rêve ; il se jeta dans les luttes politiques de l'époque. A vingt-trois ans, il fut blessé dans le combat qui se livra rue Saint-Denis, en 1827, à propos des élections. Nous le retrouvons sur les barricades en 1830, et il contribua de tous ses efforts à créer, sous Louis-Philippe, un parti républicain qui vit ses rangs grossir chaque jour, émergea un instant en 1848, et qui, écrasé en 1852, put enfin reparaître au moment où la patrie envahie, livrée à l'étranger vainqueur, cherchait un régime réparateur et des hommes qui se dévouassent à la gouverner sans l'opprimer de nouveau.

De 1830 à 1839, Blanqui représentait l'élément révolutionnaire, la fraction révolutionnaire, la fraction ardente, héroïque ; il était, avec Barbès et Martin Bernard, de cette poignée d'hommes audacieux, toujours prêts à livrer bataille, cent fois vaincus, jamais domptés, aventuriers de la Révolution, ne laissant ni trêve ni merci au gouvernement qui, oublieux de son origine, tendait à devenir la plus médiocre des monarchies, après s'être annoncé comme la meilleure des républiques. La vie de Blanqui, comme celle de Barbès, est remplie d'épisodes dramatiques qui semblent tenir de quelque héroïque légende.

Blanqui est resté l'homme de ce temps et de cette

génération. Il n'a jamais cru que l'*idée* seule pût faire
son chemin sans être aidée par la force, et il a pensé
que le *renversement* du pouvoir devait être le but
constant des efforts du parti républicain, sûr que le
lendemain il aurait avec lui le nombre.

Impliqué dans le procès des dix-neuf, sa défense
eut un immense retentissement. Il parla des droits et
des misères du peuple ; il se constitua le tribun du
prolétariat contre l'oligarchie bourgeoise.

: Après chaque révolution on voit surgir des
gens *qui n'en étaient pas*, et qui sous le prétexte de
maintenir l'ordre s'emparent du pouvoir et se partagent les places, constituent un *pays légal* dont les
arrangements et la manière d'être répondent aussi
peu que possible à l'idéal de ceux qui ont donné leur
sang. L'effort est venu d'ailleurs et les résultats sont
confisqués.

L'éloquence passionnée de Blanqui frappa le jury
qui l'acquitta. Mais la magistrature ne perd jamais
ses droits ; la cour le condamna à un an de prison
pour délit d'audience ! Je vous demande un peu ce
que pouvait être un délit d'audience et quelle importance il pouvait avoir dans les débats passionnés d'un
procès politique aussi important ? Il eût certainement été plus habile de ne pas prendre la parole
après la décision du jury et de laisser le détail se
perdre dans le principal.

Blanqui reparut bientôt dans le procès d'avril

19.

comme défenseur des accusés, subit une nouvelle condamnation en 1836, et enfin prépara avec Barbès et
Martin Bernard l'insurrection du 12 mai 1839. Condamné à mort, il vit sa peine commuée en une détention perpétuelle et fut envoyé au Mont-Saint-Michel.

J'ai là, sous la main, le livre de Nouguès : *Condamnation de Mai*. Le frontispice représente un gril-
lage de prison posé sur une tête de mort ; à côté de la
tête de mort se déroule un papier sur lequel on lit :
ARRÊT. En bas, une lampe funéraire brûle sur une
barricade.

Je trouve dans ce volume le récit douloureux des
longues journées de Doullens et du Mont-Saint-Michel,
l'histoire de deux ou trois tentatives d'évasion. Les
noms sont toujours les mêmes : Blanqui, Barbès,
Martin-Bernard, Flotte, Hubert, Bonnefond, Martin-
Noël et d'autres martyrs déjà oubliés.

Alors aussi se présenta cette réticence, explicable
sous une monarchie, absolument imprévue sous une
république : la grâce au lieu de l'amnistie.

Je laisse parler Nouguès :

« Pour le prisonnier, la réception d'une lettre est
une joie douce et enivrante. La lecture de ces quelques lignes d'une main aimée ou d'un main amie est
un repos d'une étrange douceur. Une lettre, c'est la
vie. Parfois, elle n'arrive pas au jour fixé, elle se fait
attendre. L'heure du courrier passée, le prisonnier
conçoit des craintes, des soupçons. Il désespère jus-

qu'au moment où le geôlier lui tend, d'un air distrait, ce papier dont le retard a troublé ses nuits...

« Un gardien m'a remis une lettre.

« Aux premières lignes, des paroles de foi, d'avenir, des nouvelles de la famille et des amis... mais, au verso de la page, qu'ai-je lu ? — *Je ne sais si cette lettre vous parviendra, car vous devez être libre à l'heure qu'il est...*

« Mais c'est écrit !... Et plus loin : AMNISTIE.

Courons ! mais comment les portes ne sont-elles pas ouvertes ?

« Je vais chez le directeur.

« — Nous sommes libres, Monsieur !

« — Libres... vous et quelques autres... mais pas tous.

« — Qu'attendez-vous pour nous mettre en liberté ?

« — Je n'ai pas d'ordres ; j'en attends par le prochain courrier.

« — Nous sortons *tous*, n'est-ce pas ?

« — Non, quelques-uns... vous en êtes ; voyez.

« Il met sous mes yeux une ordonnance royale datée d'Eu, il y a deux jours. Ce n'est pas une amnistie, ce sont des *grâces*. Nous n'avons jamais demandé de ces choses-là !

« Et lui rendant le journal :

« — Je vous remercie, Monsieur, j'attendrai tant qu'on voudra maintenant.

« Et je retourne à mon quartier, la tête un peu moins haute qu'en le quittant. Gracié !... »

Blanqui ne fut pas gracié, lui. Il resta au Mont-Saint-Michel, subissant les traitements les plus durs, pendant que sa jeune femme, artiste distinguée, expirait dans la solitude et le désespoir.

La révolution de Février lui ouvrit seule les portes de sa prison. Il arriva de Tours, où on le gardait à l'hôpital, et le 25, il se trouvait sur le pavé de Paris où les révolutionnaires intransigeants se groupèrent autour de lui.

On essaya de le salir en lui attribuant une sorte de rapport sur l'émeute de 1839, rapport que publia la *Revue rétrospective*. Pauvre Blanqui ! On lui eût donc payé ses appointements de délateur en prison perpétuelle ?

Il se crut néanmoins obligé de se défendre. Après avoir rappelé ses luttes, ses longues souffrances, il s'écria : « Et c'est moi, triste débris qui traîne par les rues un corps meurtri sous des habits râpés, c'est moi qu'on foudroie du nom de vendu, tandis que les valets de Louis-Philippe, métamorphosés en brillants papillons républicains, voltigent sur les tapis de l'Hôtel de Ville, flétrissant, du haut de leur vertu nourrie à quatre services, le pauvre Job échappé des prisons de leur maître ! »

On ne put jamais — et pour cause — produire l'original de la pièce ; et s'il est vrai, dit la biographie publiée par Larousse, que Barbès crut à la culpabilité de son ancien compagnon, il ne faut pas oublier l'inimitié qui séparait ces deux chefs révolutionnaires, inimitié dont l'origine se perd dans la nuit des sociétés secrètes.

A la suite des événements du 15 mai la cour de Bourges condamna Blanqui à dix ans de prison.

A Belle-Isle, il tenta plusieurs évasions.

Après avoir passé une partie de la nuit dans l'eau, presque mort de froid, il escalada les murailles et les palissades ; il erra dans l'île avec un de ses compagnons et arriva enfin à la cabane d'un pêcheur, qui avait reçu une forte somme pour conduire les fugitifs jusqu'au continent, et qui, en brave et loyal marin, s'empressa de les livrer à l'autorité.

Peu après, Blanqui était transporté en Afrique, ce qui prouve qu'on peut être à la fois un prisonnier perpétuel et un grand voyageur.

Dévasté par les souffrances, abreuvé d'amertumes et d'outrages, vaincu, écrasé, Blanqui est resté inflexible.

Dans sa prison, il lit, il étudie toujours, ne vivant guère que de laitage et d'eau.

Blanqui n'a jamais formulé de programme. Sa grande préoccupation est l'émancipation des classes ouvrières. Vingt fois déçu dans ses espérances, il ne croit plus au progrès par la persuasion ; cet homme souffrant, débile et maladif n'estime guère que la force ; il la regarde comme le seul moyen de résoudre le problème social.

Le 14 août 1870, dans la soirée, on apprit que quelques émeutiers avaient tenté de s'emparer des fusils renfermés dans la caserne de la Villette. Plusieurs arrestations furent opérées. Il résulta des débats que Blanqui, rentré depuis quelques jours à Paris, avait été l'instigateur de ce mouvement. Caché chez mon excellent ami Camille Bias, Blanqui échappa à toutes les poursuites.

Le lendemain de la déchéance de Napoléon III, Blanqui reparut avec un journal : *la Patrie en danger*.

Son nom figura sur la liste des membres appelés à former un comité provisoire chargé de remplacer le gouvernement du 31 octobre. Il prit part également à la tentative du 22 janvier et fut compris dans les poursuites qui furent ordonnées contre les auteurs de l'insurrection. Après le 18 Mars, il fut élu membre de la Commune pour le dix-huitième arrondissement par 14,953 voix. Blanqui était alors dans le Midi et fut arrêté, par ordre du chef du pouvoir exécutif, avant qu'il eût pu rentrer à Paris pour prendre possession de son poste.

Blanqui, jugé par le quatrième conseil de guerre séant à Versailles, fut condamné à la détention dans une enceinte fortifiée.

Il n'a pu prendre part ni au gouvernement de la Commune, ni aux exécutions des fameux soixante-neuf otages, ni aux incendies. Il s'est toujours refusé à signer un recours en grâce — et cela se conçoit.

Prisonnier de Louis-Philippe, prisonnier de l'empire, prisonnier de deux républiques, tel aura été, par une singulière ironie du sort, la vie d'un des plus ardents défenseurs de la liberté.

VI

LES DOMESTIQUES

Les domestiques sont-ils seulement une classe *intéressée,* ou sont-ils aussi une classe *intéressante ?*

L'un des auteurs de la *Commune et ses idées à travers l'histoire,* M. Edmond Robert, consacre une longue et minutieuse étude à la domesticité depuis les temps les plus reculés jusqu'à nos jours.

Le sujet en vaut bien un autre, et nous l'étudierons avec M. Edmond Robert, si vous le voulez bien.

Le feu duc de Persigny, récemment anobli, s'écriait en soupirant : Il me manque un de ces vieux serviteurs *qui naissent et meurent dans les familles.*

C'est, en effet, ce qui manque aux familles d'occasion.

Le vrai serviteur fait partie de la famille même ; et comment y serait-il né quand la famille n'existait pas ?

« La Gaule ignorait l'esclavage ; il nous vint de Rome aves les aigles. »

Il dura peu ; les grandes famines du onzième siècle le firent disparaître. L'esclave, qui naguère valait quatre chevaux, ne se vendait plus que le tiers d'un cheval depuis que le cheval était devenu une viande. Et le moment vint où le pain coûta plus cher que l'homme.

On trouve, dans la domesticité du quatorzième siècle, une trace de l'hérédité de l'esclavage : les domestiques pouvaient engager leurs enfants.

La France pourtant devait briser l'esclavage héréditaire, qui faisait des dynasties de damnés. En 1842, une famille d'esclaves noirs ayant cherché dans l'hôtel du consulat général de France à Tunis un asile contre les mauvais traitements, notre représentant obtint du bey Achmet, outre l'affranchissement de ces réfugiés, la promesse que, dans la Régence, tout enfant d'esclave naîtrait libre désormais. La France eut toujours la confiance des opprimés et la clientèle des victimes. Les petits viennent à elle, qu'elle soit fille aînée de l'Église ou fille aînée de la Révolution.

Chez les juifs, la liberté mourait d'un coup d'aiguille. L'oreille des esclaves, percée par le maître, avec une alène, contre le jambage de la porte, témoignait de la perpétuité de leur condition et symboliquement les clouait au seuil.

Marques d'esclavage sont encore toutes les chaînes

d'or ou d'acier, autant sur les femmes que sur les huissiers des palais. Au dix-septième siècle, les colliers s'appelaient *carcans*.

Le christianisme, sans proclamer l'esclavage aboli, eut néanmoins sa part en déclarant tous les hommes frères, en faisant convives de leurs maîtres ces esclaves qu'un Verdius Pollion donnait en pâture à ses murènes.

Déjà Platon avait dédié à un esclave son traité de *l'immortalité de l'âme*.

Un jour l'égalité devant la loi, la liberté, la fraternité quitteront les bannières religieuses pour s'inscrire sur le drapeau politique.

L'auteur de la *Maison réglée*, Audiger, qui, lui-même avait appartenu à la haute domesticité, reconnaissait, en 1700, à l'officier de service ou sommelier, le droit au treizième du pain.

Les levures de lard, les vieilles fritures, les cendres de la cuisine, la graisse des lèchefrites revenaient à l'écuyer de cuisine.

Le valet de chambre s'arrangeait du renouvellement des chapeaux, gants, rubans et garnitures.

Aujourd'hui, ce sont d'autres prélèvements, et le sou par franc est un des moindres. La morale gagnerait, et peut-être ne gagnerait-elle pas seule, à ce que cet abusif et irrégulier droit de commission fût sanctionné dans une certaine mesure ; le définir,

ce serait le limiter. On verrait cette classe affranchie
du soupçon incessant ; le domestique marcherait dans
les bornes de la loi et serait poursuivi, s'il les dépas-
sait. Nous voudrions voir cesser une tolérance qui,
de part et d'autre, a quelque chose de dégradant.

Un abus très condamnable est l'affiliation d'une
cuisinière à un fournisseur comme d'un médecin à une
pharmacie.

On a dit souvent, à la louange de l'ancien régime, que
le domestique était de la famille ; il arrivait aussi qu'il
en fût trop. Le forum n'existait pas et la ruelle pouvait mener à tout. Le valet de chambre des grandes
dames devait être habile comme tailleur pour
femme. Les tailleurs pour femmes ne sont donc pas
d'invention moderne.

L'orgueil faisait ordinairement l'effet de la pudeur.

Madame du Châtelet, dans son bain, ou sortant de
l'eau, se faisait servir par Longchamps.

Mademoiselle de Montpensier se faisait passer ses
bas par ses laquais.

On n'a pas oublié que, sous le dernier empire, une
duchesse très connue recevait tous les matins le secrétaire de son mari dans une tenue si élémentaire que
celui-ci s'écria : « Madame, il y a *un homme sous le
secrétaire* ! »

La duchesse prit un balai et se mit à donner de
grands coups de manche sous les meubles.

Elle comprit enfin et se mit à rire, — et la chroni-

que scandaleuse ajoute que, ayant ri, elle fut désar-
mée.

Les lois n'étaient pas clémentes aux serviteurs. Au
théâtre, Scapin débite une histoire de galères sans que
ce mot lui brûle les lèvres. Le maître n'a qu'une menace : « Maraud, je te ferai prendre. »

Mascarille est un escroc, Crispin un faussaire.

Ils seront plus tard Robert-Macaire et Bertrand,
ces oncles de la petite finance, quand Figaro, devenu
directeur d'une banque, invitera Basile à ses dîners
d'apparat.

Damiens, qui peut-être ne s'était armé d'un canif
que pour tailler sa plume, avait été laquais, et c'est
dans son ancienne profession qu'il avait pris sans
doute l'intelligence politique qui lui fit écrire à
Louis XV : Par malheur pour vous que vos sujets vous
ont donné leur démission. »

Un des prédécesseurs d'Hanriot dans le commandement en chef de la garde nationale, le général
Hullin, avait été, avant la Révolution, chasseur au
service du marquis de Conflans. Iéna fit de cet ancien
domestique le *gouverneur de Berlin*.

La livrée n'est plus qu'une parodie du costume ancien. Il n'est pas rare de voir sur un tréteau forain
un singe, un chien avec le tricorne à plumes et l'habit

brodé, le baudrier suspendant l'épée — avec les
rubans verts du Misanthrope.

Habillés en marquis, ils sautent.

Les domestiques sont électeurs depuis 1848 et part
intégrante du souverain. Une part du souverain porte
la livrée. Leur manche est galonnée, tandis qu'ils
écrivent aux tables de la loi.

La Révolution ôta la livrée au serviteur, puis, en
l'armant, elle acheva de le faire homme. La glèbe
devint la patrie.

Le nom de plusieurs attestait encore leur origine
rurale. Leur nom était tiré du sol même, point d'une
terre comme les noms féodaux. Ils s'appelaient La
Verdure, Lafleur, La Violette, Jasmin, Lépine, La-
branche, La Ramée, Dubois, La Forêt.

Aujourd'hui, le domestique est un nomade ; on est
servi par des passants.

La vie désormais ne saurait être une marche pom-
peuse allongée de figurants, environnée de décors
humains, une orgueilleuse devise terminée par deux
grands laquais comme un distique par deux rimes
riches.

On voit encore des domestiques anglais qui insè-
rent dans les gazettes le diamètre de leurs mollets et,
sinon leur poids, leur taille — car on doit les appa-
reiller.

On avait récemment projeté un impôt sur les domestiques, qui a soulevé des protestations au nom de la dignité humaine.

Cependant ç'aurait été un impôt somptuaire, donc un impôt moral.

L'industrie a peu de domestiques, les rentiers en ont beaucoup, ce qui prouve bien que les domestiques sont un luxe.

La plus odieuse servitude est celle qui a les bras croisés ; la servitude laborieuse porte en elle-même une contradiction émancipatrice.

L'industrie s'entend aux délivrances.

Le nombre des domestiques est en raison inverse du degré de civilisation.

Déjà moins nombreux en France, les domestiques sont presque introuvables aux États-Unis, malgré les égards dont ils y sont entourés.

Abraham Lincoln ouvrit lui-même la porte de sa petite maison de l'Illinois aux messagers qui venaient lui annoncer qu'il était Président des États-Unis d'Amérique.

M. Edmond Robert conclut ainsi :

Il y aurait progrès à ce que la domesticité ne fût, comme le service militaire, que la dîme de la vie humaine et le tribut de la jeunesse, au lieu de cet indéfini dans l'abdication et le célibat.

Religion, propriété, famille, dit-on sans cesse avec

raison. Les serviteurs sont presque exclus du repos du dimanche. La rémunération principalement en nature leur rend la propriété très inaccessible. Et quant à la famille, on sait combien la mansarde est dangereuse.

48 a fait les domestiques électeurs, mais, il faut l'avouer, ce progrès appelle une réforme de la domesticité elle-même par la transfiguration du serviteur en ouvrier.

En Amérique, les domestiques sont appelés des *aides*.

En France, il n'y a que le bourreau qui ait un aide.

Et quand l'aide s'aventure à faire le promeneur dans la ville ou dans la campagne, plutôt que d'avouer, il se dit garçon-boucher.

C'est ainsi que, dans le train de Cologne, il y a des Prussiens jusqu'à Maubeuge ; et, à partir de Maubeuge, tous deviennent subitement Alsaciens.

BAVARDAGES D'ÉTÉ

Quelqu'un qui se serait attaché à mes pas, dimanche, pendant que se courait le grand prix, aurait eu un moment d'hilarité.

Je me suis arrêté quelques minutes dans l'enceinte du pesage, devant la tribune du Maréchal-Président.

Madame la maréchale promenait ses jumelles, d'un air distrait, sur le champ de courses. Le Président apparaissait de temps en temps. Debout sur une marche, se tenait M. de Fourtou. Des inconnus, très connus sans doute, meublaient les alentours de la loge ci-devant impériale. Khalil-Pacha, revêtu d'un petit *complet* entièrement gris, et les yeux abrités par d'énormes lunettes bleues (un cadeau de M. de Hirsch, probablement) ; Khalil montait et descendait, serrant avec effusion la main des belles dames qu'il avait connues dans le temps.

. De l'autre côté, et d'un air non moins familier, se tenait un gros Turc, que nous ne pouvons désigner que par un nom supposé ; mettons *Mastock-Bey*.

Causant avec un de mes amis, je lui désignais Mastock-Bey, en disant :

— Croyez-vous qu'il a l'air assez abruti ?

— C'est attristant, répondit mon compagnon ; un homme qui a été brillant autrefois, qui avait même de l'esprit, dit-on, changé à ce point ! Ce rire épais, cette lèvre pendante attendent un goître qui ne saurait tarder.

Un jeune homme, assez bien couvert, qui l'instant d'avant causait avec un sergent de ville, s'approche vivement et me dit :

— N'est-ce pas ?... je suis bien de votre avis !

— Mais de qui parlez-vous ? lui demandai-je.

Et lui, répondant par une autre interrogation :

— Et vous, fit-il.

— Moi, je parle de Mastock-Bey.

— Ah ! bien ! murmura le jeune homme d'un air dépité.

Après un tour de promenade, je me retrouvai au même endroit.

— Regardez-le donc, me dit mon ami, le voilà qui fait l'aimable avec Mme X...

— Pauvre femme !

— Elle le croit aussi prodigue qu'en 1866 !

— Mais il est complétement *rasé ?*

— Oh ! avec ces gens-là, il y a toujours de l'espoir. Une bonne confiscation, et ils reviennent sur l'eau c'est-à-dire sur le million mensuel.

L'ami du sergent de ville reparut tout à coup.

— Ils exploitent le peuple ! s'écria-t-il.

— C'est l'usage de leur pays, répondis-je simplement.

— Comment ! vous ne flétrissez pas ces extorsions ?

— Ils ne sont pas mûrs pour un autre système.

— Qui cela ? demanda l'agent.

— Les Turcs !

— De qui parliez-vous donc ?

— De Mastock-Bey !

L'agent se replia en bon ordre.

Saint-Christophe venait de triompher.

La foule se précipitait sur la piste.

— Adieu, dis-je à mon ami, je vais remonter en voiture... Il fait trop chaud, j'en ai assez.

— A ce soir, répondit-il.

— Si tu le rencontres, repris-je, ne le salue pas !

— Sois tranquille.

L'agent reparut tout à coup.

— Vous avez bien raison de ne pas le saluer, me dit-il avec son plus gracieux sourire. Vous le haïssez comme moi, sans doute ?

— Oh ! je ne le hais point, ajoutai-je, je le plains, voilà tout.

— Vous le plaignez !

— Oui.

— Qui donc ? fit-il avec le geste de me mettre la main au collet.

— Mais, répliquai-je avec impatience, voilà une demi-heure que je vous le dis... *Mastock-Bey !*

VIII

LETTRE D'UN VIEIL EMPLOYÉ

Il y a longtemps, bien longtemps que je suis *employé*. Je compte vingt-sept ans de bureau, et comme j'ai toujours joui d'une bonne santé, c'est aujourd'hui la neuf mille huit cent cinquante-cinquième fois que je me rends à mon poste, à neuf heures précises du matin, pour ne le quitter qu'à quatre heures de relevée.

Vous voyez que j'ai été le salarié de plusieurs gouvernements, et je dois leur rendre justice à tous : s'ils ont varié dans leur constitution, dans leurs lois et dans leurs décrets, ils ont toujours pratiqué les mêmes principes à mon égard ; je n'ai pas, en ce qui me touche, à leur reprocher la moindre inconstance, ni la plus petite variation ; ils n'ont absolument rien changé à mon traitement, qui est resté immuablement fixé à 1,200 francs. Je suis expéditionnaire en

1875 comme je l'étais le 1er janvier 1848. Il est bien tard pour qu'il me soit permis d'espérer de l'avancement ; mais une considération me console, c'est qu'il est impossible que je recule.

La majesté de ma *ronde*, et la vélocité de ma *coulée* me garantissent de ce malheur.

Cependant, il faut bien l'avouer, quoique expéditionnaire, je m'avise d'avoir des opinions, et qui pis est des opinions *libérales*, ce qui semble impliquer contradiction avec ma ferme espérance de rester encore trois ans en place afin d'avoir des droits sérieux à la retraite.

Quiconque n'a pas ma vieille expérience croit que l'on dénonce les *hommes* et leurs *opinions ;* c'est une erreur ; on dénonce *les appointements*. Pour peu que, dans les oscillations politiques, vous présentiez aux adversaires une surface de 6,000 à 20,000 francs de traitement, tenez-vous ferme. Il y a toujours là quelqu'un qui démontrera que vos appointements ne sont pas constitutionnels, qu'ils ne sont pas *bien pensants ;* mais un traitement de douze cents francs pense comme bon lui semble.

Voilà qui vous explique comment j'ai vu trente ministres et deux cents *organisations* sans perdre mon emploi.

Je sens pourtant que mes souvenirs deviennent chaque jour moins vifs. Dans ce long intervalle de

20.

vingt-sept ans d'exercice, je commence à confondre les dates et à commettre des anachronismes sur les décrets qui ont nommé, destitué ou rappelé tant d'excellences.

Aussi n'attendrai-je pas, comme beaucoup d'autres, d'avoir *tout oublié* pour publier mes *souvenirs*.

Je n'ai pas de plan tracé, point de cadre arrêté, cela gênerait mon allure. Je ne suis qu'un *expéditionnaire* et non un *commis d'ordre*.

Afin de bien mettre les lecteurs en scène, je crois indispensable de leur faire connaître les lieux où je vais les transporter ; de leur apprendre comment se compose un ministère, comment les rôles et les emplois se distribuent ; comment enfin se répartit le chapitre du budget intitulé ; *Dépenses intérieures*.

Le premier homme d'un ministère, le plus nécessaire, mais non le plus utile, c'est le ministre.

Son traitement est du dixième environ des sommes dont se compose le chapitre des dépenses intérieures, de telle sorte qu'on serait en droit de penser que Son Excellence fait le dixième du travail.

En admettant que le ministère compte quatre cents employés, on supposerait que le ministre travaille comme quarante, ce qui serait arriver à un résultat absurde.

L'Excellence perçoit un traitement supérieur, pour mille bonnes raisons d'abord, puis parce qu'elle est forcée de recevoir, de donner à dîner, d'avoir des voitures.

Le ministre et sa famille sont logés gratis. Cette mesure générale a été souvent une cause de grand embarras. Autrefois, les ministères étaient établis à Versailles; la Révolution les a ramenés dans la capitale, et voici que, depuis cinq ans, une autre révolution a renvoyé les ministres dans le chef-lieu de Seine-et-Oise, tandis que les ministères sont à Paris.

Les solliciteurs en sont troublés.

Tel qui sollicitait une préfecture a été nommé général de division, et un colonel qui demandait de l'avancement a failli passer inspecteur de l'Université.

L'hôtel se compose d'un vaste bâtiment entre cour et jardin. La porte cochère se fait remarquer par un encadrement de tuyaux de gaz qui, tour à tour, se sont allumés pour les causes les plus opposées.

Le jardin est généralement peu soigné; il est abandonné aux bonnes et aux enfants du ministre. L'Excellence n'y met jamais les pieds.

Le rez-de-chaussée est tout aux cuisines, à l'office, à la salle de billard. Aux jours de grande réception, le ministre ne dédaigne pas de s'armer de la queue d'ivoire et de tenter un carambolage.

Il joue la poule (au pot), pour se concilier les Chevau-Légers; et s'il prévoit un vote important pour le lendemain, il laisse gagner un député du Centre gauche.

Le premier étage se subdivise entre les anti-chambres, les cabinets de travail et les salons de réception.

Les bustes de princes, de rois et d'empereurs jouent à la hausse et à la baisse sur les supports de chêne fixés à toutes les parois.

Ç'a été chacun son tour de disparaître ; quand les rois tombent, on les porte au grenier. Aussi tous ces anciens souverains ont-ils conservé un air d'*amnistie*.

En ce moment, il n'y a pas de *préféré*. Espérons que le beau fixe continuera.....

Le second étage, où l'on parvient par un escalier intérieur, contient les chambres à coucher du minis-tre, celles de madame, les dortoirs des enfants et des femmes de chambre.

Ce n'est qu'au second étage que le ministre ose s'ex-poser franchement et sans détour. C'est là que, se ju-geant lui-même, il lui arrive de condamner ce qu'il a fait au premier étage. Là, il regrette une signature trop légèrement accordée, un avis hasardé au con-seil. Là, il regrette les faveurs mal prodiguées, les disgrâces injustes, les séductions, les fausses pro-messes.

Il voudrait révoquer quelques-uns de ses ordres, faire rétrograder ses commissaires ; mais il redescend le lendemain, et il accuse leur lenteur.

La tête habite le premier, et le cœur — quand il en reste — occupe le second.

Chaque ministère a son garde-meuble.

Ce serait une histoire fort piquante que celle de ce garde-meuble. Un œil exercé y compterait tous les âges, toutes les phases de la révolution.

La *première mise* de cet immense et bizarre mobilier s'est formée en 92 et 93 de tout ce qu'abandonnait la noblesse fugitive. On y voit encore le *prie-Dieu* de la vieille marquise, l'immense fauteuil du conseiller au Parlement, les commodes bombées et leurs tiroirs aux mains de cuivre, les secrétaires historiés où se pavane le mandarin, enfin ces vieilles tapisseries où la Bible et l'Écriture sainte étalent leurs mystères.

Tout ce vieux fatras est depuis longtemps dévolu aux sous-chefs et aux commis de bonne famille.

L'époque que le garde-meuble signale le plus vivement est celle du premier empire.

Des fonds extraordinaires furent accordés pour ces fournitures ; elles furent l'occasion de discussions et de rapports. Les tapissiers obtenaient seuls des audiences particulières.

C'est depuis cette époque que Pompeïa et Herculanum revivent dans les appartements. La moindre des audiences équivaut à un voyage à Rome ou à Athènes.

A l'aspect de ces vases attiques, de ces chaises curules, de ces lampes romaines et de ces lits spartiates, on se croirait transporté sur la terre du patriotisme et de la liberté.

Il n'en est rien.

En examinant les diverses parties de ces mobiliers, on y remarque certains meubles sans harmonie qui semblent faire exception dans les masses. Ces meubles isolés permettent de nommer les ministres qui ont successivement tenu le portefeuille.

Voici le lavabo de M. X...

La chaise-longue de M. le duc de...

Le jeu de tonneau de l'austère M. Z...

La cuvette de la marquise de V...

Le fauteuil percé du général H...

Chacun a eu sa fantaisie et son caprice; ils sont restés sur le carreau.

Le garde-meuble aiderait presque à refaire les almanachs de la cour, si la collection venait à se perdre.

Ces caprices ne sont d'ailleurs point très dispendieux à satisfaire; il faut remarquer que, le même ministre reprenant le portefeuille jusqu'à trois et quatre fois, on lui conserve ses meubles favoris.

C'est même l'occasion de galanteries et de prévenances vis-à-vis du ministre qui revient; en un instant, tout est remis en place comme au jour de son départ.

Quand M. Crémieux fit sa rentrée au ministère de la justice, le 4 septembre, la première figure qu'il aperçut fut celle d'un garçon de bureau que lui-même avait placé là en 1848.

— Monsieur le ministre, dit le fidèle serviteur, j'ai remis votre encrier sur le bureau...

— Eh bien! répondit M. Crémieux, j'étais sûr que je reviendrais...

— J'en étais aussi sûr que vous, reprit le garçon de bureau, car je suis resté pour vous attendre!

Pour copie conforme :

'A. S.

IX

DE L'IMPORTANCE DU DINER ET DE SON ACTION
SUR LA POLITIQUE

Je lisais dernièrement un livre de poésies dans lequel j'ai trouvé cette suave expression : le sorbier ami des oiseaux. Les oiseaux sont sans doute les amis du sorbier, mais je doute que celui-ci le leur rende. C'est comme si on disait : l'alouette amie du vautour.

Il y avait en 1847, à Bordeaux, un maire fort gourmand qui me disait : « Monsieur, lorsqu'un turbot est assez heureux pour se faire prendre vers l'embouchure de notre rivière, il est d'un goût beaucoup plus délicat que celui qu'on pêche plus avant dans la mer. »

A propos de turbot, j'ai connu à Poitiers un aimable vieillard nommé M. Lomandie, qui était à la fois le doyen du conseil de préfecture et des gourmets de la ville.

Un jour, je le trouvai préoccupé, triste même. Retenu pour dîner en ville depuis plusieurs jours, il venait de recevoir, le matin même, une nouvelle invitation : on s'excusait de s'y prendre si tard, mais le dîner avait été décidé inopinément à l'occasion d'un splendide turbot qu'on venait de recevoir.

Le gourmand répondit avec un soupir qu'il était engagé, mais il ne put s'empêcher de prendre auprès du domestique quelques renseignements sur le turbot, et les éclaircissements qui s'en suivirent lui causèrent une vive émotion.

Le poisson en question était un monstre digne d'occuper le Sénat romain ; celui de Domitien n'était qu'une sardine à côté.

Lomandie se rendit en gémissant à la première invitation.

Dans les deux maisons, les convives se mettent à table à la même heure. M. Lomandie était soucieux ; ce repas sans turbot le navrait.

Enfin, la tentation fut la plus forte ; il dit tout bas à son domestique : « Tu sais où loge M. de Chateaufaible, dans la rue à côté ; il a un turbot, va m'en chercher. »

Le digne serviteur va chez le voisin, il se mêle aux autres domestiques, avise le turbot, tend une assiette, reçoit une bonne portion et revient triomphant.

M. Lomandie se met à déguster son poisson; mais quoique le domestique lui eût passé l'assiette mystérieusement, ses deux voisins demandent aussi du turbot.

On cherche et on ne trouve rien. Il n'y a pas de turbot, et portant M. Lomandie en a dans son assiette.

Celui-ci, qui voit venir l'explication, se hâte de faire disparaître la pièce de conviction, mais un voisin lui retient le bras :

— Monsieur Lomandie, où avez-vous trouvé du turbot ?

— Mais... vous voyez.

— Comment, nous voyons, il n'y en a pas sur la table.

— Ah! c'est que j'ai peut-être tout mangé.

Le maître de la maison ne s'est jamais expliqué le fait.

Un homme d'État s'écriait dernièrement dans un « *cercle politique* » : « Le personnel républicain compte aujourd'hui de grands industriels, de riches manufacturiers. Ils nous tiennent. Le parti qui tient table ouverte est toujours le plus fort. »

En effet : M. Wallon enlève la majorité, la rente monte ; la Banque jette vingt et un millions en pièces d'or dans la circulation, et la réaction baisse la tête.

Les succès des dernières monarchies ne sont que des succès gastronomiques. Si l'Empire est tombé à

Sedan, c'est qu'on n'espérait plus de dîners après un
tel désastre.

Imaginez ce que devient l'aventurier politique ou
littéraire, convié à un festin du grand monde. L'estomac satisfait, les yeux charmés, *pleins d'épaules* ;
heureux de faire partie d'un cercle si brillant, conservateur, libéral si le cercle est libéral, il ne s'appartient
plus.

Ainsi s'opéraient chaque jour les grandes acquisitions du parti monarchique. Le prosélytisme des
dîners est incalculable. On assure que le duc de
Broglie, au moment où le ministère l'a quitté, s'occu-
pait de l'organiser sur une grande échelle qui n'aurait laissé aucune espérance à ses ennemis.

Un bon dîner peut être insupportable ; le luxe des
mets n'est pas le seul auquel doivent donner leur
attention ceux qui prétendent remuer le grand levier
politique. L'aménité, la bonhomie et le sans-façon de
l'accueil sont indispensables.

La cordialité bienveillante fait époque dans la vie.
Un sourire, une parole partie du cœur sont le meilleur assaisonnement de la truite et du gibier.

Donner à dîner, c'est influer sur l'intelligence,
l'âme, les actions humaines, remuer les partis, bou-
leverser les empires et changer la face du monde.

Les révolutions commencent par des banquets.

Première règle applicable à toutes les époques,

sous aucun prétexte, ni le maître ni les convives ne
doivent être dérangés.

L'anecdote probante à l'appui de cet axiome est
celle dont M. de Suffren est le héros. Il dînait à Pon-
dichéry, quand on lui annonça l'arrivée d'une dépu-
tion des notables du pays, chargés d'une communication importante.

— Répondez, leur dit le gouverneur français, qu'un
précepte de la religion chrétienne dont je ne puis me
départir, m'ordonne de ne m'occuper d'aucune affaire
pendant le dîner.

La députation hindoue se retira, pénétrée de véné-
ration pour le gouverneur, dont elle admirait *la
piété*.

Seconde règle. Bannissez l'étiquette autant que
possible. Que chacun soit à son aise. Le convive tient
à dîner sans trouble, sans gêne, sans ennui. Il ne veut
pas être l'esclave du maître de la maison.

Le dîner de grande étiquette est une torture qu'il
faut subir avec politesse et reconnaissance. Plus de
liberté. Aucun mouvement spontané. On vous impose
des plaisirs qui sont des fatigues. Tantôt l'estomac
est surchargé de mets inattendus, tantôt il languit
dans une attente pénible.

Il n'est permis de dîner seul que lorsqu'on est prisonnier d'État ou que l'on vient de perdre sa femme.

Le dîner solitaire est antisocial et antihygiénique.

Dans la salle à manger, je condamne l'or, l'argent, les couleurs brillantes. Il y faut des nuances douces, des ornements simples. J'admets les fleurs, mais en petite quantité. Il faut veiller à ce que les chaises soient assez légères pour que le convive se déplace aisément sans nuire à son voisin.

Ayez le moins de laquais possible, rien n'est fatigant comme de sentir derrière soi un soldat en faction qui surveille vos morceaux, témoin cruel et gênant d'un exercice qui a besoin de silence, de mystère et de dignité.

« Ne pouvant faire ta Vénus *belle*, tu la fais *riche*, » disait le peintre grec à son rival. Reproche que l'on peut adresser à presque tous les ordonnateurs de festins.

Les jolies femmes sont utiles dans un repas, pourvu que ni leur beauté ni leur esprit ne brillent de cette coquetterie odieuse qui porte le trouble dans les sens. Une petite femme replète, le teint fleuri, l'œil vif, de belles dents, un sourire rustique, c'est la meilleure voisine de table.

Quant à l'éclairage, gardez-vous d'imiter lord Byron avec ces têtes de morts où il s'avisa un jour de placer les lumières qui devaient éclairer sa salle à manger. Si votre dîner est chétif, tâchez de le relever par beaucoup d'esprit et d'affabilité. S'il est bon, taisez-vous, et laissez-le produire son effet. Les préparations et les excuses peuvent occasionner de tristes méprises...

L'acteur Pope avait reçu une invitation ainsi conçue : « Venez dîner ce soir, cher ami, si vous n'êtes pas dans un jour d'exigence. Nous n'avons qu'un saumon et un filet de bœuf. »

Pope arrive, trouve le bœuf et le saumon délicieux. Il en dîne, quand il voit tout à coup apparaître une magnifique pièce de gibier. Il essaie de lui faire honneur, mais, après quelques vains efforts, il laisse retomber sa fourchette et son couteau.

Des larmes abondantes sillonnent son visage, et il s'écrie :

— D'un ami de vingt ans, je ne me serais pas attendu à un tel procédé !

Tâchez que votre dîner soit toujours en harmonie avec la saison et ne négligez pas d'en augmenter l'intérêt par les traditions historiques. Il y a de la poésie dans l'oie de Noël et dans les crêpes du mardi-gras.

N'oubliez pas les accessoires. L'olive, l'anchois, le caviar sont à la cuisine ce que les rubans et les épingles sont à la toilette d'une femme.

D'un dîner simple, les accessoires font un dîner éclectique. Les mets qui viennent de loin ont une saveur et un cachet particuliers.

Si votre fortune est modeste, rappelez-vous ce précepte du sage :

— Les truffes, c'est bon *chez les autres*.

X

F.-V. RASPAIL

L'épouvante est l'instrument le plus fréquemment employé par la réaction pour obtenir l'obéissance des classes moyennes.

La réaction agite des souvenirs et des noms.

Prenons donc un de ces hommes redoutables qu'on a érigés en spectres — et sachons ce qu'il est.

Fils d'un pauvre traiteur, Raspail fut d'abord destiné à la prêtrise. Il eut pour premier maître l'abbé Eysseric, homme instruit et libéral.

A seize ans, Raspail fut placé au séminaire d'Avignon. L'année suivante, il était nommé répétiteur de philosophie et professeur suppléant de théologie.

Nous le retrouvons, en 1812, professeur au collège de Carpentras, où il fut chargé du discours prononcé à l'occasion de l'anniversaire d'Austerlitz.

Ce morceau de rhétorique fut communiqué à Napoléon, qui, frappé de certains passages, s'écria :
« Prenez garde à ce jeune homme, il ira loin. »

Raspail avait conseillé en termes éloquents, l'union de tous les citoyens en face de l'étranger ; et, peu après, il assistait avec indignation à la résurrection grotesque de l'ancien système de droit divin.

Il avait vingt-deux ans, en 1816, quand il vint s'établir à Paris.

La politique envahissait sa vie : il était affilié aux *carbonari* et perdait tour à tour, à cause de ses opinions, chaque place où il était entré.

Il s'adressa à la science, débuta par des travaux remarquables sur les graminées, publia une série de *Mémoires* sur la fécule, l'orge, l'alcyonèle fluviatile ; On disait déjà : *le savant Raspail.*

En 1830, le savant prit un fusil et se mêla aux combattants. Blessé à l'attaque de la caserne de Babylone, il reçut la croix de Juillet.

Louis-Philippe le nomma même chevalier de la Légion d'honneur ; mais Raspail refusa par une lettre rendue publique.

Ce fut comme le signal de la persécution.

« Ah ! tu ne veux pas être des nôtres ? semblaient dire les conservateurs de l'époque, eh bien ! mon garçon, tu vas voir ce qu'il en coûte ! »

Et une lettre de Raspail publiée dans la *Tribune*, à propos des troubles de Saint-Germain-l'Auxerrois, lui valait trois mois de prison, les premiers, les plus doux — et les plus durs.

Traduit devant le jury pour sa participation aux publications de la *Société des Amis du peuple*, il fut acquitté.

Vous entendez bien, acquitté!

Mais — il y a toujours moyen de repincer son homme...

Raspail prononça ces paroles : « Il faudrait enterrer sous les ruines des Tuileries le citoyen qui demanderait à la France douze millions par an pour vivre. »

On lui appliqua quinze mois de prison ; c'était pour rien.

De Sainte-Pélagie on le conduisit à la prison de Versailles, les *fers aux mains*.

C'était sous le bon Louis-Philippe, le roi-citoyen, inventeur du système des parapluies tricolores à coq instantané !

Raspail était à peine rendu à la liberté que l'Académie des sciences songea à lui décerner le prix Montyon.

M. Guizot, alors ministre de l'instruction publique, s'y opposa formellement. « Je vous défends, dit-il, de grossir la caisse de l'émeute. »

Raspail prit la rédaction en chef du *Réformateur*.

Au bout de quinze mois, le journal disparaissait, frappé de condamnations entraînant plus de 115,000 d'amende, et Raspail rentrait en prison.

(C'est évidemment dans les intervervalles qu'il a eu ses enfants.)

Lors de l'attentat de Fieschi, Raspail, arrêté à Nantes sans motif, fut condamné à deux ans de prison pour insultes envers le juge d'instruction Zangiacomi, le fameux Zangiacomi, un homme que sa fidélité politique n'a pas gêné souvent.

Cet arrêt fut cassé et Raspail renvoyé devant la cour de Rouen, qui l'acquitta.

Il était loin de rencontrer une semblable hostilité parmi les savants ; il jouissait à l'étranger d'une immense réputation comme chimiste. On avait souvent recours à lui dans les affaires d'empoisonnement en cour d'assises.

Ses discussions, ses querelles même avec Orfila sont trop connues pour qu'il soit besoin d'en refaire le récit. Il est cependant juste de dire qu'Orfila fut absolument roulé.

Raspail s'occupa alors de réformer l'art médical. Il inventa une médecine démocratique, avec traitement à bon marché.

On en fut si effrayé qu'Orfila et autres docteurs obtinrent des poursuites contre leur concurrent pour exercice illégal de la médecine.

L'avocat du roi, M. Puget, demanda un franc d'amende, le *minimum*.

Le tribunal en accorda quinze, *maximum*.

Il s'agissait d'un être mal pensant, et vous comprenez !...

Le 24 février 1848, Raspail entrait à l'Hôtel-de-Ville et, l'un des premiers, y proclamait la République.

En 1849, nous le retrouvons devant la haute cour de Bourges, où on lui décerne six ans de détention.

Il était enfermé dans la citadelle de Doullens quand il eût la douleur de perdre sa compagne. Etex, le grand sculpteur, a composé pour madame Raspail un tombeau plein de drame et d'austère majesté. Nul ne fait parler la pierre comme Etex.

Raspail avait encore deux années à faire, quand le reste de sa peine fut commué en bannissement. Il se retira en Belgique, à Boitsford, et ne quitta cette résidence que pour s'établir à Arcueil-Cachan.

Le 12 février 1874, traduit devant le jury de la Seine sous l'inculpation d'avoir fait — dans son almanach — l'apologie de faits qualifiés crimes, il fut condamné — malgré ses 81 ans — à deux ans de prison et 10,000 francs d'amende.

La cour de Versailles réduisit cette peine à un an.

Les titres des ouvrages de Raspail forment une colonne entière de la notice biographique qui lui est consacrée dans tous les dictionnaires encyclopédiques.

Il a quatre fils, quatre démocrates.

L'un d'eux, Xavier Raspail, médecin aide-major aux éclaireurs de la Seine, fut aussi condamné à six

mois de prison et 600 fr. d'amende — comme éditeur
de l'almanach de son père.

Xavier Raspail a écrit plusieurs ouvrages.

Voyons donc ce qu'a pensé et écrit ce grand criminel que tous les régimes ont poursuivi, traqué,
condamné, enchaîné et emprisonné.

Les maladies provenant de causes morales seront d'autant
plus rares que la société sera mieux organisée. Une société
bien organisée doit être une assurance mutuelle, où chacun
concourant à l'existence commune, où l'homme n'ayant plus
rien à craindre de l'homme, et le passé se rachetant par une
réparation, il n'y ait plus que le feu du ciel ou les eaux du
déluge qui soient capables de faire trembler sur les chances
de l'avenir. Aujourd'hui l'hygiène publique, déjà si défectueuse
sous le rapport physique, est nulle et de la plus complète
nullité sous le rapport moral.

Vous le voyez, cet homme attaque la société. Il la
voudrait meilleure. Que lui faut-il donc?

Et pour arriver à son but, voici les conseils qu'ils
se permet d'adresser au public :

Ne donnez jamais le nom de plaisir à ce qui s'achète aux
dépens du repos et de la bourse, encore moins à ce qu'on
n'oserait pas avouer en public

Soyez économes et jamais avares.

Évitez les querelles et les procès avec le même soin que vous
évitez une mauvaise rencontre.

Que chacun fasse valoir ses droits par l'arbitrage. Mais
évitez de part et d'autre, avec le même soin, les grèves, *cessation
inconsidérée du travail,* qui pèse sur tout le monde et ne
saurait profiter qu'aux intérêts des nations jalouses de la
France.

N'embrassez jamais la cause d'un homme, mais toujours celle de l'humanité.

Ne cherchez pas à imposer vos croyances; inspirez-les par la persuasion; ne faites un crime à personne de ce qu'il croit autrement que vous.

Il n'est pas de maux que je n'aie soufferts dans ma vie, pas d'humiliations dont je n'aie été abreuvé; on m'a spolié de tout, excepté de ma gaieté et de ma sympathie pour ceux qui souffrent. Avec ces deux seules choses, je suis plus heureux que mes spoliateurs.

Quel dangereux conspirateur que cet homme qui conseille aux ouvriers d'éviter les grèves, et à tous les citoyens de n'avoir recours qu'à la persuasion pour ramener les égarés.

Que peut-il dire particulièrement aux jeunes gens ? Lisons :

Ce n'est point calculer en honnête homme que de rechercher certains plaisirs... Que penser d'un citoyen qui, après avoir procréé par une surprise ou une séduction des bâtards forts et intelligents qu'il abandonne ensuite, sans nom, à toutes les misères de la vie et à toutes les tentations du besoin, fait tout ce qui dépend de ses sales caprices pour donner son nom et son héritage à des enfants rachitiques et scrofuleux, boucs émissaires de ses ignobles plaisirs.

Rappelez-vous qu'on n'est pas toujours sain quand on se croit guéri, et que c'est l'épouse qui se ressent le plus des anciens vices du mari.

Conclut-il, au moins ? Certainement.

Notre société entassée nous mesure l'air avec parcimonie; la mode a dit à l'élégance de nous frustrer de la quantité qui nous en revient. L'architecture rétrécit notre appartement, la mode rétrécit nos poumons; elle nous étouffe à l'âge de l'adolescence, elle nous étouffe au maillot, elle nous étouffe dans le sein de nos mères. Dans le torse de la Vénus ant'que je devine d'avance la mère forte et puissante; dans la taille étranglée de nos jeunes filles, je ne prévois que stérilité, opérations césariennes, avortons ou pauvres enfants rachitiques et maladifs. Quand j'assiste à une danse villageoise j'admire la vie aux prises avec la vie, la toute-puissance de l'amour préludant à la toute-puissance de la fécondité; dans les bals les plus brillants de nos grandes villes, il me semble assister à la danse macabre exécutée par des squelettes endimanchés.

Voilà Raspail. Un savant, un moraliste, un doux prédicateur des plus saines doctrines, médecin du corps et médecin de l'âme.

Comme il n'a pas voulu être chevalier de la Légion d'honneur, on l'a nommé repris de justice.

Et il est rentré hier à Versailles, où on l'avait conduit autrefois *les fers aux mains;* il y est rentré le front haut, entre deux haies de soldats qui lui présentaient les armes.

Ses quatre-vingt-deux ans d'honnêteté, de lutte, devaient présider la jeune assemblée.

Le vieillard allait devant lui, simple, ému, bienveillant. Les tambours battaient aux champs...

Raspail était doyen d'âge et de vertu.

XI

CLÉMENCEAU

Dans la galerie des contemporains, les personnages prennent à mes yeux les aspects que leur prêtent les affinités physiologiques. Je vois, par exemple, Rothschild en or massif, Gambetta en bronze, Jules Simon en mie de pain, Clémenceau en acier.

Regardez ce front développé, d'un modèle unique, ces yeux métalliques, ce pli de la narine, ce menton fortement arrêté ; tout indique dans cette physionomie l'énergie, le courage, la volonté. On sent qu'il y a là un arsenal de pensées affilées et tranchantes. Clémenceau n'est pas seulement un républicain ; c'est le républicain simple, affable, austère et fort.

Ceux qui le disent ambitieux ne le connaissent pas. Il aime ou il déteste, il estime ou il méprise, il veut une chose et il n'en veut pas une autre, voilà tout.

Georges Clémenceau naquit le 28 septembre 1841, à Mouilleron-en-Pareds, Vendée. Le château de Sainte-Hermine, ancien domaine des Marcillac, appartient depuis longtemps à sa famille. Sainte-Hermine est situé eu plein Bocage, dans le pays le plus vert et le plus ombragé de France. Des bois sillonnés de ruisseaux à l'eau claire et limpide, de belles routes qui montent et descendent, bordées d'ormeaux, de chênes et de châtaigniers. L'horizon s'étend comme une palette où sont confondues toutes les nuances de la verdure. Les tons clairs du peuplier ressortent vivement sur le vert sombre des chênes, et les saules au feuillage pâle forment comme un liséré d'argent sur le bord des fossés. On n'y voit pas ces eaux dormantes et ennuyées qui croupissent sous des couches de lentilles et de nénuphars. Les sources jaillissent de toutes part, l'eau court joyeusement, chantant sur les cailloux, traçant ici un sillon de lumière puis s'enfonçant sous une voûte de feuillée, toujours vive, toujours pressée. Chaque filet d'eau a l'air d'aller faire une commission.

Les oiseaux aiment ce pays. Les nids y sont plus nombreux qu'ailleurs. Partout la feuille babille et chante. Les chardonnerets, les rouges-gorges, les pinsons, les bruants, y foisonnent ; rossignols et fauvettes y luttent de roulades, et les alouettes, par milliers, ponctuent les labourés comme autant de notes échappées d'un cahier de musique et jetées pêle-mêle dans les sillons et dans les prés.

Une longue avenue plantée d'arbres trois fois sécu-

laires, deux vastes cours grandes comme le carré du
Luxembourg, au fond du château féodal, vaste corps
de bâtiment flanqué de quatre tours avec deux ailes
crénelées, entouré de larges fossés : c'est Sainte-Hermine, résidence du docteur Clémenceau, père du
député de Montmartre.

Le docteur Clémenceau, dans les loisirs que lui
laisse l'administration de ses propriétés, fait de la
sculpture et de la peinture avec un réel talent.

Cet honnête homme a été brusquement arrêté, sous
l'Empire, à la suite de la loi sur la sûreté générale.
L'une de ses filles fut tellement frappée qu'elle en
perdit la raison. Cet égarement dura plus d'une
année ; elle avait oublié le piano, la gravure, qui
jusque-là formaient ses occupations favorites. Le
retour de son père, les soins dont elle fut entourée la
rendirent peu à peu à elle-même. Elle est aujourd'hui
une bonne et simple mère de famille.

Le député de Montmartre a fait ses études au collège
de Nantes, avec Henri Fruneau, qui fit plus tard une
admirable plaidoirie dans l'affaire du *Fœderis-Arca* et
mourut sous-préfet de Toulon; avec Charles Loiret,
aujourd'hui inspecteur d'académie, et Jules Aubron,
de la maison Gévelot.

Clémenceau était vif, remuant, ardent à l'étude,
ardent à la récréation. A ses heures de mélancolie, il
faisait des vers.

Aubron lui attribue ceux-ci :

Il n'est pas toujours bon d'être un grand personnage.
Les postes élevés ont leur désavantage.

Mais Clémenceau les nie énergiquement.

Les mères bien pensantes éloignaient de lui leurs enfants, parce que le jeune Clémenceau n'avait pas été baptisé.

Au sortir du collège, il fit ses études de médecine à Paris et fut interne à Bicêtre, sous le professeur Delasiaume. En même temps, Clémenceau collaborait à plusieurs journaux du quartier latin, parmi lesquels une feuille socialiste, le *Travail*.

En 1863, désireux de voir une République, Clémenceau partit pour les Etats-Unis. Il y resta trois ans.

Le docteur envoya d'abord de Sainte-Hermine les subsides nécessaires à son fils ; puis, songeant que la jeunesse doit apprendre à ses risques et périls que la vie est une lutte, il coupa la pension.

Georges Clémenceau trouva une place de professeur de littérature dans une institution de jeunes demoiselles, à Stamford, dans le Connecticut. Il partait de New York le lundi matin et y revenait le samedi soir. Stamford est l'un des plus jolis villages des environs de New York. Le paysage y est riche et accidenté.

A ses talents de rhétoricien Clémenceau joignait un avantage précieux : celui d'être un excellent écuyer. La directrice du pensionnat lui confiait une douzaine de jeunes miss, les grandes, et le jeune Clémenceau s'élançait au galop de son cheval, à la tête de cette troupe d'amazones de quatorze à seize ans, aux yeux de' saphir, aux tresses dorées, qu'il ramenait toutes roses, enivrées de grand air et plus fières que leurs cravaches.

Ce n'est pas un congréganiste qu'il eût fallu charger de cette mission de confiance.

C'est là que Clémenceau connut celle qui devait devenir sa femme. Il revint en France rapportant dans son cœur cette douce image. La famille de la jeune miss était opposée au mariage ; la question religieuse se dressait entre Clémenceau et la fiancée de son choix. Plus heureux que Daniel Rochat. Clémenceau triompha de tous les obstacles, parce qu'il était aimé. La volonté le soutint, l'amour le servit.

Il retourna aux Etats-Unis pour y chercher celle qu'il aimait, et la pensionnaire de Stamford, devenue Madame Clémenceau, quitta New York pour Montmartre.

Clémenceau fut nommé par le gouvernement de la Défense nationale maire du dix-huitième arrondissement, le 5 septembre 1870, et membre de la commission de l'enseignement communal le 3 octobre.

Il prescrivit aussitôt l'enseignement laïque dans les écoles communales de son arrondissement. Le 8 février 1871, il fut élu député de la Seine par 95,141 voix et siégea à l'extrême gauche.

Le 18 Mars, quand on vint lui apprendre l'assassinat

des généraux Lecomte et Clément Thomas, il accourut à la rue des Rosiers, où il ne put que constater la mort de ces premières victimes de la guerre civile. Cité plus tard comme témoin devant le sixième conseil de guerre, il protesta contre l'acte d'accusation, qui semblait vouloir lui donner une part de responsabilité, et demanda vainement à être compris dans les poursuites, pour que sa conduite fût jugée une fois pour toutes.

La vérité est que Clémenceau fit tous ses efforts pour empêcher la guerre civile. Il se tint en permanence à la mairie de Montmartre, y passa une nuit entière au milieu d'une foule mobile, surexcitée, risquant dix fois sa vie contre des agents secrets de certains partis politiques qui espéraient une résurrection des excès mêmes qu'ils pourraient soulever.

Dès le 23 mars, il se vit expulsé de sa mairie ainsi que ses adjoints, et arrêté sur son refus de céder la place au délégué du comité central.

Mis en liberté peu après, Clémenceau rédigea immédiatement une protestation qui fut affichée à Montmartre et publiée dans les journaux :

« Nous avons à cœur d'éviter un conflit dont les résultats désastreux nous épouvantent. Voilà pourquoi nous cédons à la force sans en appeler à la force. Mais nous protestons hautement contre l'attentat dont la garde nationale du dix-huitième arrondissement s'est rendue coupable sur la personne de magistrats républicains librement élus, qui se rendent publi-

quement le témoignage qu'ils ont accompli leur
devoir. »

En prenant possession de la présidence du conseil
municipal, Clémenceau prononça les paroles sui-
vantes : « La gloire de Paris, c'est d'être toujours
resté la personnification la plus haute de cet esprit
de justice générale et de liberté qui est le trait saillant
de la France. Vainement a-t-on conçu la pensée sa-
crilège d'opposer la France à Paris. Qu'est-ce donc
que cette noble ville, sinon le point de rencontre de
tous les Français en quête de lumière, de vérité, de
progrès? sinon un laboratoire immense, où viennent
aboutir et séjourner toutes les idées françaises, pour
se répandre de là sur tout le territoire, par l'impulsion de ceux-là mêmes qui étaient venus les apporter
à Paris et les y mettre en harmonie avec le génie de
la France tout entière?... Montrons à tous ce que peuvent l'application aux affaires, le travail, le désintéressement, la probité. Associons, par la liberté et la
publicité de nos discussions, et de nos actes la cité tout
entière au contrôle de ses élus. »

Aux élections du 20 février 1876, Clémenceau se
présenta comme candidat radical dans le 18e arrondissement.

Son programme comprenait les points suivants
« Amnistie. Abolition de la peine de mort. Intégrité du
suffrage universel. Liberté de réunion et d'associa-
tion. Instruction primaire obligatoire, gratuite et

laïque. Organisation démocratique de l'enseignement professionnel. Défense de la société civile contre l'envahissement clérical. *Remise en vigueur des lois non abrogées* qui prononcent l'expulsion des jésuites. Service militaire obligatoire pour tous, sans privilège d'aucune sorte. Élection des maires par les conseils municipaux. Affranchissement de la commune. Décentralisation administrative. Revision de l'assiette des impôts tendant à dégrever le travail. Séparation de l'Eglise et de l'Etat. »

Je ne reprendrai pas ici le discours que M. Clémenceau a prononcé dimanche dernier dans la réunion à laquelle il avait convoqué ses électeurs pour leur rendre compte de la façon dont il avait rempli son mandat. Ce discours, remarquablement élevé, a soulevé d'ardentes polémiques.

Le soir même, M. Clémenceau disait à quelques amis : « Ce que je voudrais éviter, ce que je crains avant tout, c'est une révolution. Elle n'est pas imminente, sans doute. Mais, dans dix ans, plus tôt peut-être, elle peut résulter de l'exaspération de tous ceux dont les espérances auraient été trompées. »

En effet, nous nous trouvons dans un cercle vicieux dont il faut sortir à tout prix. On a dit au peuple, et il l'a cru, qu'il serait plus heureux sous la République sous tout autre régime. Il est temps que cette promesse devienne une réalité.

Il est dit dans la constitution même que la constitution peut être revisée ; or, cette revision est placée dans des conditions telles qu'elle ne peut avoir lieu.

Le prétendu maintien de l'ordre est depuis longtemps une mauvaise raison, une raison condamnée. L'ordre sous Charles X, c'était Charles X. L'ordre sous Louis-Philippe, c'était Louis-Philippe. L'ordre sous Napoléon III, c'était l'empire.

En un mot, l'ordre c'est ce qui est.

Sous le prétexte de ne pas troubler l'ordre, on ne toucherait jamais à rien, on n'avancerait pas d'une semelle.

Je terminerai par une comparaison vulgaire, mais qui a au moins le mérite de la clarté.

Quand votre bonne vient faire votre chambre, elle prend les draps et les couvertures, et les étend à l'air ; puis, elle empoigne les matelas et les dépose sur deux chaises ; après quoi elle roule le lit au milieu de l'appartement et relève les rideaux sur les patères. Elle dépose la descente de lit sur la rampe de la fenêtre ou le balcon ; enfin, elle entasse les chaises dans un coin les unes sur les autres. C'est le désordre même.

Un quart d'heure après chaque chose est à sa place ; le lit est fait. Il n'y a de moins que la poussière, les bouts de fil, les vieux boutons — et le linge sale. C'est l'ordre.

Il n'y a donc qu'à faire pour la France ce qu'on fait chaque matin dans votre ménage. Secouer les tapis, balayer et donner de l'air.

Tant pis pour ceux qu'atteint le balai. Il y a des mesures de propreté qui s'imposent.

XII

UNE AFFAIRE PENDANTE

Tribunal de 1re instance. — Séparation de l'Église et de l'État.

Cette affaire, inscrite au rôle depuis trente-huit ans, est enfin arrivée à l'audience.

Les griefs de l'État forment une longue suite d'allégations.

L'Etat est demandeur aux fins des écritures et conclusions pour lui signifiées par acte du Palais en date du 24 février 1848, enregistré. — Défendeur aux fins des écritures et conclusions signifiées par l'Église, et respectueusement prises et déposées à la barre de la cour par les avoués des parties.

Point de fait, procédure et conclusions. — L'Église soutenait qu'elle avait contracté mariage avec l'État en 1801 par un acte connu sous le nom de Concordat; que, depuis cette époque, l'État n'avait cessé de lui chercher querelle et de lui faire des scènes désobli-

geantes ; mais que, connaissant ses devoirs de chrétienne et d'épouse, l'Église, décidée à la résignation,
s'oppose à la séparation et réclame le payement inté-
gral d'une somme annuelle de cinquante millions qui
lui est assurée par contrat.

L'État, de son côté, prétend : 1° Que l'Eglise a toujours été une compagne indisciplinée ; 2° qu'elle n'a
jamais cessé de mettre obstacle aux progrès que
l'État croit devoir réaliser ; 3° qu'elle lui a adressé
les injures les plus grossières, au prône, au sermon
et même dans la rue ; 4° qu'elle a frappé les agents de
son mari ; 5° qu'elle a méconnu ses devoirs d'épouse
et de mère en affichant sa préférence pour des sujets
italiens; 6° que, surprise avec des jésuites et des con-
gréganistes, elle s'est enfuie déguisée en marmiton ;
7° que ladite Église a fait des affaires pour son propre
compte sans l'autorisation de son époux ; 8° qu'elle
l'a traité de crocheteur de serrures parce qu'il avait
voulut s'assurer qu'elle ne cachait pas de congréga-
nistes dans ses appartements ; 9° qu'elle a traité l'Etat
de voleur et de brigand ; 10° qu'elle a entretenu des
relations adultères avec un grand nombre d'étrangers ;
11° qu'elle a capté la confiance de quelques vieillards
pour en obtenir des legs et des sommes d'argent ; en
conséquence, la vie commune étant devenue impossible, s'entendre ladite Église déclarer séparée de
corps et de biens d'avec l'État son époux, etc. etc.

Nous tiendrons nos lecteurs au courant de cette
affaire.

XIII

BOUQUET DE PENSÉES

L'indiscrétion est le premier devoir du chroniqueur.

Ayant quelques mots à dire au général X..., j'attends dans le salon qu'un premier visiteur soit sorti du cabinet.

Un album est sur la table.

Je l'ouvre, et je copie :

APHORISMES

Du temps de la République, le peuple de Rome fut souvent pauvre ; méprisable jamais.

D'où vient-il que les hommes ont appris plutôt à calculer le cours des astres qu'à connaître la meilleure organisation politique ? C'est que les enfants portent toujours le nez au vent et ne voient pas ce qui est à leurs pieds.

×

Si les maîtresses des souverains et de leurs diplomates pouvaient écrire l'histoire des affaires intérieures de l'Etat, il est à présumer que l'histoire deviendrait vraie.

×

Malheur au pays dans lequel des paroles et des opinions constituent un crime.

×

On rencontre à chaque instant des hommes qui voudraient bien commander aux événements : « Arrêtez-vous, disent-ils, jusqu'à ce que nous ayons recopié et mis au net nos opinions politiques ! »

×

Sous l'empire de la folie, la raison devient un crime d'État.

×

Si tu es né valet, tu resteras valet, même sur un trône.

×

De tous les animaux, le plus sot et le plus insupportable est un animal savant.

×

Voulez-vous juger un homme ? Donnez-lui un commandement.

Quand la patrie et la liberté ne sont plus que des mots, les sciences et les arts deviennent des métiers.

Les hommes ressemblent aux plantes; placez-les dans la cave la plus obscure, c'est vers la lumière, ne montrât-elle qu'un point, qu'elles s'élèveront.

Rien ne peut faire revivre ce qui est mort dans l'opinion.

Cent hommes qui *veulent* sont plus puissants que cent mille *qu'on force*.

Il y a certaines têtes que la nature semble avoir prédestinées à recevoir des soufflets. Il faut regretter seulement qu'elles ne reçoivent pas tous les jours leur pitance.

Dans le monde politique, il n'y a pas plus de résurrection que dans la nature. Des idées et des vues mortes ne sont pas plus à refaire que de la neige fondue.

Ce qu'il y a de plus heureux pour les historiens, c'est que les morts ne puissent protester.

FIN

TABLE

SATIRES ET POLÉMIQUES

QUESTIONS SOCIALES

TABLE 391

MŒURS DU JOUR ET FANTAISIES

CORBEIL. — IMPRIMERIE CRÉTÉ-DE L'ARBRE

VICTOR-HAVARD, ÉDITEUR

Collection in-18 jésus à **3 fr. 50** *le volume*

EMMANUEL ARÈNE . . .	Le Dernier Bandit, 4e *édition*	1 vol.
GYP	Le Druide. 20e *édition*	1 vol.
—	Dans l' train, 16e *édition*	1 vol.
RENÉ MAIZEROY	Le Boulet, 12e *édition*	1 vol.
—	Les deux Femmes de Mlle, 13e *édit.*	1 vol.
—	Souvenirs d'un Saint-Cyrien, 6e *édit.*	1 vol.
—	Au Régiment, 6e *édition.*	1 vol.
—	Les Malchanceux, 4e *édition*	1 vol.
—	La Dernière Croisade, 4e *édition* . . .	1 vol.
—	La Fin de Paris, 6e *édition*	1 vol.
—	Masques, 5e *édition*	1 vol.
GUY DE MAUPASSANT.	Mont-Oriol, 40e *édition*	1 vol.
—	Bel-Ami, 52e *édition.*	1 vol.
—	Une Vie, 29e *édition.*	1 vol.
—	La Maison Tellier, 16e *édition*	1 vol.
—	Mademoiselle Fifi, 12e *édition*	1 vol.
—	Au Soleil, 10e *édition*	1 vol.
—	Miss Harriet, 13e *édition.*	1 vol.
—	Yvette, 15e *édition.*	1 vol.
—	La Petite Roque, 17e *édition*	1 vol.
	Contes de la Bécasse, 12e *édition* .	1 vol.
JULES CLARETIE	La Vie à Paris, *années 1880, 1881,*	
	1882, 1883, 1884, 1885	6 vol.
	(Chaque volume se vend séparément).	
HENRY FOUQUIER . .	La Sagesse Parisienne, 3e *édition* . .	1 vol.
—	Paradoxes féminins, 3e *édition.*	1 vol.
HENRI ROCHEFORT . .	Les Français de la Décadence, 4e *édit.*	1 vol.
—	La Grande Bohème, 4e *édition*	1 vol.
—	Les Signes du Temps, 4e *édition* . . .	1 vol.
—	La Lanterne. — Paris, 1868, 4e *édit.*	1 vol.
—	Farces amères, 4e *édition.*	1 vol.
AURÉLIEN SCHOLL . .	Fruits défendus, 5e *édition.*	1 vol.
	Le Roman de Follette, 4e *édition.* . .	1 vol.
—	L'Esprit du Boulevard, 4e *édition.* . .	1 vol.
—	Les Coulisses, 4e *édition.*	1 vol.
ALBERT WOLFF	Voyages à travers le Monde, 12e *édit.*	1 vol.
—	L'Écume de Paris, 16e *édition.*	1 vol.
—	La Haute Noce, 20e *édition.*	1 vol.
—	La Gloire à Paris, 10e *édition.*	1 vol.
—	La Capitale de l'Art, 10e *édition.* . . .	1 vol.

Paris. — Typ. Ch. Unsinger, 83, rue du Bac

www.ingramcontent.com/pod-product-compliance
Lightning Source LLC
Chambersburg PA
CBHW050310030726
47505CB00003B/648